老爸乔治的**烦恼**

A SPOT OF BOTHER

〔英〕马克·哈登 著

熊娉婷 译

天津出版传媒集团

百花文艺出版社

新经典文化股份有限公司
www.readinglife.com
出 品

/ 1 /

事情开始于鲍勃·格林的葬礼前那周，乔治正在奥德尔百货公司试穿一套黑色套装。

他心神不宁，不是因为葬礼这种场面，也不是因为鲍勃的去世。老实说，他一直有些厌烦鲍勃那狎昵的友爱，暗地里还松了口气，因为往后再也不用和他打壁球了。此外，说来也怪，鲍勃离世的方式（收看电视里的赛艇比赛时心脏病突发）让人颇感安慰。苏珊从妹妹家回来，发现他仰躺在房间中央，一只手遮住眼睛，一副再安详不过的样子，她一开始还以为他在打盹呢。

那显然很痛苦，不过人总能应对痛苦。而且，脑内啡立刻会发挥作用，随后便是一生从眼前掠过的感觉。几年前乔治摔下活梯，在假山上跌断手肘晕过去，就有过那种感觉，记忆中并不难受（不知怎么，他的心头清晰地浮现出在普利茅斯的泰马桥上看到的景色）。那大概和眼睛紧闭时出现的强光隧道差不多。听到天使呼唤自己回家，活过来后却发现初级医生拿着心脏除颤器站在面前，人数还不少。

然后……就没什么了，结束了。

当然，还是太早。鲍勃才六十一岁，苏珊和孩子们会度日艰难，尽管苏珊眼下正当盛年，可以独撑局面。但总而言之，那似乎是个不错的死法。

不，让他心烦的是那处病斑。

他脱掉长裤，试穿套装裤子，忽然发现臀部有个椭圆形的小肿块，比周边皮肤颜色深，还有些脱皮屑。他胸口一紧，用力咽回喉咙里要呕吐出来的一点东西。

癌症。

这种感觉，他还是几年前在约翰·辛尼乌斯基的“火球号”翻船时有过。他困在水下，脚踝被绳圈缠住，不过那顶多只持续了三四秒。而这一次，没有人帮他把船扶正。

他得自我了结。

这么想不舒服，不过这事他做得到，这让他觉得对局面多了一点掌控。

问题只在于如何了结。

跳楼的主意太可怕：重心移向栏杆外面，坠到半空时可能改变心意。而目前他最不想增添的就是恐惧感。

上吊需要工具，他也没有枪。

如果喝足威士忌，他或许能鼓起勇气去撞车。斯坦福德的A16公路上有道石门，时速开到九十英里撞上去，不会怎么费事。

可是万一他缺乏胆量呢？万一他醉酒过度无法掌控车子呢？万一有人把车停在路边呢？万一他把他们撞死，自己也撞成残废，最后坐在监狱的轮椅上死于癌症呢？

“先生……跟我回趟店里好吗？”

一个十八岁左右的小伙子低头看着乔治，他鬓发姜黄色，身上的深蓝色制服大了几号。

乔治这才意识到自己正蹲在店门口的瓷砖地上。

“先生……”

“实在抱歉。”乔治站起身。

“麻烦您跟我……”

乔治低头一看，发现自己仍穿着套装裤子，裤门都没闭好，于是赶紧扣好："好的。"

他进门往回走，穿过手袋区和香水区，在保安的陪同下走向男装部。"我好像有点犯迷糊。"

"这事您得跟经理谈，先生。"

几秒钟前充塞内心的忧郁想法，似乎已是很久以前的事。没错，他是有些神思恍惚，打个比方，就好像拿凿子戳伤拇指后那样，但在现在这种情况下他的感觉却出乎意料的好。

"谢谢，约翰。"男装部经理站在拖鞋货架旁，双手交叉于胯部。

保安恭敬地微微点头，然后转身走开了。

"好了，这位先生……"

"霍尔，乔治·霍尔。很抱歉，我……"

"还是上我办公室谈吧。"经理说。

有个女人拿着乔治的裤子走过来说："他把这些留在更衣间了，他的钱夹还在裤兜里。"

乔治趁势解释："我刚才可能有些犯迷糊。我真的不是故意惹麻烦。"

和别人说说话多好。他们说点什么，他答点什么，节奏平稳，他可以这样谈一下午。

"你还好吧，先生？"

那女人窝起手掌托着他的胳膊肘，他坐进侧旁的一把椅子，在他的记忆中，还从未有过这么坚实、舒服、熨帖的椅子。

有那么几分钟，事情模糊不清了。

然后一杯茶递到他手上。

"谢谢。"他啜了一口。不是什么好茶，但热腾腾的，盛在合宜的瓷杯里，握着很舒服。

"我们给你叫辆出租车吧。"

可能最好还是先回家，他想，改天再来买套装好了。

/ 2 /

他决定不跟简提这事。她会老想着找他谈，而这不是个讨喜的话题。

谈话，在乔治看来是被高估了。如今，你打开电视，总会看到有人不是在谈论领养孩子就是解释为何谋害丈夫。他并不是反对谈话。谈话是生活的乐趣之一，人人都需要时不时地来上一品脱 Ruddles 啤酒一吐为快，八卦哪个同事不勤洗澡，抱怨青春期的儿子半夜三更喝得醉醺醺的回家，呕吐在狗窝里。但谈话并不能改变什么。

乔治觉得，知足的秘诀在于彻底忽略许多事情。他无法想象，有人在一个公司一干就是十年，或长年养育儿女，而没有把某些想法永远抛诸脑后。至于生命的最后一程，你身上插着导尿管，牙齿掉个精光，这时记忆力衰退倒像是上天的恩赐。

他对简说在奥德尔百货公司没有找到合适的套装，星期一会开车再去趟城里，到时就不必和四万人一起挤在彼得博勒。然后他上楼进浴室，在病斑上贴了一大块膏药，免得看见。

那晚他基本睡得很沉，只是当罗纳德·巴罗斯，他死去很久的地理老师，用胶带封住他的嘴巴，拿长铁钉在他的胸膛钉出一个洞，他才醒来。奇怪的是，烦扰他的是气味，那种重病患者刚刚用过、只经草草清扫的公共厕所的气味，那种熏人的咖喱味。最糟糕的是，那好像是他身上的伤口散发出来的味道。

他盯着脑袋上方的灯罩，等着心跳平缓，就像一个刚从着火的大楼里被拖出来的人，难以相信自己已脱离险境。

六点整。

他起床，下楼。他把两片面包放进烤面包机，取下杰米在圣诞节送给他们的咖啡壶。这是个可笑的玩意儿，他们摆在外面是考虑到人情面子。不过此刻这玩意儿用起来感觉好极了，水箱里注入水，漏斗里倒入咖啡粉，橡胶圈装好，铝制部分旋在一起。不知怎么的，他想起一九五三年那次丢脸的普尔之行，他获准拿着加雷斯的蒸汽咖啡壶玩儿。把咖啡煮沸，可比坐在花园尽头观看树木像海怪一样摇摆好玩多了。

蓝色的火焰在咖啡壶的金属底座下叹息。这是室内野营。有一点点冒险意味。

面包片弹起来。

那当然是个周末，加雷斯烧死了青蛙。多么奇怪，回首往日整个生命历程在八月的一个午后，在短短的五分钟之内如此清晰地显现出来。

他往面包片上涂黄油和橘子酱，咖啡壶咕嘟作响。他把咖啡倒进杯子，啜了一口。浓得可怕。他加入牛奶，直到咖啡变成黑巧克力的颜色，然后坐下，拿起杰米上次回家时留下的《英国皇家建筑师学会期刊》。

阿兹曼·欧文设计的房子。

木制百叶窗，玻璃滑动门，包豪斯餐椅，桌上仅摆着一瓶白百合。哦，上帝啊，有时他真想在一张建筑图片上看到一条被丢弃的紧身男内裤。

“特别使用高频率恒定振幅电子插入式振捣器以压实混凝土，最低程度减小气孔，达到均匀的压实效果……”

这房子看起来就像一座煤仓。混凝土有什么好的？五百年后，人们难道还会站在 M6 公路的桥下去欣赏那些污迹？

他放下杂志，开始做《电讯报》上的填字游戏。

纳秒。拜占庭。额发。

七点半，简穿着紫色睡袍出来了。“睡不着？”

“六点钟醒了，没法再睡。”

“我看你用过杰米送的那东西了。”

“很好用，真的。”乔治回答，可事实上，咖啡因已经让他双手发颤，还有那种等待坏消息时的不适感。

“要给你弄点吃的吗？还是吃面包片就行了？”

“来点苹果汁吧。谢谢。”

有时，他早上看着她，看着这个臃肿衰老、头发蓬乱、颈部松弛的女人，略微有些厌烦。于是，在这样的早上——“爱”或许是个不妥的用词，尽管两个月前，两人在布雷克尼的旅馆同时醒来，连牙都没刷就做爱，让他们自己都吃了一惊。

他抱住她的臀部，她懒懒地摸他的头，就像摸一只小狗。

有时做狗也是一件值得羡慕的事情。

“我忘了说，”她挣脱开去，“凯蒂昨晚来过电话。他们要来吃午饭。”

“他们？”

“她、雅各布和雷。凯蒂觉得从伦敦出来玩一天应该不错。”

该死，这正是他想要的。

简弯腰翻冰箱，说：“尽量客气一点。”

/ 3 /

简把条纹杯子冲洗干净，放到架子上。

几分钟后，乔治穿着工作服又出来了，他冒着细雨去花园砌砖。

内心里，她以他为傲。波琳的丈夫，在他们一拿给他那个雕花酒瓶的时候，就开始走下坡路。八个星期后，凌晨三点，他喝下一整瓶威士忌，在草坪中央像只狗一样狂吼。

当初乔治向她说起建工作室的计划，还让她回想起杰米捣鼓什么机器抓圣诞老人的事情。可是瞧瞧那边，草坪的尽头，地基都砌好了，还有五排砖和蓝色塑料布盖好的一堆窗框。

不管七岁还是五十七岁，他们都需要有自己的事情做。把死物带回洞穴。拿到威灵堡的经营特许权。一顿丰盛的午餐,二十分钟的玩耍,金灿灿的奖章，这些便是获得关注的证据。

她旋开咖啡壶，一团湿乎乎的渣子掉在沥水板上散开了。“该死。”

她从碗橱里拿出一块抹布。

有些人谈起退休，会让你以为他们刚从越南回来。他们根本不顾及做妻子的感受。这跟你有多爱某个人无关。三十五年来,你独享这个家,然后却不得不跟他人分享……确切地说，还不完全是一个陌生人……

她还是可以和戴维见面的。上午在小学上班，还有在城里的奥塔卡书店兼职的时候，在外面多待几小时不算难事，乔治不会多心的。不过他还没退休的时候，这事儿的欺骗色彩似乎要淡些。现在，他每周七天在家吃午饭，空当儿便不好找了。

所幸他喜欢一个人待着，并且丝毫不关心她在别处做些什么，事情便容易多了。少了罪恶感，或者说没有罪恶感。

她把渣子冲洗干净，拧干抹布，挂在水龙头上。

她的态度有些冷淡，大概是凯蒂要来吃午饭的缘故。每当乔治和雷都想揪住对方大吵一通的时候，反而都会表现得很客气。

乔治是个正派人,从不酗酒,不打她,不揍孩子,连说话都难得大声。就在上星期,她还看见他失手让扳手砸了脚,他也只是闭上眼睛挺起腰,一副凝神专注的样子，仿佛想听清楚远处的喊声。而且，他只收到过一张超速罚单。

或许这就是问题所在。

她还记得，她有多嫉妒凯蒂跟格雷厄姆在一起的时候。他们是朋友,他们彼此平等。晚饭时分,他们谈起孕妇的生产,乔治的那张脸啊。格雷厄姆说了“阴蒂”这个词，乔治举着叉子，硬是没法把熏火腿往张大的嘴里送。

这就是做朋友的麻烦。一天，格雷厄姆自己跑了，把雅各布扔给她照顾，这事换了乔治就绝对做不出来。

不过乔治对雷的看法是对的。她跟他一样，对这顿午饭没什么兴趣。多谢老天，杰米不会来。总有一天，他会当着凯蒂的面喊雷“笨蛋”，或者就当着雷的面，到时她还得开车送人上医院。

论智商雷只有凯蒂的一半，但他仍然称她为“美妙的小女人”。那次他的确把割草机修好了，却并没有赢得乔治的好感。他总算实在，这正是凯蒂眼下需要的。一个懂得她特别之处的人，一个收入丰厚、脸皮不薄的人。

只要凯蒂不嫁给他。

/ 4 /

乔治把砂浆倒在硬纸板上，用泥刀检查有没有疙瘩块。

就像飞行恐惧症一样。

他拿起一块砖，在底面抹上砂浆，放上去，然后轻轻从旁侧调整位置，挨着垂直的水平仪稳妥地砌好。

起初坐螺旋桨飞机去帕尔玛和里斯本时，颠簸的飞行并未让他不安。他只记得奶酪的包装纸上水珠直冒，马桶向平流层排泄时大声轰响。后来，一九七九年从里昂回来那次，飞机被迫除冰三次。一开始，他只是觉得候机室里的每个人都让他分心：凯蒂在练习倒立；简在登机广播播出后还跑去免税商店；对面的小伙子抚摸着他那过长的头发，就好像在抚摸一头温驯的动物……然后，登机时，机舱本身那种封闭的化学气味让他胸口发紧。不过直到飞机滑向跑道，他才想到飞机有可能在中途出现致命的机械故障，他会和两百个大哭大喊、屎尿失禁的陌生人待在这个巨大的钢筒里急速下坠，几分钟后葬身于扭曲变形的橘色火球里。

他记得凯蒂说：“妈，我觉得爸爸有点不对劲。”可是，声音就像从他坠入的深井的井口处那一小团阳光那儿传来的，听起来很微弱。

他死死盯着前面的座椅椅背，极力想象自己正坐在家中客厅里。然而每隔几分钟，他就会听到一声凶险的鸣响，看到右边舱壁上的小红灯在闪烁，在悄悄通告机组人员，驾驶舱里的飞行员正在奋力解决致命的机械故障。

他此时不是没法说话，只是说话更像另一个世界的事情，一个他只有模糊印象的世界。

有一会儿，杰米看着窗外，说：“我觉得机翼要断了。”简嘘了他一声：“老天，懂事一点好吗？”乔治倒真切觉得铆钉快要烧断，机身就像一堆碎石在下坠。

那之后的几星期，他只要看到飞机从头顶飞过就很愤怒。

这种反应很自然。人类就不应该被封在罐子里，由螺旋桨推动的飞行器发射到天空。

他在对角砌上一块砖，然后在两块砖的顶端之间拉起一条平准线。

他当然惊恐。这是焦虑在发挥作用，促使你赶紧离开险境，比如豹子、巨型蜘蛛、操着长矛过河而来的陌生人。至于别的人，他们那是有问题，才能坐在那里读《每日快报》，嘴里还含着糖块，好像坐的是大巴士。

简喜欢阳光，但是如果开车去法国南部，那度假还没开始就毁了。因此，他需要一个对策，防止恐惧在五月就开始萌生，一路攀升，直到七月在希思罗机场爆发。喝果汁，远途散步，看电影，音量开到最大听托尼·本尼特，清晨六点喝红葡萄酒，阅读新出的“弗拉什曼”

小说[1]。

他听到说话声，抬头一看。简、凯蒂和雷站在露台上，就像显贵人物在等着他驾船进入某个异国港口。

“乔治……”

“来了。”他刮去新砌砖块周边多余的砂浆，抹回桶里，盖上盖子，然后起身走向草坪，边走边用抹布擦净双手。

“凯蒂有话要说，”简说，用的是不把她那膝盖关节炎当回事的语气，“但她想等你在场时再说。”

“我和雷要结婚了。”凯蒂说。

有那么一瞬间，乔治感觉灵魂出窍。他从露台之上十五英尺高的地方往下看，看着自己亲吻凯蒂、跟雷握手。就像跌下活梯那样，时间慢了下来，躯体本能地知道如何用胳膊护住脑袋。

“我把香槟放到冰箱里。”简说着快步走进屋。

乔治重新回到自己的身体里。

“九月底，”雷说，“打算办得简单一点。不想让你们太麻烦。”

“对，”乔治说，“对。”

他不得不在婚宴上致辞，数说雷的种种好。杰米会说不来参加婚礼，但简肯定不允许杰米不来参加婚礼。雷会成为家中一员，他们会经常见面，直到死为止，或者移居国外。

凯蒂这是在干吗？你不可能让孩子百依百顺，这一点他知道，光让他们吃点蔬菜就够费劲了。但是跟雷结婚？她哲学拿的可是二级一等的成绩。还有在里兹爬进她车子的那个家伙，她揪着他的耳朵把他交给了警察。

雅各布挥舞着面包刀来到门口说：“我是一头大象，我要去赶火车，

①英国畅销书作家乔治·麦克唐纳·弗雷泽创作的系列小说，该系列丛书在十几岁的男孩当中很流行。

还有……还有……还有……还有，这是我的长牙。”

凯蒂眉毛一扬：“我觉得这不太好。”

雅各布跑回厨房，一路高兴地尖叫。凯蒂进屋跟了过去。

剩下乔治和雷独处。

雷的弟弟在监狱服刑。

雷在一家生产高规格凸轮轴铣床的机械公司上班，乔治对此毫无概念。

“哦。”

“嗯。”

“对了，工作室弄得怎样了？”雷抱起双臂。

“还没塌掉。”乔治也抱起双臂，然后发觉自己在模仿雷，又放开双手，“盖的那一点还不够塌的。”

很长一段时间，两人都没说话。雷用右脚脚尖将石板上的三颗卵石重新排好。乔治的肚子一阵咕咕响。

雷说：“我知道你在想些什么。”

乔治心头一惊，以为雷会说破自己的心事。

“我离婚的事，我的一切。”他噘起嘴唇，缓缓点头，“我是个幸运儿，乔治，这我知道。我会照顾好你女儿的，你不用担心。”

“很好。”乔治说。

“费用由我们来负担，”雷说，“除非你们另有想法。我是说，你们已经负担过一次。”

“不，不该由你们负担。”乔治说，很高兴能摆点架子，“凯蒂是我们的女儿，我们应该体面地把她送出去。”送出去？听上去凯蒂就像一艘船。”

“说的也是。”雷说。

倒不仅仅因为雷属于劳工阶层，或者有浓重的北方口音。乔治不是个势利眼，而且不管雷背景如何，从他开的车，还有凯蒂对他们房子的描述来看，他肯定混得不错。

乔治觉得问题主要在于雷的块头。他看上去就像一个普通人被放大了，行动比别人迟缓，跟动物园里的大型动物差不多，比如长颈鹿、野牛。他进门得低着头，长着一双“扼杀者之手”，杰米这形容虽然刻薄倒也准确。

乔治在制造业周边行业干了三十五年，共事过的男人形形色色。五大三粗的人，牙齿一咬开启啤酒瓶盖的人，服役期间取人性命的人，还有——用泰德·蒙克精彩的话来形容，凡是好好立着的东西都能操上一顿的人。跟他们相处时，他虽然从未觉得自在，却也很少怯懦。但是，雷上门拜访，就让他想起十四岁时哥哥的那些朋友，想起自己曾怀疑男子汉气概中有某种密码不为他所知。

“蜜月呢？”乔治问。

“巴塞罗那。”雷回答。

“很好。”乔治说，一时想不起巴塞罗那在哪个国家，“好极了。”

“希望吧。”雷说，“那个时候应该凉快一点了。”

乔治问起雷工作怎样，雷说他们在卡迪夫接管了一家生产卧式加工中心的公司。

没什么大不了的，硬要说起来，乔治也能就汽车和运动方面吹嘘一番，可是这跟在圣诞剧中扮演绵羊一样，掌声再多也不会让这角色显得高贵，或者让他打消跑回家阅读化石科普书的念头。

“他们在德国有很多大客户。公司想让我经常跑慕尼黑，两地来回。这是不可能的事，理由还用说吗。”

凯蒂第一次把雷带回家时，他伸手抚过电视上方的CD架，说：霍尔先生，看来你是个爵士发烧友。”乔治当时觉得雷就像发现了一堆色情杂志。

简来到门口问：“你要洗手换件衣服再吃饭吧？”

乔治转向雷：“我一会儿就来。”他走开了，穿过厨房，上楼进入可以上锁的安静浴室。

/ 5 /

果然，他们不喜欢这决定，凯蒂能看出来。

好吧，他们会接受的。现在她要疯狂一回。事实上，只有一部分的她想念放任自己疯狂的那种感觉，仿佛她已经放低标准。不过你到了某个阶段，就会发现试图改变父母的心意永远都是白费力气。

雷不是知识分子，也不是她结识过的男人中最帅的，最帅的那个对她糟糕透顶。而当雷伸出胳膊抱住她的时候，她觉得很久都没有过那样的安全感了。

她想起露西家那顿可怕的午餐。巴里做的炖牛肉有毒，他喝醉酒的朋友在厨房摸她的屁股，露西哮喘发作。她望向窗外，看着雷让雅各布骑在肩上玩骑马游戏，绕着草坪跑来跑去，跃过翻倒的手推车。随后她想到要带着动物死尸的气味回到自己的小公寓，忍不住哭起来。

后来，他带着一束康乃馨出现在她家门口，她略略有些惊喜。他没打算进屋，她硬要他进去。主要出于怕尴尬的原因，她不想收下花随即关门了事。她给他煮了一杯咖啡。他说他不擅长闲聊，她便问他要不要直接上床。话一出口，却没有她想象的那么有趣。事实上，如果他说“好”，她有可能会答应，仅仅因为她高兴有人要她，根本不在乎她的眼袋和身上沾有香蕉的科茨沃尔德野生动物公园 T 恤。不过关于闲聊，他说的倒是实话。他擅长修理录音机、准备早餐、组织铁路博物馆考察之旅，他喜欢这些事情更甚于闲聊。

他也会发脾气。在第一次婚姻快要结束的时候，他曾经挥拳砸穿门板，弄断了手腕上的两条肌腱。然而，他是她认识的最温柔的男人之一。

一个月后，他带他们去哈特尔普尔见他父亲和继母。他们住的是一栋带花园的平房，亦即雅各布眼中的天堂，因为装饰性水池的周边有三个小矮人，还有可以躲猫猫的凉台之类。

艾伦和芭芭拉把她当乡绅的女儿一样款待，她起初惴惴不安，后来才发现他们对待陌生人或许都是这样。艾伦大半辈子都在一家糖果厂上班。雷的母亲得癌症去世后，艾伦又开始上小时候去的那家教堂，在那里认识了已跟酒鬼丈夫离婚的芭芭拉（她说的是“喜欢喝酒”，听来就像在说跳莫里斯舞或架篱笆一样）。

在凯蒂看来，他们更像是祖父母（不过她自己的祖父母可没有文身），属于讲究顺从和责任的旧世界。他们在客厅墙上挂满雷和马丁的照片，两人的一样多，尽管马丁把自己的生活弄得一团糟。餐厅里摆着一个陈设着瓷像的小橱柜，马桶底座周围则铺有U形毛绒垫。

芭芭拉做了一锅炖菜，后来又给雅各布炸了鱼条，因为他直嚷嚷吃的是“硬块”。他们问她在伦敦做什么工作，她便解释自己如何协助别人举办艺术节，听上去有点醉生梦死的感觉。于是她又讲起他们去年雇用的一个新闻主播如何酗酒，可随即就想到芭芭拉离婚的原因，不过已经太迟了，根本来不及巧妙地换个话题，只好尴尬地草草收尾。还是芭芭拉转移的话题，问她父母从事什么工作，她说父亲刚从一个小公司的管理职位上退休。凯蒂不想多谈，不料雅各布却说：“外公是做秋千的。”因此，她只好解释“牧羊人”是一家给儿童乐园制造游乐设施的公司。这似乎比举办艺术节听起来要好些，不过还是不如她期望的那般可靠。

换作几年前，她或许会觉得不自在，迫不及待要回伦敦。但是她许多没有孩子的伦敦朋友都开始给人醉生梦死的感觉，而此刻跟这些生养子女、倾听多于聒噪、重视园艺甚于美发的人打发时间的感觉还不错。

或许他们有点老派。或许雷也有点老派，或许他是不喜欢吸尘器，或许他总爱把卫生棉球盒收回浴室橱柜。可是，格雷厄姆还会打太极呢，结果却是个浑蛋。

她丝毫不在乎父母怎么想。而且，老妈跟老爸的一个旧同事不清不楚的，老爸还假装她的那些丝巾以及她的容光焕发都是书店的新工作所赐，因此，说到感情关系，他们根本没有资格指责别人。

天哪，她甚至不愿想起这些。

她只希望太平无事地吃完午饭，没有太多摩擦，并且能躲开洗碗时女人对女人的可怕交心话。

/ 6 /

直到甜点部分，午饭都吃得很顺利。

乔治换衣服的时候打了一个小嗝。他正准备脱下衬衣和裤子，忽然想起衣服下面藏着的东西，不禁心里一震。那种感觉就像在看恐怖片时带给你的感官一样：衣柜的镜门晃悠着关上，映出手拿镰刀站在男主角身后的僵尸。

他关灯，拉下百叶窗，在黑暗中一边淋浴一边唱《耶路撒冷》。

最后他下楼时，不但觉得神清气爽，还得意于自己的反应快速又有效。他走进餐厅，发现有酒、有闲聊，还有雅各布在假扮直升机，他终于能稍微放松下来。

他担心简，按她的个性容易好心说错话；担心凯蒂，按她的个性会主动上钩，然后两人毫无理由地像猫一样斗起来。凯蒂聊起巴塞罗那（当然是在西班牙，他现在想起来了），雷称赞饭菜好吃（“汤很可口，霍尔太太”)，雅各布用餐具铺了一条跑道让他的巴士起飞，然后听乔治说巴士不能飞便气得要命。

黑莓甜饼吃到一半的时候，他忽然觉得那块病斑像脚癣一样发痒。“肿瘤”一词浮现心头，讨厌的词语，他可不想去琢磨它，但也没办法把它从脑子里甩开。

他此刻坐在桌边，能感觉到它在生长，或许长得很慢，肉眼看不出，但总之是在长，就像小时候他保存在果酱罐里、放在卧室窗台上的面包酶一样。

他们在讨论婚礼的安排：酒席承办人、摄影师、请柬……这一段乔治还能听明白。然后他们开始讨论要不要订旅馆（凯蒂和雷想订)，要不要租个帐篷搭在花园里（雅各布喜欢，他一想到大帐篷就兴奋得不得了)。听到这里，乔治就开始恍惚了。

凯蒂转向他，好像问了句“工作室什么时候完工”。她说的可能是匈牙利语。他看见她的嘴巴动啊动，就是听不明白她讲的是什么。

他脑袋里的油门踩到底，引擎尖叫，轮胎飞速转动，橡胶直冒烟，可是他无处可去。

接下来的事，他不是很清楚，但是很失礼：他打坏餐具，急急从后门冲了出去。

/ 7 /

碟子一阵哗啦响，简转头一看，乔治不见了。

大家愕然不语，五秒钟后，雅各布从他的巴士上抬起头，说：“外公去哪儿了？”

“在花园里。”雷说。

“很好。”凯蒂表情僵硬地说。

简想拦住她。“凯蒂……”

太迟了。凯蒂站起身，大步走出餐厅去找她父亲。又是一阵沉默。

“妈妈也在花园里吗？”雅各布问。

“抱歉。”简看着雷。

雷看着雅各布说：“你老妈是一位热辣的女士。”

“什么是‘热辣’？”雅各布问。

“她发脾气，不是吗？”雷说。

雅各布想了一会儿说：“我们能把潜水艇开出去吗？”

“那来吧，艇长。”

雷和雅各布去了楼梯口。简走进厨房，站在冰箱旁，偷偷看着凯蒂。

“喷水器喷水啰。”雅各布在楼上喊。

“我不在乎你怎么想，爸。”凯蒂在露台上走来走去，胳膊乱舞，简直像电影里的疯子，“这是我的生活，我要嫁给雷，不管你喜欢不喜欢。”

乔治到底在哪里、在做什么，简根本没法看出来。

“你不知道，不知道，雷心地好，脾气好。你爱怎么想是你的事，但如果你想阻止，我们就自己办，可以吧？”

她好像是盯着地面，乔治该不会躺在地上吧？

他跑出餐厅的时候，简以为他把奶油洒到裤子上或闻到煤气味了，凯蒂却马上认定是怎么回事。这不奇怪。但显然事态更严重，让她忧心忡忡。

“怎么说？”凯蒂在玻璃窗另一边说。

简听不见回应。

“天哪，我算服了。”

凯蒂从窗户那里走开了，屋侧响起脚步声。简赶紧拉开冰箱门，拿出一盒牛奶。凯蒂冲进门，气呼呼地嘟囔“那人是怎么回事”，然后走进过道。

简把牛奶放回冰箱，等着乔治进来，可没有动静。她把水壶放到灶上，走到屋外。

他背靠墙坐在露台上，手指按着眼睛，像极了那个猛灌苹果酒后睡在法院外头草地上的苏格兰人。

“乔治？”她朝他弯下腰。

“哦，是你。”他把手从脸上拿开。

“出什么事了？”简问。

“我只是……我觉得讲话好费劲，”乔治说，“凯蒂又一直大吼大叫。”

“你还好吧？”

“说实话，很难受。”乔治说。

“怎么个难受法？”她怀疑他哭过，又觉得这很荒唐。

“觉得呼吸困难，不得不透透气。对不起。”

“那就不关雷的事了？”

“雷？”乔治问道。

他似乎忘了雷的存在，这也令人担忧。

“对，”乔治说，“不关雷的事。”

她摸摸他的膝盖，这感觉真怪。乔治讨厌怜悯，他想要的是热的柠檬味冲剂、毯子和可以独处的空间。“现在感觉怎样？”

“跟你说说话，好点了。”

“我们打电话给医生，跟他约个时间明天去看看。”简说。

“不，不找医生。”乔治决然说道。

“别傻了，乔治。”

她伸出手，他拉住，慢慢站起来。他在发抖。“咱们进屋吧。”

她惴惴不安。他们已经到了这种年纪，健康堪忧，身体总会出毛病。

鲍勃·格林的心脏病，莫伊拉·帕尔默的肾病。不过至少乔治还任由她照顾，情况就不同了。她不记得上次像这样手挽手走路是什么时候。

他们走进屋里，凯蒂正站在厨房中间吃碗里的甜饼。

简说："你爸身体不太舒服。"

凯蒂眼睛一眯。

简又说："跟你和雷的婚事无关。"

凯蒂看着乔治，嚼着满口的甜饼说："哦，那你为什么不说？"

简扶着乔治走进过道。

他放开她的手说："我上楼去躺躺。"

两个女人默然站着，直到头顶传来卧室房门的咔嗒闷响。然后凯蒂把空碗放进水槽。"谢谢你让我实实在在当了一回傻瓜。"

"这方面你根本不需要我帮忙。"

/ 8 /

独自待在黑乎乎的房间里，不像乔治想的那么舒服。他躺在床上，看着一只苍蝇在灰蒙蒙的空中飞来飞去。让他吃惊的是，他想念凯蒂朝他吼叫的感觉。最好是他自己能大吼大叫一番，这好像有点治疗效果。可惜他从来就不会大吼大叫，不过被别人怒吼一顿，效果或许跟他想要的差不多。

苍蝇停在灯罩的流苏上。

没事，简不会让他去看医生的。谁也别想让他做这做那。

他不由自主地在心里默念"医生"一词，随即便能闻到橡胶管的气味，看到灯箱上 X 光投出的鬼魅影子和茫茫的黑暗，以及待在单调的小房间里、手拿笔记板搁在膝上的老练医生。

他得想办法转移心思。

八个以 M 字母开头的美国州名。

缅因州。密苏里州。马里兰州，大家总会忘记这个州。蒙大拿州。密西西比州，这是河流名吧?

门开了。

“外公，我可以来你的洞穴吗？”

雅各布没等他应声就跑进房间，爬到床上，钻进羽绒被。“那个很大……很大……很大的吃怪兽的黄色怪兽抓不到我们了。”

“我觉得你脱险了。”乔治说，“这里没有那么多黄色的怪兽。”

“是吃怪兽的黄色怪兽。”雅各布固执地说。

“吃怪兽的黄色怪兽。”乔治回应。

“长鼻怪是什么东西？”

“嗯，没有长鼻怪这种东西。”

“它有毛吗？”雅各布问。

“长鼻怪不存在，所以……没有，它没有毛。”

“它有翅膀吗？”

乔治和小孩在一起时总是不自在。他知道他们不够聪明，这是问题所在，这也是他们要上学的原因。但是他们能嗅出恐慌。他们盯着你的眼睛，要你扮演巴士售票员，而你总会怀疑自己被迫要通过某个可怕的测验。

在杰米和凯蒂小的时候，这还不是问题。做父亲的不一定要玩藏猫猫游戏，或者手上套只短袜扮演阴险的蛇先生（雅各布和简就非常喜欢玩蛇先生游戏）。你只要盖树屋、主持公道、拉住大风里的风筝，就差不多可以了。

“它有喷气发动机或螺旋桨吗？”雅各布问。

“什么东西有喷气发动机或螺旋桨？”乔治问。

“这架飞机有喷气发动机或螺旋桨吗？”

“我想你可以告诉我。”

“你觉得呢？”雅各布问。

“它可能有一个螺旋桨。”

“不对，它只有一个喷气发动机。”

他们并排仰躺，看着天花板。苍蝇飞走了。空气中隐隐有湿尿布的气味，介于鸡汤和热牛奶的味道之间。

“现在我们要睡觉吗？”雅各布问。

“说实话，雅各布，我更想聊天。”

“外公，你喜欢聊天？”

“只是有时候。”乔治说，“大部分时候我喜欢安静。可是确切到此刻，我更喜欢聊天。”

“什么是‘月切到此刻’？”

“‘确切到此刻’就是现在，刚吃过午饭的时候，星期天的午后。”

“你是怪人吗？”雅各布问。

“我想大家基本上不会这么说。”

门又开了，雷探头进来。

“抱歉，乔治，这小子溜过来了。”

“没事，我们正聊天呢，对吧，雅各布？”

能够在未来女婿公认的专长领域挑衅一番，感觉很不错。

可接下来就不好了，雷走进房间，往床尾一坐。坐在他和简的床上。“你们俩可真聪明，悄悄地躺在这儿。”

雷往床上一躺。

由此可见，雷的身上也有孩子的某些问题。有时候你真会觉得他脑子里少根筋，他会在你上厕所的时候，若无其事地走进卫生间拿毛巾，根本不去想这可能不妥当。

“我们来玩编玫瑰花环的游戏吧。”雅各布挣扎着爬起来。

瞧，测验来了。你先是亲切地讲长鼻怪的故事，然后莫名其妙地被硬推进一个难堪的字谜游戏。

“好吧。”雷说着跪起来。

亲爱的圣母啊，乔治想：我不用参加吧？

“乔治？”

当然参加。

他也跪起来。雅各布拉起他的左手，雷拉起他的右手，他多么希望简或凯蒂这个时候不会进房间。

“一串一串玫瑰花……”雅各布跳起来。

雷也跟着唱：“满口袋的玫瑰花。”

乔治随着歌声上下抖肩膀。

“阿嚏阿嚏打喷嚏，我们个个都倒下。”

雅各布往上一跳，尖叫着和雷一起倒在羽绒被上。乔治顾不得丢脸不丢脸，也往枕头上一瘫。

雅各布在笑，雷在笑。乔治真想找到那扇暗门的把手，一推门，就能通过长长的滑道回到童年，任人照顾，安好无忧。

“再来，”雅各布大叫着爬起来，“再来，再来，再来，再来，再来……”

/ 9 /

杰米把外套挂在椅背上，松开领带，脚尖一旋舞过厨房，停在冰箱前。反正没人看见。“哦，真酷。”

他拿出一瓶科罗娜啤酒，关上冰箱，取出烤面包机下方抽屉里的时运牌香烟，然后走出落地窗，坐到长凳上，点燃香烟。

真是不错的一天。米勒房产的合约签字了。欧文夫妇快要上钩，看他们的眼神就知道，嗯，应该是她的眼神，很明显她才是当家人。另外，卡尔脚踝上的伤还没好，还在休假，因此一直由杰米接洽科恩夫妇。众所周知，他没把事情搞砸，不像卡尔。

花园赏心悦目。没有猫随处排泄，大概狮子粪团①起了作用。回家的路上下过雨，大大的卵石光洁黑亮。粗壮的枕木围着抬高的花床，里面有连翘、月桂、玉簪。天知道人们为什么要种草，花园不就是让你无所事事地坐在里面歇息的吗？

隔着几个花园，他隐隐听到雷鬼音乐，声音大小恰好适合慵懒的夏日，不会吵得只想让调小音量。

他猛灌一口啤酒。

对面房子的山形墙上出现一个奇怪的橘色泡泡，慢慢变成一个热气球，向西飘到樱桃树枝后面。接着又出现一个，这次是红色，巨大的灭火器形状。一个接一个，满天都是热气球。

他吐出一小口烟雾，看着它往旁边飘动，一直飘到烧烤架上方才消散无形。

生活真是太美好了。他有公寓，有花园，左边住着一位健壮的老太太，右边住着一名基督徒（你自然有喜欢基督徒的原因，最起码他们做爱时不会像以前的德国住客那样叫唤）。星期二和星期四上健身房，每周三个晚上有托尼相伴。

他又从烟盒里拿出一根烟。

还有鸟声，伴着雷鬼音乐。十岁的时候，他还听得出它们是什么种类，现在不行了。没关系，反正是动听的噪音，纯天然，舒神醒脑。

托尼再过半小时就到，他们要去木匠餐厅吃点东西，回来的路上

①据说猛兽的粪便散发出的味道可以驱赶一些动物。

再去百视达音像店买张DVD。如果托尼不太累，他们还可以亲热一次。

附近的花园里，有个孩子对着墙壁踢足球。咚，咚，咚。

一切似乎都停滞于某种平衡中，当然总会有人跑来捣乱，有些人不就是专干这个的嘛。不过现在……

他有点饿，心想不知道还有没有品客薯片。他起身走进屋里。

/ 10 /

凯蒂有时怀疑她妈是为了故意气她才说某些话的。

显然，老妈宁愿没有婚礼，可如果要办，她就想办得豪华盛大。凯蒂说这只不过是二婚，老妈却说他们不想掉价。凯蒂说有些旅馆真的很贵，老妈就建议上教堂结婚。凯蒂问为什么，老妈说那很美好。凯蒂说宗教的重点不是好或不好。老妈说她应该去定做礼服，凯蒂说她不做礼服，老妈告诉她别闹笑话。凯蒂这才明白，他们应该在拉斯维加斯先结婚，事后再公布消息。

第二天，凯蒂在收看电视剧《小溪边》，雷和雅各布则用两把餐椅和野餐毯搭起一个粗陋的帐篷。她问他们在干什么，雅各布说在搭帐篷。“给婚礼用的，”凯蒂想，“讨厌。”她准备和雷结婚，她父母则准备办一场派对，他们只不过是同时进行而已。

她打电话给老妈，提出一个折中方案。老妈负责搭帐篷、准备鲜花和蛋糕，她去登记结婚，不搞教堂仪式，选购现成的礼服。

接下来的星期六，雷和雅各布去装配新的排气设备，凯蒂则进城和莫娜碰面，好趁着老妈还没改变心意时买好整套行头。

她从威茨服装店买了一条天蓝色露肩丝裙。衣服很紧（凯蒂曾经下决心不买任何不方便穿的衣服），不过万一结婚登记处失火，她觉得雷倒是可以直接把她往肩上一扛。她又从牛津街买了一双颜色略深的蓝色麂皮鞋。跟莫娜在一起度过几小时闺阁密友时光真是开心，莫娜似乎可以疯个没完。

回家后，她在男士们面前旋舞一圈。雅各布说：“你很像淑女。”话有点怪，但甜蜜动听。

“我们应该给你弄套水手服来搭配。”她弯腰吻他（弯腰可不容易）。

“小家伙可以随便一点。”雷说。

“我想穿小建筑师巴布的 T 恤。”雅各布严肃地看着她。

“我可说不准外婆会怎么想。”凯蒂说。

“可是我想穿小建筑师巴布的 T 恤。”雅各布说。

到时自有办法。

/ 11 /

诊所外面，乔治坐在车里紧抓方向盘，仿佛正驱车下山。

他觉得衬衣下面的病斑就像烂肉做的井盖。

他可以去看医生，也可以驾车离去。这么一想，他稍感平静。选项 A 或选项 B。

他如果去看医生，就会得知实情。他不想知道实情，不过实情可能不像他所忧惧的那么糟糕。病斑也许是良性的，也许属于可以治愈的范畴。然而巴弗提安只是普通门诊的医生，乔治有可能会被他转给专家门诊的医生，然后眼巴巴地等上一周、两周或一个月才能看上病（一个人七天不吃不睡，很有可能发疯，如此情况就会失控）。

他如果驱车离去，简会问他去了哪里。诊所会打来电话询问他为何爽约，而他可能没法抢先接到电话。他会死于癌症。简会很生气，怪他没去看医生，怪他得了癌症就傻傻等死。

或者，病斑是良性或可治愈的，但由于他现在驱车离去，而可能在此之后发生突变，恶化为难以治愈的癌症。然后他被告知实情，继而不管存活时间多短都得抱着这一认知熬日子：他直接死于自己的怯懦。

最后他下了车，因为他再也无法忍受车里的憋闷。

诊所里人来人往，让他略感安心。他挂了号，找个座位坐下。

婚礼致辞中说点雷的什么事情好呢？现在可以集中精神想想这个难题。

雷呵护小孩，嗯，至少对雅各布很好；会修修补补，或者自以为会。那台割草机经他修理后又坏了一周。但这些都算不上足以促成婚姻的优点。他有钱，这优点当然足够，但你只能顺带提及逗逗乐子，此前还是得说明白如何喜欢上这家伙。

他满脑子都是这件事。

雷爱凯蒂，凯蒂爱雷。

她爱吗？女儿的心思对他而言一直是个谜，倒不是因为她心存顾忌，不说出自己的想法，比如对她卧室壁纸的想法，对后背长毛的男人的想法，她都会说出来分享。只是她的想法极端多变（壁纸有那么重要吗），根本无所谓和谐统一的世界观，他有时不禁怀疑她是不是吃错药了，尤其是青春期那时。

不，他弄错了，新娘的父亲用不着去喜欢准女婿——想到这一点，他觉得头脑恢复了清醒。那是伴郎的事情。如果雷的伴郎扮演起小丑来比凯蒂上次婚礼中的伴郎出色，乔治倒会觉得欣慰，对婚姻本身不那么担忧了（“我打电话给格雷厄姆的前任女友们，打听凯蒂会免不了遭哪些罪，她们是这么说的……”）。

他抬眼望见远处的墙上有张海报。海报上是两幅照片，左边那幅拍出一片晒黑的皮肤，附有一句话：“你觉得我的黑皮肤怎样？”右边那幅写的是："你觉得我的皮肤癌怎样？"图片则像一个裹满烟灰的大疖子。

他一阵恶心，随后才发现自己为了稳住身子，正抓着右边一位娇小的印度女人的肩膀。

"对不起。"他站起来。

天哪，他们为什么偏偏在这里贴这种海报呢？他往门口走去。

"霍尔先生？"

他走到半路时，接待员又喊了一次，声音更坚定。他只好转身。

"巴弗提安医生现在可以见你了。"

他没有勇气违抗，乖乖地走向过道，巴弗提安医生笑眯眯地站在打开的门边。

"乔治。"他招呼道。

他们握握手。

巴弗提安医生把乔治领进屋，关上门，然后坐下往后一靠，右手食指和中指像夹香烟一样夹着短铅笔。

"说说吧，今天有什么不舒服？"

巴弗提安医生脑袋后面的架子上有个廉价的塑料埃菲尔铁塔，还有一张他女儿荡秋千的镶框照片。

就这样吧。

"我觉得精神恍惚。"乔治说。

"怎么个恍惚法？"

"吃午饭的时候，我觉得呼吸困难，还打翻一些东西，冲到屋外去了。"

恍惚。就是这样。那他为何把自己弄得这么紧张？

"胸口疼吗？"巴弗提安医生问。

"不疼。"

"跌倒了吗？"

"没有。"

巴弗提安医生盯着他，精明地点点头。乔治感觉不太好。这就像电影的结束场景，告诉大家此前的俄罗斯杀手、离奇的办公室火灾和热衷于召妓的国会议员，这一切都归因于伦敦某个俱乐部图书室里的伊顿公学老校友，此人无所不知，只需打个电话就能干掉别人。

"你想逃开什么呢？"巴弗提安医生问。

乔治想不出答案。

"你在害怕什么吗？"

乔治点点头，觉得自己像个五岁小孩。

无所谓，当五岁小孩挺好。五岁小孩有人照顾。巴弗提安医生会照顾他，他只要忍住眼泪就行了。

乔治掀起衬衣，拉开裤子拉链。

巴弗提安医生无比缓慢地拿起桌上的眼镜戴上，凑近那处病斑。"有意思。"

有意思？老天，他就要死于癌症，身边会围满皮肤科的教授和学生。

时间仿佛过去了一年。

巴弗提安医生取下眼镜，靠回椅背。"盘状湿疹，除非我错得离谱。抹一星期类固醇软膏就好了。"他停顿一下，像朝地毯上磕烟灰那样敲敲铅笔，"你可以把衣服塞回去了。"

乔治把衬衣塞好，穿好裤子。

"我给你开个处方。"

他走过接待台，穿过一道由高窗洒向脏污绿地毯的阳光。一位母亲在给小婴儿喂奶。她旁边是一个红脸膛的老头，穿着防水长靴，拄着拐棍，目光越过童车和卷角的杂志凝望着翻滚的田野，那无疑是他劳作大半辈子的地方。

他推开玻璃双扇门，回到阳光下。

鸟儿在歌唱。事实上没有鸟声，但此刻感觉像早晨，理应有鸟声。头顶上，一架喷气式飞机在蔚蓝的天空划出一道白线，载着男男女女飞向芝加哥和悉尼，飞向各种会议和大学，飞向家宅和配有蓬松毛巾的旅馆海景房。

他在台阶上停步，深深呼吸篝火烟雾和新雨的美好气息。

十五码外，修剪整齐的齐腰高冬青树篱另一边，Polo 车像忠诚的狗儿一样在等他。

他要回家了。

/ 12 /

杰米吃下第七片品客，把薯片筒放回橱柜，然后走进客厅往沙发上一躺，按下电话答录键。

“杰米。嗨，是妈妈。我还以为你在家，哦好吧，没关系。我想你肯定听说这事了，凯蒂和雷星期天回来过，他们打算结婚。你可以想象，这让人有点吃惊。你爸现在还没缓过劲来。反正，时间定在九月的第三个周末。婚宴在我们这儿办，在花园里。凯蒂说你应该带某人来参加，到时候我们会发正式请柬。总之，等你有空再聊。爱你。”

结婚？杰米觉得脑子有点发晕。他担心听错，又听了一遍留言。没听错。

天哪，他姐姐做过不少蠢事，这件算是蠢中之最。雷本应是个过渡。凯蒂会讲法语，雷爱读体育人物传记。你只要请他喝几杯，他就可能开始大谈特谈“我们的有色人种兄弟”。

他们同居多久了……六个月？

他第三次听留言，然后走进厨房，从冰箱里拿出一支紫雪糕。他不应该生气。这一阵他很少见到凯蒂，就算见到，她也总是和雷待在一起。结婚的话有什么不同呢？不过是几张纸，如此而已。

那他为什么心烦？

花园里有只该死的猫。他从台阶上捡起一块卵石瞄准，没打中。

妈的。手上一用劲，冰激凌滴到了衬衣上。

他拿湿海绵轻轻抹擦。

间接获知消息，这就是他恼火的原因。凯蒂不敢告诉他，她知道他会怎么说或怎么想，所以就让老妈代劳。

简单点说，这是别人的事。有人就是喜欢跑来捣乱，比如你在斯泰萨区一边开车一边想事情，他们却打着手机直往副驾驶座的门上撞；你去爱丁堡度个长周末，他们就偷走你的手提电脑，还往沙发上拉屎拉尿。

他看着屋外，那只该死的猫又来了。他放下雪糕，又扔出一块卵石，这次更用力。卵石擦过枕木，飞过墙端砸在邻家花园里，啪的一声击中了什么东西。

他关上落地窗，拿起雪糕躲开了。

换作两年前，凯蒂根本不会搭理雷。

她累了，这就是问题所在。两年来住在像垃圾桶一样的公寓里，每天只睡六小时，照顾雅各布，她的脑子已经不清醒了。然后雷带着钞票、大房子和酷车出现了。

他必须给她打个电话。他把雪糕放在窗台上。

拨号。电话在另一端响起。

有人接起，杰米马上意识到也许是雷，差点放下话筒。“该死。”

“喂？”是凯蒂。

“感谢老天。”杰米说，“抱歉，不是有意的。我是说，我是杰米。”

“嗨，杰米。”

“老妈刚告诉我消息。”他尽量说得轻描淡写，可还是因为“雷之恐慌”而有点神经质。

“是啊，我们在去彼得博勒的路上决定宣布消息。回来后雅各布又相当闹腾，我本来想今晚打电话给你的。

“那么……恭喜啰。”

“谢谢。”凯蒂说。

然后，一阵尴尬的沉默。他希望听到凯蒂说：“帮帮我，杰米，我犯了一个可怕的错误。”显然，她不会这么做。他则很想对她说：“妈的，你在干什么啊？”但如果他真的说出口，她永远都不会理他了。

他问雅各布好不好，凯蒂说他在托儿所画了一只犀牛，在浴盆里大便。于是他转换话题说：“那么，托尼会收到邀请？”

“当然。”

他突然明白了，联合邀请。但他绝不会带托尼去彼得博勒。

挂断电话后，他拿起雪糕，擦掉窗台上的棕色融液，回到厨房泡茶。

托尼去彼得博勒，天哪。他不知道哪种情况会更糟，是爸妈假装托尼是他同事以免邻居发现真相，还是他们痛苦地接受事实？

当然，最可能的情况是两者兼有，老妈痛苦地认命，老爸假装托尼是他同事。然后老妈为老爸的假装恼怒，老爸则为老妈的认命生气。

他甚至懒得去想雷的那些朋友，因为上大学时对那类人了解得够多了。八品脱黄汤下肚，他们就会欺辱近旁的同性恋取乐。只有不敢“出柜”的人能躲过，这样的人也总是有。但迟早有一天，他们会在酒吧里喝得醉醺醺的，悄悄凑到你跟前倾诉心曲，等到你拒绝带他们回家手交时，便会恼羞成怒。

他想，不知道杰夫·维勒最近在做什么。也许待在沙夫伦沃顿，踏入无性的婚姻，还在热水箱后面藏几本 Zipper[①] 旧杂志。

杰米花费很多时间和精力来细致地安置自己想要的生活。工作，住所，家人，朋友，托尼，锻炼，娱乐。有些部分可以相容，比如凯蒂和托尼，朋友和锻炼。然而每个部分的存在都有其道理，好比在动物园，你可以把黑猩猩和鹦鹉放到一起，但若是把所有笼子都拿走，就是在发动大屠杀。

他不会把受邀的事告诉托尼。这就是答案，很简单。

他看着余下的那截雪糕。他这是在干吗？雪糕是在双筒望远镜争吵事件之后买来安慰自己的，隔天就应该扔掉。

他把雪糕塞进垃圾桶，又拿出冰箱里的另外四支扔掉。

他将 CD《为跑而生》放入播放器，泡好一壶茶，清洗沥水板。随后倒出一杯茶，加些半脱脂牛奶。填写支付煤气费的支票。

布鲁斯·斯普林斯汀的音乐在这个傍晚听起来特别傲慢自得，杰米便把 CD 退出来，开始读《电讯报》。

八点刚过，托尼高高兴兴地来了。他奔进过道，朝杰米的脖颈狠狠亲一口，然后整个儿往沙发上一躺，开始滚搓香烟。

杰米有时怀疑托尼前生是只狗，今世转变为人时又不够彻底，比如胃口、精力，比如仪态的欠缺、对气味的痴迷。托尼会把鼻子埋进杰米的头发，吸口气说："哦，你去哪儿了？"

杰米把咖啡桌上的烟灰缸推到托尼那头，然后坐下，抬起托尼的腿放到自己膝上，开始帮他解鞋带。

有时候他真想掐死托尼，主要因为他在家里没规矩。然而随后当他瞥见托尼穿过房间，看到那双精壮的长腿、那种农家小子的缓慢步伐，又会生出初次相见时的感觉——心窝里涌出某种东西，几近痛苦，并

①以年轻女性为主要读者群的流行杂志。

且极度渴望被这男人拥入怀中。没有人给过他这种感觉。

“今天工作很顺利？”托尼问。

“对，确实顺利。”

“那为什么郁闷先生在这里？”

“什么郁闷先生在这里？”杰米问。

“噘嘴皱眉的样子。”

杰米往后一靠，陷进沙发里，闭上眼睛说：“你还记得雷……”

“雷？”

“凯蒂的男友，雷。”

“嗯。”

“她要嫁给他。”

“好吧，”托尼点燃香烟，一小根燃烧的烟丝落在他的牛仔裤上熄灭了，“我们把她绑进车里，带到格洛斯特郡哪所安全的房子里。”

“托尼……”杰米说。

“什么？”

“我们再试试，好吗？”

托尼举起手来佯装投降。

“凯蒂要和雷结婚。”杰米说。

“这不是好事。”

“不是。”

“所以你想阻止她。”

“她不爱他，”杰米说，“她只是需要这么一个人，有稳定的工作和大房子，能照顾雅各布。”

“有人结婚的理由比这更糟糕呢。”

“你不会喜欢他的。”杰米说。

“那又怎样？”托尼回应。

"她是我姐姐。"

"你打算……怎么做？"托尼问。

"天知道。"

"这是她的生活，杰米，你没法用十字架击垮安妮·班克罗夫特[①]，把她拖上近旁的巴士逃走。"

"我不是要阻止她。"杰米开始后悔聊起这个话题。托尼不认识凯蒂，也从没见过雷。事实上，杰米只想听他说一句："你说得对极了。"但是托尼从来不会这么说，无论对任何人和任何事，哪怕喝醉酒也不会，特别是喝醉酒的时候。"当然，这是她的事，只不过……"

"她是成年人，"托尼说，"她要把事情搞砸，那是她的权利。"

两人好一阵都没说话。

"那么，邀请我吗？"托尼朝天花板吐出一小缕烟雾。

杰米回答前只不过稍一迟疑，但仍显出迟滞，托尼怀疑地挑起眉毛。杰米只好临时改变策略说："我真心希望不会出现这种事。"

"如果出现呢？"

没必要为这事吵架，现在不是时候。当耶和华见证人来敲门时，托尼也会把他们请进屋喝杯茶。杰米深吸一口气说："我老妈的确提到带上某人。"

"某人？"托尼说，"很好。"

"你不是真的想去，对吧？"

"为什么不去？"托尼反问。

"雷的工程学同事，我妈的神经兮兮……"

"你没听我说话，对吧？"托尼握住杰米的下巴捏了一下，就像姨妈对待小孩那样，"我想……参加……你姐姐的婚礼，跟你一起。"

---

①美国好莱坞著名女演员，她一生结过两次婚。

一辆警车尖啸着从死巷尽头飞驰而过。托尼仍然握着杰米的下巴。杰米说："这事以后再说，好吗？"

托尼手上一用劲，把杰米拉过来闻一闻。"你刚才吃什么了？"

"紫雪糕。"

"天哪，那东西坏了你的心情，是吗？"

"我把剩下的都扔了。"杰米说。

托尼摁灭香烟说："去拿根给我吃，我上次吃还是……天哪，在布莱顿，大概是一九八七年。"

杰米走进厨房，从垃圾桶里捡回一支紫雪糕，冲洗掉包装纸上的番茄酱，然后拿回客厅。

如果他运气好，不到九月，凯蒂就会拿烤面包机砸雷，到时就不会有什么婚礼了。

/ 13 /

乔治在病斑上涂了很厚一层类固醇软膏，然后换好工作服下楼，正好碰上简从塞恩斯伯里超市购物回来。

"医生怎么说？"

"还好。"

"那么……"

"可能是中暑。脱水。不戴帽子顶着大太阳干活，喝水也不多。"乔治觉得撒谎更省事。

"哦，那我就放心了。"

"是啊。"乔治说。

"我打电话给杰米了。"

“怎样？”

“不在家。”简说，“我留言了，说我们会给他发请柬，他如果愿意可以带上某人。”

“好极了。”

简迟疑一下说：“你还好吧，乔治？”

“很好啊，真的。”他吻她一下，走向花园。

他把桶里的东西刮到一个小桶里，冲水，搅拌成新鲜的灰泥，然后开始砌砖。再砌两层，他就可以考虑砌门框了。

他觉得同性恋本身没什么问题，不就是男人和男人上床嘛。你认真想想，就想象得到可能发生这种事情的情境，小伙子们没法正常发泄的情境，比如军营、海上长旅。你或许不会多琢磨此事，但几乎可以把它当运动看：大汗淋漓，激情高涨；事后互相握手，热水淋浴。

困扰他的其实是男人一起买家具这种事。男人和男人搂搂抱抱，不知怎么，感觉比公厕里的打闹更令人窘迫。这让他不舒服，觉得世界构造存在缺陷，就好比看男人当街打女人，或者小时候突然记不起自己的卧室。

不过一切都变了，移动电话啊，泰国餐厅啊。你如果不适应变化，就会成为愤世嫉俗的老顽固。况且，杰米是个理智的年轻人，带回来的人也应该一样。

雷会怎么想，只有老天知道。

觉得好玩，肯定是这样。

他又砌上一块砖。

“除非我错得离谱。”巴弗提安医生说过。

藏起自己真正的想法就好，毫无疑问。

/ 14 /

戴维在冲澡，简脱下衣服，套上他留在外面的便袍，慢慢走到飘窗前，坐到椅子扶手上。

光是待在这房间里，她就觉得自己光艳动人。奶黄色墙壁，木地板，金属镶框大鱼图画，这房间就像杂志里刊登的那样，让你有种冲动想尝试不同的生活。

她望着椭圆形草坪。两边各有三盆灌木，另有一张折叠躺椅。

她喜欢做爱，也喜欢这样——待在这儿遐想，不受生活琐事侵扰。

简很少谈到自己的父母。别人只是不明白，他们还是十几岁的孩子时，就知道隔壁的玛丽阿姨是父亲的女朋友。大家据此想象出种种狂热的肥皂剧，但事实上没有私通，没有激烈的争吵。她父亲在一家银行工作了四十年，喜欢待在地下室制作木头鸟舍。不管她母亲对这种古怪的家庭生活有何感受，她都从未提过，就算在她父亲去世后也一样。

她猜她母亲在她父亲生前也从未提过。事情发生。维持体面。事情结束。

简就像常人那样，觉得羞惭。你如果对此缄默不语，就会有撒谎的感觉；你如果和盘托出，又会觉得自己好像是混马戏团的。

难怪孩子们都急匆匆地各奔前程。艾琳和她的宗教。道格拉斯和他的拖斗车。还有简和乔治。

他们是在贝蒂的婚礼上相遇的。

他庄重严肃，几乎像军人；帅气，是现在年轻人身上不再有的那种帅气。

当时大家玩得又疯又傻（贝蒂的哥哥，在那次可怕的工厂事故中死去的那个，用餐巾叠了一顶帽子，忘乎所以地唱“我有一堆可爱的椰子”)，简能看出乔治的厌烦。她想告诉他，她也觉得厌烦，但他不像是那种能够贸然搭讪的人。

十分钟后，他来到她身旁，问她要不要再喝点什么。她傻傻地说要柠檬水，想表明自己头脑清醒；然后说要葡萄酒，想表现得不那么幼稚；接着又再度改变心意，因为他实在迷人，让她心慌意乱。

接下来那周，他邀她共进晚餐，她不想去。她知道会发生什么。他诚实可靠，她会爱上他；然后等他弄清她的家庭情况，他就会消失无踪，就像罗杰·汉密尔顿、帕特·劳埃德那样。

后来他告诉她，他父亲喝酒喝得不省人事，趴在草坪上睡觉；他母亲待在浴室里哭泣；他叔叔是个疯子，最后死在某家可怕的医院。不知不觉地，她已经捧住他的脸吻他，而她此前从未对男人这样。

这些年来，不是他变了，他仍旧诚实，仍旧可靠。然而这个世界变了，她也变了。

如果有什么值得说的，那就是那些法语磁带（是凯蒂送的礼物吗？她真的记不清了）。他们计划去法国的多尔多涅，她当时有的是时间。

几个月后，她站在贝尔热拉克的一家商店里买面包、奶酪和菠菜小馅饼。店里的女人遗憾地聊起天气，简发现自己已经能跟人家正儿八经地交谈，乔治却坐在对街的长椅上数蚊子咬了多少个包。当时什么事都没发生，但是后来回到家里，家就显得有点冷、有点小、有点太英国化了。

隔着墙壁，她隐隐听到淋浴间的门砰地打开。

所有人当中，只有戴维依然让她惊奇。她给他煮过意大利肉酱面。她和他聊过新盖的温室，虽然最后聊得不甚开心，但心底充满感激。他穿桃红色亚麻外套和天蓝色高领毛衣，不怎么抽烟。他在斯德哥尔摩待了三年，后来和米娜友好分手，这事让他在彼得博勒显得过于“摩登”。

他提前退休，乔治和他失去联系，她也没再想起他，直到有一天，她从奥塔卡书店的收银机上抬起头，看到他拿着一本《原味主厨》和一盒梅西老鼠牌铅笔。

他们到对街喝咖啡。她谈起跟乌尔苏拉去巴黎的事情，他没有像鲍勃·格林那样嘲讽她，也不像乔治那样惊讶于两个中年女人去异国城市度周末，居然没有遭遇抢劫、谋杀，或者被当成白人奴隶贩卖。

吸引她的不是他的外形，他比她矮，袖口还露出许多黑毛。她只是从未遇到过年过五十的男人依然对周围的世界、新鲜的面孔、新出的书籍、新奇的国家保有好奇之心。

这感觉就像和女性朋友聊天，只不过他是男人。而他们彼此了解才不过十五分钟，这让人相当忐忑。

接下来那周，他们站在双行车道的人行桥上，她心里涌起那种感觉——在海边偶尔会有的感觉。轮船靠岸，鸥鸟追着航迹嘎嘎鸣叫，汽笛哀哀奏响，你觉得自己能航向那片蓝色，在一个新的地方重新开始生活。

他牵起她的手，握住，她有些失望。她找到一个灵魂伴侣，他却以拙劣的挑逗手法毁了一切。然而他只是捏捏她的手，放开说："走吧，你回家该晚了。"她又想牵回他的手。

后来她很害怕。害怕说好,害怕说不。害怕说好后又觉得应该说不，害怕说不后又觉得应该说好。害怕在另一个男人面前赤裸身体，而这身体有时让她只想哭。

因此她跟乔治说了，说在书店遇见戴维，在对街一起喝咖啡，但是没提牵手和人行桥。她希望他生气，希望他让自己的生活回归简单，然而他没有。她又提到戴维的名字好几次，他也没有任何反应。乔治的漠然，仿佛是一种鼓励。

戴维还有别的情人，她知道，甚至在他说出来之前就知道，在他第一次伸手钩住她的后脖颈时就知道。她松了口气。她不想跟一个贸然航向未知水域的人做这个，尤其她还听过格洛里亚的可怕经历：有天早上，她发现那个德比郡男人把车停在她家门口。

简没猜错，他的确毛发丰密，简直像猴子。这样倒更好，好像事情真的跟性无关。不过最近几个月，她已经喜欢上了抚摸他后背时手指的丝滑触感。

浴室门咔嗒一声开了，她闭上眼睛。戴维踩着地毯走过来，用胳膊圈住她。她闻到炭油皂和皮肤的清香，感觉到脖颈上他的呼吸。

他说："我好像在卧室里发现了一位漂亮女人。"

她为这孩子气的话笑了。她哪里是漂亮女人，不过假装一下也挺好，几乎比现实要好，仿佛自己又是小孩了。亲近别人，爬树，喝洗澡水，什么东西都摸一摸、尝一尝。

他把她转过来，吻她。

他想给她美好的享受，她不记得上次是什么时候有过这样的体会。

他拉上窗帘，把她带到床上，让她躺平，然后再次吻她，把便袍从她肩头褪下。她融化到眼皮下的黑暗中，就像黄油在热盘子里融化，就像半夜醒来又融入睡眠，任由睡意卷走自己。

她伸手搂住他的脖子，感觉到皮肤下面的肌肉，以及理发师用剃刀刮过的细小毛发。他的手在她身上缓缓往下游移，她能从房间另一头看到他们两人做着只在电影里见过俊男美女所做的事情。或许现在她也相信了，相信自己很美，相信他们俩都很美。

她的身体随着他的手指前后摇摆，仿佛骑在旋转木马上，伴随每次摆动越荡越高、越荡越快，最后在每个高点都失重，高到她能看见美丽的花园、港湾里的渡轮和水域对面的青山。

他说："老天，我爱你。"她以爱回应，为做这个，为觉知到她此前从不知道的自己的一部分。可是她不能说出来，现在不能。她什么都不能说。她只是紧掐他的肩膀，让他“不要停下”。

她握住他的阴茎来回移动，它不再怪异，甚至不属于他的身体，更像是她的一部分，而各种感觉绕着圈儿无始无终地流动。她听到自己大声喘息，像狗，但是她不在乎。

快要来了，她听到自己说：“对，对，对。”就算听到自己的声音，也没有打破那魔咒。它将她淹没，就像海浪卷涌沙滩，然后退去，再卷涌，再退去。

好些画面像细小的烟花在她脑子里爆开。椰子的味道，黄铜质地的柴架，父母床上浆硬的长枕，发烫的锥形草剪。她分裂成上千个碎片，像雪花，像篝火火星，飞溅到高空后往下坠，坠得那么慢，根本不像在下落。

她抓住他的手腕止住他，就那样闭着眼睛躺着，晕晕乎乎，喘不过气来。

她在哭。

这就好像过了五十年，你才重新找到自己的身体，发现你们是老友，也突然明白自己为何总是那么孤独。

她睁开双眼。戴维俯望着她，她知道不必再解释。

他等了一两分钟。“好了，”他说，“现在该我了。”

他跪起来，移到她两腿之间，然后用手指温柔地打开她，进入她的身体。这一次她睁开眼睛凝视着他，他重心前移落在手臂上，直到将她充盈。

有时她喜欢他对她做这件事，有时则喜欢她对他做这件事。今天似乎没有区别。

他动得越来越快，畅快地眯起眼睛，最后完全闭上。于是她也闭上眼睛，抓住他的胳膊让自己前后摆动。最后他达到高潮，停在她体内，浑身轻颤。然后他睁开双眼，呼吸粗重，满脸笑意。

她也朝他微微一笑。

凯蒂说得对，你这辈子把自己的一切奉献给别人，就为了让他们离开你，奔向中学、大学、办公室、霍恩西、伊灵。回报给你的爱少得可怜。

她却赢得了这个。她值得像电影里的人那般享受。

他从她身上挪下来，轻轻躺到她身旁，把她的头搁在他肩膀上。她看到细小的汗珠滚下他的胸膛，听到他的心脏怦怦跳动。

她又闭上双眼，感觉整个世界在黑暗中旋转。

/ 15 /

“耶和华啊，求你叫我晓得我身之终！我的寿数几何？”

鲍勃就躺在祭坛台阶下面锃亮的黑棺材里，棺材从这个角度看去很像一架大钢琴。

“世人行动实系幻影，他们忙乱真是枉然。”

乔治有时真的嫉妒这些人（比如从在奥德尔百货公司试穿裤子到找巴弗提安医生看病的这四十八小时期间就是如此），不是说特定的这群人，而是那些老面孔，那些唱颂歌时站在前排的人。

你要么相信，要么不相信，不存在重来或反悔，好比父亲告诉他魔术师如何将女人锯成两半时的情形。已有的认知无法回收，不管你多想这么做。

他环视彩色玻璃上的羔羊和钉在十字架上的耶稣，觉得这一切很可笑，这个出自荒漠的宗教居然整个儿被传输到英国。银行经理和体育老师待在一起聆听关于齐特琴、惩戒和大麦面包的故事，好像那是世上再自然不过的事。

“求你宽容我，使我在去而不返之前可以力量复原。”

郊区牧师走上讲坛致颂辞：“一位商人，一名运动好手，一个居家好男人。‘努力工作，尽情玩耍’，这就是他的座右铭。”显然他对鲍勃一无所知。

另一方面，如果你生前从未踏入过教堂一步，那就不要指望死后他们会用心尽力。而且，真实情况没人想听（“他一见到大胸脯女人就会说幼稚话，晚年口气不太好闻”）。

“罗伯特和苏珊到今年九月结婚就满四十周年。他们在圣博多夫中学上学时认识，算是青梅竹马……”

他想起自己的三十周年结婚纪念日。鲍勃摇摇晃晃穿过草坪，醉醺醺地伸手搂住他的肩膀说：“有意思的是，你那时如果杀了她，到现在也出狱了。”

“我要告诉你们一件奥秘的事：我们不会都死了，但是会在转念间改变，在一眨眼间……”

经文宣读完毕，鲍勃被抬离教堂。乔治和简跟随众人来到墓穴周围。天气阴沉潮湿，下午茶之前可能有雨。苏珊站在墓穴另一头，脸庞浮肿，神色凄楚，两个儿子分立左右两侧。杰克挽着母亲的胳膊，但不够高，显得不太沉稳。本却莫名地有些不耐烦。

“人为妇人所生，日子短少，多有患难。”

鲍勃被四根结实的麻绳缒入地下。苏珊、杰克和本分别往棺材上扔下一枝白玫瑰。有人恶作剧一般开车驶过墓地，开大音响，打破宁静。

“……我们的主耶稣基督；他要将我们这卑贱的身体改变形状，和他自己荣耀的身体相似……”

他看着那些护柩者，想起自己从没见过他们有谁蓄胡子。他不知道那是不是一种规定，就像飞行员不留胡子，好让氧气面罩落下时能密实地贴合脸部。或许和卫生有关吧。

那么等他们的时刻到来会怎样？和尸体打交道快乐吗？当然，他们只在事后才看到死者。人变成一具尸体，那才叫难呢。提姆的姐姐在救济院干了十五年，最后死在车库里，引擎还开着，被发现时，脑袋里面都长东西了。

牧师请大家一起念诵主祷文。乔治大声念出他认同的那部分（“我们日用的饮食，今日赐给我们……不叫我们遇见试探”），其余部分则含混过去。

“愿主耶稣基督的恩惠、上帝的慈爱、圣灵的感动与我们同在。阿门……现在，女士们，先生们——”牧师用童子军的活泼语气说，“——我谨代表苏珊和其他格林家人邀请你们去村公所共享餐饮，就在马路对面的停车场旁边。”

“我真是讨厌这种事。”简夸张地打了个哆嗦。

他们跟随浑身黑装的人群挪动。人们轻声交谈，沿着弯曲的碎石小道往前走，穿过停柩门过马路。

简碰碰他的胳膊肘说：“我过一会来找你。”

他转头想问她去哪里，可是她已经往教堂那边走了。

他转回头，看见戴维·西蒙兹笑吟吟地朝自己走来，伸出一只手。

“乔治。”

“戴维。”

戴维离开“牧羊人”公司四五年了，简偶然遇到过他一两次，不过乔治从来没有见过他。他倒不是不喜欢他，事实上，如果公司里的每个人都像戴维那样，公司运转起来就会顺畅很多。不挤压他人，不推卸责任，人也聪明能干。他负责整个可持续发展森林项目，为他们拿下康沃尔和埃塞克斯两地的市场。

他有点过于讲究穿着，这可能是最好听的说法。他还喜欢使用昂贵的须后水，在车上播放歌剧磁带。

当他宣布要提前退休时，所有人都避开他。他成了危害分子，让大家都有受辱的感觉，似乎他一直把这事当爱好，而他们却为之奉献所有。而且他也没有什么实在的计划，不过是玩玩摄影、跑去法国度假、赢取滑翔奖章而已。

现在乔治也走上了同样的路，事情好像完全不一样了。而且他回想起约翰·麦克林托克当初说戴维根本不是“我们这类人”时，透出一些酸葡萄味。

“见到你好开心，”戴维紧握乔治的手，“虽然这是个最不开心的场合。”

“苏珊好像不太好。”

“哦，我想她会挺过去的。”

就拿今天说吧，戴维穿的是黑色西装套灰色高领毛衣。别人或许会觉得他有些失礼，不过乔治现在认为他只是另有一套行事风格。不再随波逐流吧。

“一直在忙？”乔治问。

戴维笑了：“我想退休的意义就在于不必再忙忙碌碌。”

“是啊。”乔治也笑起来。

“啊，我们最好先进去。”戴维转身面对着村公所的大门。

乔治很少拖着别人聊天，不过他觉得自己和戴维境遇相同，而跟境遇相同的人聊聊挺好。绝对要好过嚼腊肠卷和谈论死亡。

“读完世界百佳小说了吗？”

“你记性真是好。”戴维又笑了，“读到普鲁斯特就放弃了，太费劲。改攻狄更斯了，读完七本，开始读第八本。”

乔治谈起他的工作室。戴维谈起他最近在比利牛斯山的徒步旅行：“海拔三千米，蝴蝶到处飞。”他们都庆幸自己提早退休，没等到吉姆·鲍曼把维修部转包出去，没等到来自斯蒂夫尼奇的那个女孩痛失双腿。

“好啦，”戴维边说边领着乔治往双扇门走去，“要是被人瞧见我们在这儿痛快地聊天，就麻烦了。”

碎石路上传来脚步声，乔治转头看见简走过来。

“把手提包落下了。”

乔治说：“我碰到戴维。”

“你好，戴维。”简有些不自在。

“简，”戴维说着伸出手，“见到你太高兴了。”

“我在想——”乔治说，“这样应该挺好，邀请戴维什么时候来家里吃晚饭。”

简和戴维都有些吃惊。他马上意识到，在这种哀痛的场合兴高采烈地提这种开心的主意可能不太妥当。

“哦，”戴维说，“我可不想让简为了我绕着灶台忙活。”

“有我帮忙，简肯定能轻松几分。”乔治将手插进裤兜，“如果你敢放胆吃，我可以做个还算过得去的意大利调味饭。”

“呃……”

“下个周末如何？周六晚上？”

简朝乔治使了个眼色，让他一时疑惑自己是否头脑发热，忽略了戴维的什么重要事情，比如他是个素食主义者，或者他上次来家里时忘了冲马桶。

但是她深吸一口气，笑着说道：“好啊。”

“我不确定周六是否有空，”戴维说，“这安排挺好……”

“那就周日。”乔治说。

戴维噘起嘴，点点头说：“好吧，周日。”

“好，等着你。”乔治拉开双扇门，“咱们进去吧。

/ 16 /

凯蒂把雅各布放下车，让他跟马克斯待在一起，两个小孩在琼的厨房里拿木勺玩起击剑来。

然后她和雷进城，两人在印刷厂起了一点小争执。雷认为请柬上面烫金涡纹的数量能反映一个人有多爱对方，这对于视彩色短袜为少女专属品的他来说实在奇怪。而凯蒂相中的请柬款式，根本就像邀人来参加会计研讨会的。

雷坚持选他喜爱的款式，凯蒂说那是白马王子亮相会的请柬。此时柜台后的男人说："好吧，你们先挑，我不打扰了。"

在珠宝店时，事情顺利多了。雷也觉得两人戴同样的戒指挺好，而且他只能接受简单的金戒指。珠宝商问他们是否要刻字，凯蒂当即有些迷糊。婚戒上应该刻字吗？

"通常刻在里面。"那人说，"结婚日期，或者什么甜蜜的话。"看得出来，他是个连内衣也要熨一熨的人。

"或者归还地址，"凯蒂说，"像狗项圈那样。"

雷哈哈大笑，因为那人好不尴尬，而雷不喜欢熨内衣的人。"我们就买一对吧。"

他们在柯芬园吃午饭，边吃披萨边拟宾客名单。

雷那边的名单很短。他真的不怎么交朋友。他和公交车上的生人聊天，和随便什么人喝两杯，但从来不会跟人长期交往。他和黛安娜分手后搬出公寓，跟双方共同的朋友道别，然后在伦敦找了个新工作。他跟这次的伴郎有三年没见面，两人是一起玩橄榄球的老朋友，这让凯蒂隐隐不安。

"有一次他在 M5 公路上被警察截住。"雷说，"因为在沃尔沃的车顶飞奔。"

“飞奔？”

“没什么啦。”雷说，“他现在当牙医。”这同样令人忧心。

她自己的名单复杂很多，因为交往太广，哪一个都绝对有理由受邀：莫娜在雅各布出生时给过关照；桑德拉在格雷厄姆离开后收留他们母子一个月；詹尼患有多发性硬化病，如果不邀请她就别想求得心安，尽管她这人很难缠……把这些人安顿在一起需要一座飞机库，她每次添加或删除一个名字时都会想到女巫聚在一起互相切磋的场面。

“太多了。”雷说，“跟航空公司一样，预计百分之十五的人不会来。要少安排几个位子。”

“百分之十五？”凯蒂问，“这是标准的婚礼宾客缺席率吗？”

“不是，”雷说，“我不过想装得懂行一点。”

她捏捏他腰带上方的一小圈赘肉说：“你生活中至少还有个人看得出你什么时候在胡说八道。”

雷从她的披萨上偷吃一片橄榄。“这算是表扬，对吧？”

他们又聊起婚前单身聚会。上一回他被剥个精光扔进里兹和利物浦运河，她则被穿着男式丁字裤的消防员摸来摸去，并且两人都在印度餐馆的卫生间里又呕又吐。这次他们打算去吃烛光晚餐，就他们两人。

时候不早了，伴郎和伴娘八点要来吃晚饭，于是他们启程回家，中途接上雅各布。雅各布的额头多了一道划伤，是马克斯用压蒜器打的，不过他也把马克斯的毒蜘蛛 T 恤撕破了。当然，他们俩还是好朋友，因此凯蒂不打算追究。

回家后，她把鸡胸肉放入烤盘，淋上酱汁，一边想着选择莎拉当伴娘是否明智。老实说，她挑选莎拉是想回敬一把。律师对付橄榄球好手，旗鼓相当。

现在凯蒂明白过来，“回敬”或许不能作为挑选伴娘的最佳动因。

不过艾德赶来后，给人的感觉很拘谨。这个红脸膛的大块头男人，更像农夫而非牙医。跟雷摆在办公室里的球队照片相比，他发福不少，让人很难想象他能爬上停着不动的沃尔沃车顶，更别说正在行驶的车子。

他跟雅各布相处时也不显轻松，这让凯蒂觉得很占优势。然后他说他妻子接受过四次体外受精，凯蒂的心情又来了个大逆转。

莎拉到来后搓搓手说："好啦，瞧我的。"凯蒂赶紧干了一杯葡萄酒，以防万一。

喝葡萄酒是明智之举。

艾德又可爱又古板，没能赢得莎拉的好感。她说牙医把她的牙龈和他助手的橡胶手套缝到一起。他说律师毒死他姨妈的狗。鸡肉不太好吃。艾德和莎拉谈到吉卜赛人时意见相左，尤其是关于是否该把吉卜赛人集中起来转移到营地生活。莎拉认为艾德应该建营地。艾德向来不把女人的意见当回事，这下认定莎拉是个"狡猾的女人"。

雷想把话题转向安全的地方，他提起以前打橄榄球的日子，两人便回忆起一连串所谓的欢乐往事，无不与酗酒、搞小破坏、脱人裤子有关。

凯蒂又喝了两杯葡萄酒。

艾德说他打算这样致辞："女士们，先生们，这事就像应人要求跟女王上床，当然荣耀，不过却不是一件让人翘首企盼的任务。"

雷觉得很有趣，凯蒂则考虑该不该嫁给这个人。莎拉素来讨厌男人出风头，便跟他们说她在卡特里娜的婚礼上醉得不省人事，还在德比一家旅馆门口尿湿裤子。

一个小时后，凯蒂和雷并排躺在床上，晕晕乎乎地看着天花板，听着墙那边的艾德费劲地在沙发上翻动。

雷握住她的手。"抱歉。"

"抱歉什么？"

“楼下的事。”

“我还以为你很开心。”

“我是开心，算是吧。”

两人都没说话。

“我觉得他有点紧张，”雷说，“我们都有点紧张，嗯，莎拉除外。我没看出她紧张。”

隔壁传来一声轻呼，应该是艾德扭到身上的什么部位了。

“我会和艾德谈谈，”雷说，“谈谈致辞的事。”

“我也会和莎拉谈谈。”凯蒂说。

/ 17 /

事情在周六早上爆发了。

托尼早早醒来去厨房准备早餐。二十分钟后，杰米慢吞吞地下楼，发现托尼闷闷不乐地坐在桌边。

“怎么了？”杰米显然做错什么事了。

托尼紧咬牙根，用茶匙敲敲桌子。“婚礼。”

“听着，”杰米说，“我自己也不是很想去。”他瞟了一眼时钟，托尼二十分钟之内就得出门。杰米觉得自己还不如待在床上。

“但是你要去。”托尼说。

“我别无选择。”

“那么，你为什么不想让我跟你一起去？”

“因为你会很难受，”杰米说，“我也会很难受。我难受倒不要紧，他们好歹是我的家人。所以为求安生，我时不时要咬紧牙关忍受一切。但是我无论如何不想让你难受。”

“这不过是个该死的婚礼，”托尼说，“又不是横跨大西洋的帆船旅行，能有多糟糕？”

“这不仅仅是个该死的婚礼。”杰米说，“我姐姐嫁错人，还是第二次这么干，只不过这次我们预先知道。这有什么值得庆贺的。”

“我才不在乎她嫁给谁。”托尼说。

“好，我在乎。”杰米说。

“关键不在于她嫁给谁。”托尼说。

杰米骂托尼是个没有同情心的浑蛋，托尼骂杰米是个自我中心的婊子。杰米不想再谈这件事，托尼气冲冲地走了。

杰米连抽三根烟，给自己煎了两片面包夹蛋，然后发现接下来什么事都做不了，最好还是先开车回彼得博勒，亲耳听老爸老妈说说婚礼的事情。

/ 18 /

乔治正在装窗框。窗台之上，两边各有六层砖，这样才能把窗框卡牢。他抹开灰泥，装上第一个窗框。

事实上不仅仅是坐飞机的问题，度假本身也不是乔治喜欢的放松方式。参观圆形剧场，跑去彭布罗克郡的海边小径散步，学习滑雪，这样的玩乐他倒是能理解。有次他在西西里痛苦地待了两周，不过皮亚扎-阿尔梅里纳的马赛克画使得一切都值了。他没法理解的是，拖着行李跑到国外，躺在游泳池边吃寡淡的饭菜、喝廉价的葡萄酒，然后就因为喷泉景观和侍者一口烂英语便觉得一切美妙极了。

中世纪的时候，人们这么做倒自有道理。圣日踏上朝圣之旅，去坎特伯雷和圣地亚哥-德孔波斯特拉。每天跋涉二十英里，吃住清苦，目标明确。

挪威也许还好，有山脉、苔原和蜿蜒的海岸线。但是最终还是非去罗兹岛和科西嘉不可，而且偏偏要在夏天去，这样爱长雀斑的英国人便只能坐在遮阳棚下汗流浃背地读过期的《星期日泰晤士报》。

想起这事，他记得自己在皮亚扎－阿尔梅里纳还中暑了。当时他从商店买好一叠明信片，拿着一瓶水和一包布洛芬消炎药缩进了出租车，因此他对马赛克画最深的印象还是来自明信片。

人类生来就不是为了晒日光浴和读轻小说的，至少不能天天如此。人类是要做实事的，比如造长矛、猎羚羊……

最糟糕的要数一九八四年的多尔多涅之旅。腹泻，飞天仓鼠一样的蚊子，焊枪一般的热浪。半夜三点醒来，床垫潮乎乎、软塌塌。然后是暴风雨，仿佛有人拿锤子使劲敲铁皮，闪电则亮得能穿透枕头。等到早上，水池里有六七十只死青蛙慢慢翻出白肚。远处还有个毛乎乎的大家伙，好像是只猫，也可能是弗兰泽蒂家的狗，凯蒂正用一根通气管捅它。

他想喝口水，于是穿过草坪回到屋里。他在脱脏靴子的时候，看到杰米在厨房里。杰米把包一扔，烧上一壶水。

他停下来看着他，就像花园里来了一只鹿时那样凝望，而这种时候偶尔才有。

杰米这孩子有些神秘，倒不是说他喜欢瞒这瞒那，而是态度有些拘谨冷漠。这么一想，乔治觉得他相当老成。换套衣服、换个发型的话，他就像极了在柏林的小巷里抽烟的人，或者火车站月台上氤氲蒸汽里的人影。

他和凯蒂完全不同，凯蒂根本不知道“缄默”为何物。乔治认识的人里面，只有她会在午餐桌上谈起月经的话题。就算这样，你仍然能看出她有所隐瞒，隐瞒那些随时会吓你一跳的事情，比如婚礼。下周她无疑又会宣布她怀孕了。

老天，婚礼。杰米肯定是为婚礼而来。

他能应付的。如果杰米说要一张双人床，他就说客房被别人占用了,可以给他预订带早餐的高级旅馆房间。乔治只求不用说出“男朋友”这个词就行。

他回过神来，发现杰米正从厨房里朝他挥手，见他毫无反应有些纳闷。

他挥挥手，脱下另一只靴子，走进厨房。

“是什么风把你吹到这乡下来了？”

“哦，临时过来看看。”杰米说。

“你妈没提起。”

“我没给她打电话。”

“没事，她多准备一份午饭就是。”

“不要紧，我一会儿就走。喝茶吗？”杰米问。

“谢谢。”乔治取出消化饼，杰米把茶包放入另一个杯子。

“嗯，婚礼的事。”杰米说。

“婚礼怎么了？”乔治问，尽量装得若无其事。

“你怎么想？”

“我觉得……”乔治在餐桌旁坐下，把椅子挪近一点，“我觉得你应该带个人来。”

好了，话已经尽量说得不轻不重了。

“不是，爸，”杰米厌烦地说，“我说的是凯蒂和雷。你对他们结婚有什么想法？”

真的，在孩子面前说错话的情况数不胜数。你伸出橄榄枝，却是在错误的时候伸出错误的橄榄枝。

“怎样？”杰米又问。

“说实话，我尽量以佛教徒的超脱来看待这件事，免得我折寿十年。”

“可她是认真的，对吧？”

“你姐姐对什么事都较真。至于她能不能再较真两个星期，就很难说。”

“她是怎么说的？”

“就说他们要结婚了。感情方面的细节问题，可以让你妈告诉你，我一直被雷缠着聊天。”

“那感觉肯定很刺激。”杰米把茶杯放在乔治面前，眉毛一扬。

就这样，那扇小小的门轻轻打开了。

他们从没做过父子之间的那种亲密事。只是一起去银石赛车场消遣过几个周六下午，一同搭建花园小屋，如此而已。

他倒是见过朋友们父子同行，但是在他看来也不过是肩并肩观看橄榄球比赛，一起讲讲低级笑话。母女之间的亲昵还有些道理，谈穿着啦，聊八卦啦。总之，父子之间不牵来绊去算是一种幸运的解脱。

然而总会有这种时候，他能看出杰米和自己有多像。

“雷这人，我承认，很难相处。”乔治说，“以我长期的、可悲的经验来看，”他把饼干在茶杯里泡一泡，“试图改变你姐姐的心意不会有任何结果。对待她的策略，就是把她当成年人看、忍耐下去、好好待雷。如果两年之内他们吹了，嗯，我们也算积累了经验。我最讨厌的是让你姐姐知道我们不赞同这桩婚事，然后未来三十年都要面对雷这个愤愤不满的女婿。”

杰米喝口茶说：“我只是……”

“什么？”

“没事。你可能是对的。我们应该让她自己处理。”

简拿着一篮脏衣服来到门口。“嗨，杰米。真是个惊喜。”

“嗨，妈。”

“好了，你可以听听你妈的意见了。”乔治说。

“说的什么呢？”简把篮子放在洗衣机上。

“杰米在考虑我们要不要把凯蒂从一场鲁莽任性的婚姻里解救出来。”

“爸……”杰米不快地说。

这就是杰米和乔治合不到一起的地方。杰米不爱开玩笑，也经不起别人开玩笑。说实话，他有点敏感。

“乔治，”简不高兴地瞪着他，“你们在说什么？”

乔治不想接话。

“我们只是在担心凯蒂。”杰米说。

“我们都很担心凯蒂，”简边说边往洗衣机里塞衣服，“雷也不是我看中的最佳人选。就这样吧，你姐姐知道自己想要什么。”

“我该走了。”杰米站起来。

简停下来说：“你刚到。”

“我知道，我应该打个电话的。我只想弄清楚凯蒂是怎么说的。我得走了。”

他走了。

简转头对乔治说：“为什么你总要惹他生气？”

乔治闭口不语。再一次。

“杰米？”简赶到门口。

乔治清楚地记得他有多讨厌自己的父亲。他本来像个亲切的大魔法师，能从你的耳朵里变硬币，会叠纸松鼠，却随着岁月的流逝渐渐萎缩成一个爱生气、爱酗酒的小矮人。他觉得褒扬孩子会削弱自己，还不承认自己的兄弟是疯子，并且一径萎缩下去，等到乔治、朱迪和布莱恩长大后要他负起责任时，他便耍了一个最绝的花招，变成可怜巴巴的关节炎病人，虚弱得任谁都没法朝他发脾气。

也许充其量，你只能指望自己别再那样对待自己的孩子。

杰米是个好孩子，不算活泼，不过他们相处已经够好了。

简回到厨房。“他走了。到底怎么回事？”

“只有老天知道。”乔治站起身，把空杯子放进水槽，“孩子的秘密永远没个完。”

/ 19 /

杰米把车停在村子边上的紧急停车带。

我觉得你应该带个人来。

天哪，这个话题你回避了二十年，却突然以八十英里的时速闪现，然后又消失在烟雾中。

他一直看错父亲了吗？如果他十六岁就出柜，也许不会有什么问题？完全理解，上学期间的小伙子嘛，喜欢和别的小伙子黏在一起，最后还代表莱斯特郡板球队参赛呢。

杰米很生气，可是又说不清生谁的气，或者为什么。

他每次回彼得博勒都这样。每次看到自己小时候的照片，每次闻到橡皮泥的气味或吃到炸鱼条。他又变成九岁时的自己，或者十二岁，或者十五岁。这无关他对伊万·邓恩的感觉，无关他对舞蹈团“潘神一族”的兴味阑珊，而在于他痛苦地意识到自己来错了星球，或者生错了家庭，又或者生错了身体；意识到自己别无选择，只有等待时机逃开，建立属于自己、能给予自己安全感的小世界。

帮他渡过难关的是凯蒂。她叫他别理会格雷格·帕特夏尔那帮人，说墙上的那些涂鸦连拼写都不对能算个什么。她是对的，那帮人最后都在沃尔顿的什么地方注射海洛因，过着烂日子。

他大概是学校里唯一从自己姐姐那里学会自卫的男孩。他试过一次，对付马克·莱斯，那家伙倒在灌木丛里，流了那么多血，吓得杰米以后再也不敢对人动手。

现在他就要失去姐姐了。没人理解，连凯蒂也一样。

他想坐在她的厨房里，对雅各布做鬼脸，喝茶，大吃特吃从玛莎百货买来的红枣核桃蛋糕……甚至什么话都不说。甚至什么话都不用说。

妈的。他如果说出“家”这个字就会哭。

或许，如果他多跟她联络，多吃点红枣核桃蛋糕，多邀请她和雅各布过来玩……如果他借钱给她……

这些都毫无意义。

他发动车子，驶出紧急停车带，差点被一辆绿色货车撞死。

/ 20 /

雨水顺着客厅的窗户流下。一个小时前，简进城了；乔治正要去花园，一大团乌云从斯坦福那边滚来，草坪变成了水塘。

没关系，他可以画画。

计划不是这样的，他本来想先建好工作室，再重拾荒废已久的艺术技巧。不过提前做点练习也没有坏处。

他在杰米卧室的柜子里翻来找去，最终在那辆坏了的健身自行车下面找到一本水彩画纸。然后他又在厨房的抽屉里找到两支还能用的铅笔，拿牛排刀勉强削尖。

他泡好一杯茶，在餐桌前坐下，当即纳闷为何扔下这事这么久。木屑的气味，奶色纸张的凹凸纹理。他记得七八岁时坐在卧室的角落里，将本子搁在膝上，画复杂的哥特式城堡，画城堡的秘密通道和泼洒沸油抵御侵略者的装置。他记得壁纸上的藤蔓图案，记得因为用圆珠笔给它们涂色而挨打。他能感觉到绿裤子上被他磨平的那一小块灯芯绒，二三十年后遇到紧张的会议时，手指仍想去摸它。

他开始在第一张纸上画黑色的大圆圈。手要放松，格莱德希尔先生是这么说的。

他现在多久才能感受一次，感受这种美妙、私密的清净？或许有时在浴室里吧。不过简没法理解他时不时想独处的需求，总是在他洗到半途的时候将他拽回现实，捶打锁住的门说要找漂白剂或牙线。

他开始画那棵橡胶树。

现在想来真是奇怪，他曾打算以此作为终身职业。不是说橡胶树，而是指一般的绘画，比如小镇风景、水果碗、裸女。还有大大的白色工作室，带天窗，有凳子。现在想来当然好笑，可那时，这是他的整个世界，他父亲无从踏入的世界。

橡胶树画得不太好,事实上像出自孩童之手。那些细微枝干的线条，像平行又不是平行的，难住了他。

他翻到另一页，开始画电视机。

当然，他父亲是对的。画画不是一个明智的职业。不是，如果你想有像样的收入和稳固的婚姻。甚至那些混得最好的画家，你在周末报纸上看到的那些，也是豪喝海饮，并卷入最为不堪的关系。

画电视机遇到的是相反的问题，所有线条都是直线。画曲线的话，可能会觉得像在画橡胶树；画直线的话……说实话，有几根线条用来画橡胶树更合适。可以用尺子吗？嗯，反正格莱德希尔先生早就死了。他可以先用尺子画出淡淡的直线，然后在此基础上描画图形。

他可以用《广播时报》的边缘来画。

母亲认为他是伦勃朗再世，时不时地在买日杂品的时候买个廉价的素描本给他，只要他不告诉他父亲。乔治画过他一次，那是周日吃过午饭后，他躺在扶手椅上睡着了。没想到他醒了，一把抓过画纸，看了看，然后撕个粉碎扔进火里烧了。

至少他和布莱恩逃过了。可怜的朱迪。在他们父亲死后六个月，她就嫁给了一个坏脾气、小心眼的酒鬼。

得请人家来参加婚礼，他把这事都忘了。哦，好吧，幸运的话，臭名远扬的肯尼斯很快就会不省人事，像上次那样，然后他们可以把他扔进储藏间，再放个桶进去。

电视机的旋钮画得不对，往侧面画花纹不合适。空间太小，线条太多。事实上，整个机壳有点醉醺醺的味道，或许是因为他不太记得透视法则，还有《广播时报》也太柔软。

此时，换作一个内心脆弱的人可能会泄气，因为他花费八千英镑建工作室，是打算在里面画远比橡胶树或电视机复杂的东西。不过这正是意义所在：自我提升，保持内心活力。滑翔奖章可不适合他。

他抬头望向窗外的花园。地上的水泡消失了，雨不知什么时候停了，太阳出来了，洗刷过的世界一派澄净。

他从本子上扯下素描画，仔细地撕碎，塞到厨房垃圾桶的最底下。然后，他把本子和铅笔收到碗柜顶上看不见的地方，穿上靴子走到外面。

/ 21 /

简和乌尔苏拉在玛莎百货的咖啡店碰面。

“我真的不想知道这个。”乌尔苏拉就着卡布奇诺咖啡啃小饼干，免得饼干屑掉到桌上。

“我明白，”简说，“不过你已经知道了，我想听听建议。”

她其实不需要建议，不需要乌尔苏拉的建议。乌尔苏拉只会说“好”

和“不好”（她逛毕加索博物馆的时候就这样，“好……不好……不好……”，好像她要买下哪些作品挂到客厅里去），但是简想找人倾诉。

“那就接着说吧。”乌尔苏拉说，啃下半块饼干。

“戴维要来吃晚饭，乔治请他来的。我们在鲍勃·格林的葬礼上碰到他。他实在没法拒绝。”

“嗯……”乌尔苏拉双手往桌上一摊，像要抚平一张大地图。

这就是简喜欢乌尔苏拉的地方，什么都难不倒她。她和女儿一起抽大麻（“我觉得恶心，就吐了出来”）。事实上，在巴黎的时候，有个男人企图打劫她们，乌尔苏拉把他当恶狗一样臭骂一顿，骂得他赶紧逃走了。不过简事后想起，那人或许只想向她们讨几个钱或问问路。

“我真的不觉得有什么问题。”乌尔苏拉说。

“哦，得了。”简说。

“你们又不打算卿卿我我，对吧？”乌尔苏拉啃掉另一半饼干，“你当然会觉得不舒服，不过坦白说，你如果连这点不舒服都没法忍受，就不该冒那种险。”

乌尔苏拉是对的，但是简回到车上时仍然心烦意乱。晚饭当然不会有事，比这更不舒服的晚饭他们都吃过。比如那个可怕的夜晚，他们请弗格森夫妇吃饭，她发现乔治躲在厕所里收听广播里的板球比赛。

简不喜欢的是一切变得越来越松散、越来越乱，慢慢脱离她的掌控。

她把车停在戴维家附近的街角，觉得必须为乔治的邀请向戴维道个歉，或者怪他不该接受邀请，或者做点别的还不确定的事情。

但是戴维在和他女儿打电话。

他的外孙要进医院做手术，他想赶去曼彻斯特帮忙，可是米娜已经抢先一步，因此他最好还是待得远远的。米娜又会记下一笔，证明他是个失败的父亲。

简发觉各人有各人的烦恼，或许乌尔苏拉除外，还有乔治。你如果要冒险，就会时不时地觉得不舒服。

简伸开胳膊抱住戴维，两人彼此相拥。她明白这就是她要做的没法确定的别的事，一件让人安心的事。

/ 22 /

“德比旅馆的事情，”凯蒂说，“不是真的，对吧？”

“当然不是，”莎拉说，“讲这笑话时真是恶心。我真心劝你以后别使用这招。”

“雷平时不是那样的。”凯蒂说。

“那就好。”

“好啦，”凯蒂有点不高兴，觉得莎拉作为好姐妹没有给予必要的支持，“你平时也不是那样的……等我一下。”凯蒂起身走向玩具箱，平息雅各布和另一个孩子的争吵，两人正在抢一个独腿“机动人”。

她回来又坐下。

“抱歉，”莎拉说，“那是个意外，”她舔舔茶匙，“或许你这事也是个意外。不过，该死，我是想问……这事是真的，对吧？不只是一次反弹式爱情？”

“天哪，莎拉，你是要做我的伴娘，又不是我妈。”

“看来你妈不喜欢他。”莎拉说。

“不喜欢。”

“嗯，他不是开戴姆勒车的儿科专家。”

“哦，我觉得他们早就不抱那个希望了。”凯蒂说。

莎拉试着将茶匙在杯子边缘放稳。

“他人很好，”凯蒂说，“雅各布喜欢他，我也喜欢他。”这样说好像不对，不过改口会让人觉得她在自我辩护，“他也说服艾德事先把发言稿拿给他看。

“我很高兴。”莎拉说。

“为雷还是艾德？”凯蒂问。

“为雷，”莎拉说，“还有你。”

她放下茶匙。两人等着气氛再度缓和。

“对了，”莎拉说，“你弟弟最近在干吗？我很久没有见到他了。”

“还好，在霍恩西买了个房子。老实说，我自己也不是经常见到他。交了个很好的男朋友，我是说，那种真正讨人喜欢、懂得灵活变通的人。你在婚礼上肯定会见到他们。”

她们又坐了一会儿，看着雅各布指挥独腿“机动人”和蓝色毛毡章鱼打空战。

“我这么做是对的。”凯蒂说。

“很好。”莎拉说。

/ 23 /

简四点回到家。她和乌尔苏拉午饭吃得太久，这一招像往常一样生效。杰米的不快事情已经过去，乔治很开心有爱尔兰炖肉吃，两人边吃边温言细语地为即将到来的婚事互相安慰。

“有谁是喜欢自己孩子的另一半的？”

“珍·莱利的丈夫好像还不错。”

珍·莱利？乔治多次吃惊于女人记人的本事。她们走进拥挤的屋子，把名字、面孔、孩子、职业连同饮料一起喝下肚。

“哦，对。”模模糊糊记起来了。或许男人缺失的是检索系统。“那个会计师。”

“是测量师。”

他洗完碗碟后拿着《沙普的敌人》走进客厅，读最后二十页：“今年冬天的大事是多了两具尸体。那一具头发披散在‘上帝之门’的雪地上，而这一具，奥巴代亚·海克斯威尔，正被抬进棺材，僵死……”他想开始读另一本新书，那是圣诞节收到的礼物，可是在进入下一本书之前，一定要等前面那本带来的感觉淡去才行。因此他打开电视，看起一个播了一半的医学纪录片来，片子讲的是一个癌症病人最后一年的生活。

简嘲讽他的品位太吓人，退到一边写信去了。

如果有别的好节目可看，他或许就看了。纪录片至少能给人教益，恶俗的美容院情景剧是最难看的节目。

电视里的那个人在花园里走来走去，抽抽烟，经常插着好几根管子、盖着格子毛毯躺在沙发上。真要说感觉的话，有点乏味，不过想想，这倒是让人放心的迹象。

那人来到屋外，有些费力地弯腰喂小鸡。

简过于神经质，这才是实质。或许不是每个人都喜欢把《我们怎样死》当睡前读物，但是简也读那些曾经在黎巴嫩的首都贝鲁特遭绑架的人写的书，或是在救生筏上待了八个星期却幸免于难的人写的书。人人迟早都要死，然而只有极少数人有必要知道如何击退鲨鱼。

大部分在乔治这个年龄的人都觉得自己能活到永远。鲍勃的死就很能说明问题，他根本不知道五秒钟之内可能发生什么事，遑论五年。

电视里的那个人被带到海边。他坐在卵石滩上的帆布躺椅里，直到耐不住寒气才回到露营车上。

当然，在睡梦中安然死去很理想，但这通常是父母的谎话，让人觉得祖父母和仓鼠的死没那么悲惨。有些人的确是在睡梦中安然逝去的，但其中绝大多数此前都受尽死神的折磨。

他自己喜欢又快又干脆的死法。别人或许想多些时间和疏远的孩子和解，告诉妻子水管阀门在哪里。就他而言，他希望生命之光毫无预警地熄灭，尽量减少照护的麻烦。死时没法减轻旁人的难过，这已经够糟了。

他趁着广告时间快快进厨房泡了杯咖啡，回来时发现那人已经进入生命的最后几个星期，几乎整天孤独地躺在沙发上，深夜还暗暗哭泣。假如乔治此刻关掉电视，这个夜晚会平安无事地愉快度过。

然而他没有。当那人的猫爬到他膝头的格子毛毯上寻求爱抚时，仿佛有人松开了乔治脑袋侧面的一块板子，伸手进去扯掉一把非常重要的线路。

他感觉很不舒服。汗水从头发里、手背上冒出来。

他要死了。

或许不是这个月，不是今年。但总之会在某个时候，以他相当不情愿的方式和速度死去。

地板好像已经消失，客厅底下出现一个大坑洞。

他异常清醒，觉得所有人都在无法穿透的黑暗森林包围的葱郁草地上嬉闹，就等着那可怕的一天到来，等着被拖到森林深处的黑暗中一个个杀掉。

天哪，他以前怎么没察觉这个？别人怎么也没察觉？为什么没人见过他们蜷缩在人行道上哭号？他们怎么能对这无法消受的事实毫无知觉，逍遥度日？而一旦明白这事实，又如何能抛开？

不知不觉中，他已经趴在扶手椅和电视机之间的地板上，前后晃动，试图像母牛那样哞叫来安抚自己。

他想克服障碍，掀起衬衣、解开裤子检查那处病斑。他心里有一部分清楚病斑不会有什么变化，另一部分却认定它灼烧得如同拳头大的活钓饵，第三部分则相信他的所见实质上跟现在的新问题毫无关系，并且这个问题比他的皮肤病要大得多、棘手得多。

他不习惯内心被三种完全不同的声音占据。脑袋里的压力太大，他的眼睛似乎会爆出来。

他想往后挪到扶手椅里，此刻也只能这样，但是他没法做到，仿佛盘桓于他脑中的恐怖念头被强风席卷着，却又受到家具的阻隔。

他继续前后晃动，哞哞叫唤，声音压到最小。

/ 24 /

杰米把车停在凯蒂家附近的街角，平静心绪。

你从来都逃避不了问题。

学校或许是个烂地方,但至少还算单纯。你如果能记住九九乘法表，躲开格雷格·帕特夏尔，画出科克斯太太尖牙加蝙蝠翼的卡通像，就能很好地对付过去。

三十四岁了，所有这些似乎都没有多大用处。

他们在学校没有教会你的是：年龄越大,生而为人的一切就越麻烦、越复杂。

你说真话，懂礼貌，体贴他人，但还是得处理别人的烂事。不管是九岁还是九十岁。

他上大学时认识了丹尼尔。他起初觉得欣慰，因为总算找到一个离开家人后不胡搞性关系的人。后来，拥有固定男友的兴奋感慢慢消退，他发现跟他一起生活的是一个喜爱观鸟的“黑色安息日”乐队粉丝。他心下骇然，觉得自己跟他可能是一路货，觉得自己就算在性取向上被彼得博勒的保守居民视为“贱民”，也不会因此显得多有趣或多酷。

他试过独身，唯一的问题是缺乏性生活。几个月后，你就会饥不择食，在西斯公园最高的大灌木丛后任人抚慰直至飘然欲仙，而等到仙尘散去，醒过神来，才发现白马王子是个口齿不清的人，耳朵上还长着一颗古怪的痣。还有星期天晚上，读书就像拔牙一样痛苦，你只好一边看电视剧《弗兰彻和桑德斯》，一边拿勺子吃掉一罐甜炼乳，心情极度郁闷，于是你开始怀疑这一切究竟有何意义。

他要的不多。彼此的相伴，共同的兴趣，一点点空间。

问题是别人不知道自己想要的是什么。

丹尼尔之后，他又有过三段还算过得去的感情。但六个月后，一年后，事情总会发生变化。他们想要更多，或更少。尼古拉斯觉得应该给他们的恋情添点料，跟其他人上床。史蒂夫想搬来一起住，连同他的猫。奥利在他父亲死后深陷抑郁当中，于是杰米从伴侣变成社工。

六年飞速过去，有一天下班后他和尚娜一起泡酒吧，她说要给他介绍一个在王子大道装修公寓的建筑工。她喝得醉醺醺的，杰米也无法想象她能独具慧眼看准一个工人的性取向，因此没把她的话当回事。后来他们在麦思威丘的工作快要完成，杰米去查看公寓，测量室内尺寸，隐隐对粉刷厨房的那家伙产生了性幻想，当时尚娜走进来说：“托尼，这是杰米。杰米，这是托尼。”

她悄悄走开了。他和托尼聊起房地产的发展与流通，聊起突尼斯，然后大略提到西斯山上的池塘，便确信彼此心意相通。托尼从后兜拽出一张名片，说：“你如果有什么需要……”杰米需要，很需要。

他过了几个晚上才约他在海格特喝酒，以免显得过于热切。托尼讲起他和朋友在斯塔特兰德裸浴的事，他们在衣服被偷后如何倒空垃圾桶，把黑色的垃圾袋翻过来勉强当苏格兰裙穿，然后搭便车回到普尔。杰米则谈到自己每年都会重读一遍《魔戒》。有差异，但感觉挺好，就像两片互相契合的拼图。

吃完一顿印度餐后，他们回到杰米的公寓。托尼在沙发上至少对他做了两样此前从未有人对他做过的事情。第二天晚上他们又回家做了，生活突然变得无比美妙。

他被拉去看切尔西队的比赛，觉得不安；他打电话请病假，飞去爱丁堡度长假，也觉得不安。不过杰米需要一个让他不安的人，因为过于安宁的生活就像楔子细薄的那一端，粗钝的另一端会让他变成父亲那样。

当然还有，如果栏杆坏了，或者厨房需要重新粉刷时有托尼在也很好，这对他带来的高音量的“碰撞”乐队音乐和水槽里的工作靴也是种弥补。

他们也吵架。只要跟托尼在一起，没有一天不吵架，但托尼认为这是人际关系有趣的地方。事后托尼也喜欢以性作为弥补。杰米有时怀疑托尼挑起争吵，是不是就为了事后的这种弥补。但是性这事太美好，他没什么可抱怨的。

现在他们又为一场婚礼怄气。一场跟托尼一点关系都没有的婚礼，事实上跟杰米的关系也不大。

他的脖子一阵僵疼。

他把额头从方向盘上抬起来，发现已经坐了五分钟。

他走下车。托尼是对的，他没法改变凯蒂的心意。其实他是内疚，因为没有倾听她的心声。

现在担心没有意义，他得弥补，然后才能消除内疚。

妈的，他应该买点蛋糕带来的。

不要紧，蛋糕不是真正的重点。

两点半。雷回家之前，他们还有大半个下午的时间。喝茶，聊天，给雅各布当马骑、当飞机飞。如果运气好，雅各布能小睡一会儿，两人可以正经谈谈。

他走上屋前小道，按响门铃。

门开了，他发现堵在门道里的是雷，身穿溅满油漆的工作服，手拿电钻。

“看来今天我们俩都休假。”雷说，“办公室里煤气泄漏。”他举起电钻按下按钮，电钻轻轻响了两下，“那么，你听到消息了。”

“是的，”杰米点头说，“恭喜。”

恭喜?

雷伸出结实的手，杰米觉得自己的手被他那只手的引力场吸了进去。

“真是松了口气，”雷说，“我还以为你会来揍我。”

“不会遇到多少反抗，对吧？”杰米强作欢笑。

“没错。”雷笑得更大声也更放松，“要进来坐坐吗？”

“好啊。凯蒂在家吗？”

“去森宝利超市了，带雅各布去的。我在修东西。再过半小时他们应该会回来。”

杰米还没来得及想出一个约会的借口，雷已经把门关上。“你先喝杯咖啡吧，我把这碗柜门装好。”

“来杯茶吧,如果不麻烦的话。”杰米说。“茶”这个字不够有男人味。

“我们就喝茶吧。”

杰米在餐桌旁坐下，感觉就像那次不走运，在塞斯纳飞机后部要跳伞一样。

“很高兴你来。”雷放下电钻，洗洗手，“有些事我想问问你。”

他心里涌出一个可怕的念头，那就是雷在过去八个月里一直积攒恨意，就等着跟他独处的这一刻。

雷把热水壶放好，靠着水槽，双手深深插入裤兜，眼睛盯着地板："你觉得我应该跟凯蒂结婚吗？"

杰米怀疑自己听错了。有时你不回答某些问题，是怕万一理解有误，比如那个夏天内尔·特雷踢完足球后洗淋浴的事。

"你比我更了解她，"雷的表情就像凯蒂八岁时想用意念的力量弯折勺子一样，"你……我是说，这听起来虽然很蠢，可是你觉得她真的爱我吗？"

这个问题杰米听得非常清楚。现在他坐到塞斯纳飞机的舱门口了，在他脚底和赫特福德郡之间有的只是四千英尺的虚空。五秒钟后他会像石头一样坠落，吓晕过去，吐得头盔里满是秽物。

雷抬起眼睛。厨房里一阵沉默，就像恐怖电影里孤绝的谷仓中的沉寂一样。

深呼吸。说真话。懂礼貌。体谅雷的感受。应付烂事情。"我不知道，我真的不知道。这一年来我和凯蒂聊得也不太多。我一直很忙，她又一直跟你在一起……"杰米的声音弱了下去。

"她很生气。"雷仿佛缩成了一般人那样的身形。

杰米特别想喝茶，想有个东西握在手里。

"我是说，我也生气。"雷说。他把茶包放进两个杯子，倒入开水。"跟我说说吧，凯蒂……"

"我懂。"杰米说。

雷在听吗？看不出来。或许他只想找人说说话。

"就像一片乌云。"

雷是怎么回事？前一刻，他在这屋里还像大卡车一样气概十足，后一刻就坠入深洞向他呼救。他为什么不能隔着安全距离苦恼，让两人都觉得自在呢？

“不是你的原因。”杰米说。

雷抬起眼睛。“真的？”

“嗯，也或许是你的原因，”杰米停顿一下，“不过她也对我们生气。”

“对。”雷弯下腰，把罗威纤维管插入电钻在碗柜里钻出的四个洞，“对。”他站起来，拿走茶包。气氛轻松了一点，杰米希望换个话题，聊聊足球或阁楼的隔热问题。但是雷把茶杯放到杰米面前时说：“那你跟托尼呢？”

“你是指什么？”

“我是说你跟托尼怎样。”

“我可能没听明白。”杰米说。

“你爱他，对吧？”

耶稣基督啊，如果雷喜欢这样问问题，怪不得凯蒂生气呢。

雷又往碗柜门里插罗威纤维管。“我的意思是，凯蒂说你很孤独，然后认识了那小子，然后……你知道……就成了。”

此刻他的不自在，还有谁比得上？他的手在颤抖，茶杯里泛起涟漪，就像《侏罗纪公园》里霸王龙出现时的情形。

“凯蒂说那家伙不错。”

“为什么要聊我和托尼啊？”

“你们也吵架，对吧？”

“雷，我们吵不吵架跟你没关系。”

天哪，他言下之意是要雷“滚开”。杰米从来没有叫人滚开过，只有那次罗比·诺斯把一罐汽油往篝火上扔，他知道大事不好时好像说过。

“抱歉，”雷举起双手，“我对同志的事情完全不了解。”

“根本不是那么回事……天哪。”杰米放下茶杯，免得把茶水洒出来。他有点头晕，深吸一口气后缓缓说道，“是的，我和托尼也吵架。是的，我爱托尼，而且……”

我爱托尼。

他说他爱托尼。他对雷说的。他甚至想都没想过这句话。

他爱托尼吗？

天哪。

雷说：“听着……”

“不，等等。”杰米双手抱着脑袋。

又是“生活/学校/别人”这种事。你好心好意来到姐姐家，却发现自己在跟一个连交流的基本规则都不懂的人聊天，然后脑子里忽然像发生了高速公路多车相撞事故。

他打起精神说：“也许我们该聊聊足球。”

“足球？”雷问。

“男人的玩意儿。”他心里浮现一个奇怪的念头，觉得他们能成为朋友。或许不算朋友，只是和睦相处的同伴，比如那种一起在战壕里度过圣诞节的战友。

“你是开玩笑吧？”雷问。

杰米深吸一口气说：“凯蒂很可爱，但是也很难缠。你没法强迫她做任何事。她要嫁给你，就因为她想嫁给你。”

电钻滑下台子砸在地砖上，就像一枚迫击炮爆炸了。

/ 25 /

乔治好像有什么问题。

最先是那晚的不对劲，她回到客厅，发现他趴在扶手椅下找电视遥控器。他站起来，问她在忙什么。

“写信。”

“给谁写？”

“安娜，待在墨尔本的那个。”

“那你都跟她写些什么？”乔治问。

“婚礼啊，你的工作室啊，汉斯的老宅扩建啊。”

乔治从不过问她的家人，或她正在读的书，或他们是否该添置新沙发，但是那晚余下的时间里，他却想知道她的这些想法。他最终睡下，可能也是因为疲累。二十年来，他还从来没有聊过这么久。

第二天的情形差不多。他不在花园尽头干活，或是以平时的双倍音量听托尼·班内特的时候，就跟着她从一个屋子走到另一个屋子。

她问他可好，他硬是说聊聊天不错，以前聊得太少了。他当然说得对，她或许还应该对这种关注心怀感激。但是这情形让人不安。

天哪，她多少次祈祷他能稍微敞开心扉，但不是一夜之间，不是像脑袋被打坏一样。

还有一个实际问题。在乔治不关心她的举动时去见戴维是一回事，在他和她亦步亦趋时去见戴维则是另一回事。

只可惜他不太懂这些，倾听，关注。他让她想起四岁时的杰米：青蛙想跟你打电话……快到沙发火车上来，要开车了！只要能吸引她的注意力，说什么都行……

上床睡觉前，他从浴室出来，拿着一根脏棉签问她耳屎那么多算不算正常。

戴维擅长这些，倾听，关注。

第二天下午，他们坐在他的客厅里，落地窗开着。他在讲邮票的事。

“泽西岛在二战占领时期发行的。祖鲁兰在一八八八年发行的，一先令面额，黄绿色。有孔的，无孔的，倒水印的……天知道我当时想要达到怎样的目标，应该比成长容易一点。我现在还这里那里搜集。”

多数男人好为人师，比如指点你怎么去威斯贝奇、怎么点燃篝火，戴维却让她觉得她没有那么白痴。

他点燃香烟。他们就那样静静坐着，看鸟食台上的麻雀，看云朵缓缓从右方飘到左方的白杨林后面。这种感觉很美好，因为他也能沉静。以她的经验来看，很少有男人能做到沉静。

她很晚才离开，后来又在百安居外面遇上修路，堵在车流里。她忧心该如何向乔治解释晚归的原因，忽然又想到乔治可能已经知道她和戴维的事，而他的关注正是为了修复关系，或是为了竞争，或是为了让她愧疚。

她把购物袋提进厨房时，他正坐在桌前，朝她挥了挥一份折叠起来的报纸，面前是两杯热咖啡。

“你不是一直在说安德伍德家的小子们吗，瞧，加利福尼亚的这些科学家好像在研究单卵双胞胎……”

接下来那周，书店异乎寻常的冷清，她益发陷入妄想状态。乌尔苏拉去了都柏林，她找不到人诉说心里的忧惧。

上午待在圣约翰，是她唯一放松的时候。她带着梅根、卡勒姆和苏尼尔坐在“丛林之角”读《女巫温妮》《和甘伯伯去游河》。尤其是卡勒姆，坐下来安分不了五秒钟（可惜她不能像对雅各布那样用饼干引诱他）。但是当她一走出大门来到停车场，烦恼又卷土重来。

星期四，乔治说他已经预订好帐篷，并且安排好了跟两位宴席承办人的商谈。一个连孩子的生日都会忘记的人做这些事，让她非常吃惊，她甚至忘了抱怨他未征求她的意见。

那天晚上，她的脑子里响起一个不祥的声音：他这是想让她变得可有可无吗？他在准备着她搬出去的那一天到来？或是把她扫地出门的那一天？

然而到了跟戴维约定吃晚饭的那天，他似乎异常高兴。他白天去买菜，之后以经典的男人风范做意大利调味饭：把所有器具从抽屉里拿出来，摆得像外科手术工具一样，然后将所有配料倒入多个小碗，巴不得最后的洗刷工程越大越好。

她仍然无法摆脱这个念头,他在准备跟她摊牌。到下午她越发紧张，还想谎称生病了。终于，门铃在七点半刚过时响起，她冲下楼梯想抢先开门，却被松垮的地毯绊了一下，扭了脚踝。

她冲到楼梯底端的时候，乔治正站在过道里，用条纹围裙擦手，戴维正把一瓶葡萄酒和一束鲜花递给他。

戴维注意到了她歪扭的步态。“你还好吧？”他本能地想上前安慰她，随即又忍住，退了回去。

简挎住乔治的胳膊，弯腰揉脚踝。伤得不算严重，但是她不想跟戴维目光相接，而且因为担心刚才的一瞬他可能已经露馅，觉得脑袋发晕。

“严重吗？”乔治问。谢天谢地，他好像没发觉什么。

“不算太严重。”简说。

“你应该好好坐着，把脚搁起来，”戴维说，“防止肿胀。”他拿回鲜花和酒，让乔治扶她。

“我还在做饭，”乔治说，“你们两个干吗不先在客厅坐着，我给你们倒杯葡萄酒。”

“不。”简说，语气有点僵硬，然后停顿一下平缓心绪，“我们去厨房陪你。”

乔治让他们在桌边坐下，又毫无必要地拿来一把椅子给简搁脚，然后给他们各倒一杯葡萄酒，这才回去继续磨碎帕尔马干酪。

不管来客是谁，这种时刻总是很奇怪，因为乔治不喜欢别人侵入他的地盘。简觉得他们会聊得很不自在。无论何时她拉他去参加聚会，总会发现他郁郁不乐地站在一圈男人里面，一脸苦相地听他们聊橄榄球、纳税申报，仿佛他正头痛难忍。简希望戴维至少能填补沉默。

但让她吃惊的是，大部分时间都是乔治在说话。他好像真的很高兴有人来做客。两个男人都为对方庆幸，在他们离开后“牧羊人”公司才开始衰败。他们都提到自己在法国的痛苦假日，戴维谈的是他的滑翔，乔治谈的是他的飞行恐惧症。戴维说学滑翔或许能解决问题，乔治说戴维显然低估了他的飞行恐惧症。戴维承认很害怕蛇，乔治让他花上几小时想象有条蟒蛇盘在膝上，戴维大笑说这点子不错。

简的担忧慢慢消失，取而代之的是另一种同样不舒服的奇怪感觉。说来真是荒谬，她不喜欢他们俩相处这么融洽。乔治比平常跟她独处时更温和、更风趣，戴维则显得更平庸。

他们共事时就是这样吗？如果是，那为何乔治离开公司后从没提到过戴维？她深感愧疚，觉得自己不该在戴维面前把自己的家庭生活说得那么单调。

等他们转战到餐厅时，乔治和戴维的共同语言似乎比她跟他们任何一个的都要多。这就像回到了学生时代，你眼睁睁看着最好的朋友跟别的小孩打得火热，自己被冷落一旁。

她不时挤进谈话，想抢回一点关注，但总是言语失当。她过于热切地谈论《远大前程》，因为她只看过电视剧集。她过于苛刻地提起乔治上回糟糕的下厨，因为他这次做的意大利调味饭真的很可口。真是无聊，最后她觉得还不如老老实实地闭嘴，随他们聊个够，等他们问她时再说两句。

其间只有一次，乔治有些失态。戴维当时说马丁·唐纳利的妻子要进医院做检查，她转头一看，乔治把脑袋垂在两腿之间。她心里闪过的第一个念头是他在菜里下毒了，他自己想呕吐。但是他往后一靠，揉揉大腿，道歉说打断了谈话，然后回厨房转了一圈，放松僵麻的肌肉。

到晚餐结束的时候，他已经灌下一整瓶葡萄酒，扮起滑稽演员来。

“几个星期后，我们编了一个可能会让简厌烦的老套借口，拿回了照片。可惜照片不是我们的，而是一对青年男女的，一丝不挂。杰米提议在照片背面写上‘你们要放大尺寸吗’，再还给他们。”

戴维喝着咖啡，谈到米娜和孩子。最后他们站在台阶上送戴维，车子卷起一小片粉色的烟尘。乔治说：“你不会离开我的，对吧？”

“当然不会。”简说。

她以为他至少会搂住她的肩膀，但他双手一拍，说：“好啦，洗碗。”然后径自进屋，好像这只是下一个娱乐环节。

/ 26 /

凯蒂这一周过得很糟糕。

星期一节目计划书送来了，连“节目”一词都不会拼写的帕特茜却看出第七页特里·琼斯的照片事实上是特里·吉列姆的，让大家吓一跳。艾登把凯蒂痛骂一顿，因为他在攻读 MBA 时可没学过如何承认自己把事情搞砸了。凯蒂提出辞职，他不同意。帕特茜见大家都大吼大叫，吓得哭起来。

她提前下班去托儿所接雅各布，杰基说他咬了另外两个小孩。她把雅各布带到一旁教育一番，说他就像《这样一个吻》里的坏鳄鱼。雅各布不愿反省，她也没有多费唇舌，把他载回家，不给他酸奶喝，直到他愿意谈谈咬人的事。她心里的挫败感，可能跟她上大学学习康德时，本森博士的感觉差不多。

“那是我的拖拉机。”雅各布说。

“那应该是大家的拖拉机。”凯蒂说。

“我在玩。”

“本不应该从你手上抢走，但你不能因为这样就咬他。”

“我在玩。”

“如果你正在玩什么东西，有人抢走了，你应该大叫，告诉杰基或者贝拉或者苏西。”

“你说过大叫是不对的。”

“你如果真的、真的很生气，可以大叫，但是不能咬人或打人。你也不希望别人咬你或打你，对吧？”

“本咬人。”雅各布说。

“但是你不想像本那样。”

“我现在可以喝酸奶了吗？”

“不行，除非你明白咬人是一件不好的事情。”

“我明白了。”

“说你明白了不等于你真的明白了。”

“但他要抢我的拖拉机。”

这时雷走进来，提了一条颇有道理的意见，意思是责备雅各布的同时又对他搂啊抱啊不会有效果。她当即来了一番现场演示：你真的、真的很生气时，可以大叫。

雷忍住火气，保持冷静，直到雅各布说不许他惹妈妈生气，因为“你不是我真正的爸爸”。他走进厨房，把案板摔成两半。

雅各布以三十五岁的成年人才有的目光盯着她，尖酸地说：“我现在要去吃酸奶。”然后就走开了，边吃酸奶边看《火车头托马斯》。

第二天上午，凯蒂取消了牙医预约，带雅各布到办公室待一天。她和帕特茜贴了五千张纸条标出书写错误，雅各布则闹腾得像黑猩猩一样。到午饭时分，他已经把艾登的自行车链条弄脱，把一盒索引卡倒空，还把热巧克力洒到自己的鞋子上。

星期五，格雷厄姆过来接雅各布去待两天，两年来她第一次真正感到解脱。

星期六上午，雷出去踢五人组足球赛，她则千不该万不该打扫屋子。她搬起沙发，清理下面的绒毛、脏物和玩具残骸，腰部忽然一阵剧痛，然后走路就像吸血鬼电影里的管家那样了。

雷用微波炉做了一顿晚饭，后来他们轻柔地做爱，但止痛药好像让她所有没必要止痛的部位都麻木了。

六点钟，格雷厄姆把雅各布送回来了。

雷在洗澡，她出来应门，然后一瘸一拐地回到厨房的椅子上。

格雷厄姆问她怎么回事，雅各布则只顾着跟她说他们在自然历史博物馆玩得多开心。

“还有……还有大象和犀牛的骷髅，还有……还有……那些恐龙是幽灵恐龙。”

“博物馆有个展室在重新粉刷，”格雷厄姆说，“所有东西都用防尘布盖住了。”

“爸爸还说我可以晚睡一会儿。我们吃了……我们吃了……我们吃了鸡蛋。还有吐司。我还帮忙了。我还有一只巧克力剑龙，在博物馆买的。还有一只死松鼠。在爸爸的……爸爸的花园里。它长虫子了。在它的眼睛里。”

“你不给妈妈一个大大的拥抱吗？”凯蒂伸出胳膊。

但雅各布只顾着说话：“还有……还有……还有，我们坐了双层巴士，我还留着票呢。”

格雷厄姆蹲下来说：“停一停，小鬼，你妈妈受伤了。”他把一根手指放到雅各布的嘴唇上，对凯蒂说，“你还好吧？”

“搬沙发时扭到腰了。”

格雷厄姆严肃地看着雅各布说：“你要对妈妈好，知道吗？不要让妈妈跟着你团团转，说到做到？”

“你的腰不舒服？”雅各布看着凯蒂。

“不是很舒服，不过和我的调皮鬼抱抱，感觉会好很多。”

雅各布没有动。

“嗯，要迟到了。”格雷厄姆站起来。

“我不要爸爸走。”雅各布哭起来。

格雷厄姆抓挠几下头发说：“对不起，小鬼，恐怕没办法。”

“好啦，雅各布，”凯蒂又伸出胳膊，“让我抱抱你。”

但是雅各布真的悲愤起来，拳头乱舞，双脚乱踢身旁的椅子。“不准走，不准走。”

格雷厄姆想抱住他，怕他伤到自己。“嘿，嘿，嘿……”通常他会径直离开，她则会将雅各布抱到怀里紧紧搂住，直到他脱身。长久以来，他们已经习惯这种难受的局面。

“没有人……没有人听……我想……我讨厌……”雅各布跺着脚。

过了三四分钟，雷来到门口，腰部裹着浴巾。她已经不在乎他会说什么，格雷厄姆又会怎样回应。他走向雅各布，把他举起来往肩上一扛，消失在屋内。

他们根本来不及回应，只是盯着空洞的门，听着雷和雅各布上楼时那越来越弱的尖叫声。

格雷厄姆站起来。她一时以为他会说什么刻薄话，而她不知道是否应付得了。但他说的是“我来泡茶”，这是很久以来他对她说过的最亲切的话。

“谢谢。”

“你为什么那么奇怪地看着我？”他放好茶壶。

“衬衣，是我圣诞节给你买的那件吗？”

“是啊。妈的，抱歉，我不是故意……”

“没事，我不是要……”她哭起来。

“你还好吧？”他伸出手想安慰他，但又停下了。

"我很好。抱歉。"

"一切都还好吗？"格雷厄姆问。

"我们要结婚了。"她现在真的哭起来，"哦，该死，我不该……"

"好消息啊。"他递给她一张纸巾。

"我知道。"她大声擤鼻涕，"你呢？你怎么样？"

"哦，没什么可说的。"

"跟我说说。"

"我和一个同事在交往。"他从她手上拿走湿了的纸巾，又递来一张新的，"没什么结果。我是说，她很好，但是……她洗澡时戴泳帽，怕弄湿头发。"

他拿出几个无花果夹心面包卷。他们聊了一些不那么敏感的事情，比如雷在杰米面前说了冒失话，格雷厄姆的外祖母给一本针织品目录当模特。

十分钟后，他起身要走，她有些伤感。让她吃惊的是，他迟疑一下，似乎和她有同感。那一瞬间，他或她好像会说出什么不得当的话来。他掐断了。

"照顾好自己，好吗？"他在她的头顶轻吻一下，走了。

她静静地坐了几分钟，雅各布不哭了。她这才发觉，她在跟格雷厄姆聊天时没有感到腰疼，现在痛感卷土重来。她用一杯水吞下两粒止痛药，然后拖着双腿上楼。他们在雅各布的房间里，她在门口停下，望向门内。

雅各布脸朝下躺在床上，看着墙壁。雷坐在他旁边，边拍他的屁股边用完全走调的声音轻轻唱着《十个绿色的小瓶子》。

凯蒂又哭起来。她不想让雅各布看见，或者说不想让雷看见，于是转过身，悄悄下楼回到厨房。

/ 27 /

最重要的是，这事极不公平。

乔治并不天真。好人遇坏事，这他知道，反之亦然。但是当本斯家被女儿的男朋友偷窃，当布莱恩的第一任妻子必须把乳房填充物取出时，你又不由觉得还是有某种基本的正义存在。

他认识的不少男人在结婚后一直有情人。他认识的另一些男人上个月破产下个月就用不同的名字注册同一家公司。他还认识一个男人，用铁锹打断儿子的腿。为什么他们不会遭受这个痛苦？

三十年来，他都在制造、安装游乐设施。不像威克斯蒂德或艾比休闲公司的产品那么低廉，而是品质更好的优良游乐设施。

他有过失误。他发现亚历克斯·班福德半醉半醒地躺在办公楼洗手间的地上时，就应该解雇他的。他事先应该找珍·富勒要背痛的医生证明，而不是一直等到她参加募捐长跑、出现在地方报纸上的时候。

他解雇了十七个人，但是给了他们妥善的安置，写了至为漂亮的推荐信，只差没有造假。不像做心脏外科手术，也不像造武器，他只是不声不响地为一小部分人增添了幸福。

而现在，他自己出问题了。

但是抱怨没有意义。他一辈子都在解决问题，现在不过是又要解决一个。

他的脑袋出故障了，他得把它修复。他以前也这么做过。他和女儿在同一个屋檐下生活了十八年，从来没有主动挑起纷争。他在母亲去世后的第二天上午就回到办公室，以确保格拉斯哥的生意顺利进行。

他需要做个计划，就像简预订好澳大利亚的双人度假项目时他做的那样。

他找来一张挺括的奶白色信纸，列出一个守则清单，然后把这张纸藏到衣柜后面的防火保险柜里，跟他的出生证和房产证放在一起。

1. 保持忙碌
2. 长距离散步
3. 保证睡眠
4. 摸黑淋浴、更衣
5. 喝红葡萄酒
6. 转移注意力
7. 聊天

说到忙碌，婚礼算是天赐之物。上回筹办婚礼时，他把一摊子事都留给了简。现在他有了时间，可以让自己忙起来，赚点印象分。

散步是一件真正快乐的事，尤其是沿着纳辛顿和福瑟林盖伊周边的小路散步，有保持健康、促进睡眠的作用。的确，也有难受的时候。一天下午，他在拉特兰湖东边的水坝上听到工业警报声，马上想到了冶炼厂事故和核攻击，瞬间觉得远离了文明世界。但他还是能让自己一边大声唱歌一边走回车子，然后在返家的一路上放大音响听艾拉·菲茨杰拉德的《住在蒙特勒》，用来鼓舞自己。

摸黑淋浴更衣，这事很平常，做起来也容易，只是晚上简闯进浴室打开灯，发现他在黑暗中擦身子，会惊声尖叫。

喝红葡萄酒肯定和所有医疗建议背道而驰，但两三杯赤霞珠葡萄酒有着神奇的效果，能让他稳定情绪。

分散注意力是清单上最难的一点。他可以剪脚指甲，或给剪刀上油，但那感觉会像鲨鱼电影里的黑影一样从深水里浮现。他可以在城里看看路边迷人的年轻女人，想象她们的裸体来分散心神，但他通常很少遇见迷人的年轻女人。他如果是个厚脸皮，又是独居者，或许可以买色情杂志看，但他不是个厚脸皮，而简清扫起角角落落来一丝不苟。因此他只能做填字游戏。

倒是聊天成了意外。他没料到，他把脑子深处的想法清理出来，会给婚姻生活注入新的活力。倒不是说之前的生活无趣或无爱，远非如此。他们比很多熟识的夫妻相处更融洽，那些夫妻忍耐着彼此之间难听至极的咒骂和怒意汹涌的沉默，只因为这样比分开更容易。他和简很少吵嘴，多亏他的克制力，不过他们确实会沉默相对。

因此，他能够把心里的话说出来，听简回应几句趣话，让他觉得惊喜。真的，有时晚上聊天，他特别放松，仿佛和她重新坠入了爱河。

乔治强迫自己实行这套养生法几个星期后，接到布莱恩的一个电话。

“盖尔的母亲要来住两周，所以我想去小木屋，看看那些工匠是不是干完活计了。不知道你想不想去？条件有点简陋，行军床，睡袋，不过你是个能吃苦的家伙。”

他跟自己的兄弟相处，一般不希望超过两小时，但是布莱恩的话里透出兴奋的孩子气，好像九岁的小孩急于炫耀自己的新树屋。而且想想火车长途旅行、赫尔福德河畔的风中散步、当地酒馆的围炉饮酒，就觉得很有吸引力。

他可以带上素描本，还有简在圣诞节送的那本大部头彼得·阿克罗伊德。

“我去。”

/ 28 /

杰米给地毯吸了尘，清理了浴室。他还想洗坐垫套子，但说实话，垫子就算糊满泥巴，托尼也不会注意。

第二天下午，他去克雷顿大道看房子，提前离开，打电话给办公室说可以打手机联系他，然后绕道乐购超市回家。

三文鱼，还有草莓，足够表明他的用心，但又不至于让他在做爱时有过胖的感觉。他把一瓶普伊芙美葡萄酒放进冰箱，又在餐桌上摆好一盆郁金香。

他好傻。他只顾着为快要失去凯蒂而恼火，而不努力去抓住生命中最重要的人。

他和托尼应该生活在一起。他应该回家点亮灯火，打开熟悉的音乐。星期天早晨，他应该躺在床上，闻着培根的香味，听着墙壁另一边的餐盘叮当声。

他要带托尼去参加婚礼。所谓乡下人的偏见都是废话，他害怕的其实是他自己。渐渐变老，做出选择，承担责任。

不会愉快，当然不会愉快。但邻居怎么想无所谓，老妈把托尼当成久别的儿子关爱有加也无所谓，老爸为床铺安排郁闷不堪也无所谓。托尼坚持要伴着莱昂纳尔·里奇的《缘定三生》来个悠缓的亲吻也无所谓。

他想和托尼共度一生，分享苦乐。

他深吸一口气，有那么几秒觉得自己不是站在厨房的松木地板上，而是站在苏格兰某个荒远的海角上，海涛汹涌咆哮，海风吹刮乱发。尊贵，高大。

他上楼淋浴，感觉身上残余的什么脏东西清洗干净了，打着旋儿从出水孔流走。

他正为穿哪件衬衣犯难时，门铃响了。他挑了那件有些褪色的橘色斜纹粗棉布衬衣，然后下楼。

他打开门时闪过的第一个念头是托尼听到了什么坏消息，或许和他父亲有关。

“出什么事了？”

托尼深吸一口气。

“嘿，进来啊。”杰米说。

“我们得谈谈。”托尼没动。

“进屋谈吧。”

托尼不想进屋，说去小路尽头的公园。杰米拿上钥匙。

事情发生时，他们快要走到那个装狗屎的红色小垃圾箱那儿。

托尼说：“结束了。”

“什么？”

“我们。结束了。”

“可是……”

“你不是真的想跟我在一起。”托尼说。

“是真的。”杰米说。

“好了，你或许想跟我在一起，但不是彻彻底底想跟我在一起。那个可笑的婚礼，让我发觉……天哪，杰米，我对你父母来说不够好吗？还是我配不上你？”

“我爱你。”现在这是怎么回事？真不公平，真白痴。

“你不懂什么是爱。”托尼看着他。

“我懂。”他现在就像雅各布。

托尼不为所动。“爱一个人就意味着冒险，意味着有可能打乱你那有规律的美好小日子。而你不想打乱你那有规律的美好小日子，不是吗？

“你有别人了？”

“我说的话你一个字都没听进去。”

他应该解释的。三文鱼。地毯吸尘。话就在他的脑子里，但就是没法说出来。他太受伤了。他想到要独自回屋，拿起桌上的郁金香砸烂，躺到沙发上一个人喝那一整瓶葡萄酒，觉得又难受又快慰。

“抱歉，杰米，真的抱歉。你是个好人。”托尼把手插进口袋，表明不想来个分手的拥抱，“我希望你能找到一个符合你那种感觉的人。”

他转身走了。

杰米在公园里站了几分钟，然后回到公寓，操起桌上的郁金香砸烂，打开葡萄酒拿到沙发上，眼泪簌簌滑落。

/ 29 /

雷在床上朝凯蒂翻了个身，说：“你真的想嫁给我？”

“当然想嫁给你。”

“你如果改变心意会告诉我吧？”

“天哪，雷，”凯蒂说，“你这是怎么了？”

“你不会因为告诉了大家才强迫自己结婚吧？”

“雷……”

“你爱我吗？”他问。

“你为什么突然说这些？”

“你爱我就像爱格雷厄姆那样吗？”

“不，老实说，不一样。”

那一瞬间，她看见他脸上闪过痛苦的神色。“我对格雷厄姆是迷恋。我觉得他是上天赏赐的礼物，根本看不清真相。当我发现他的真实面貌……”她伸手轻抚雷的脸颊，“我了解你，我了解你所有的优点，也了解你所有的缺点，但我还是想嫁给你。”

“那我有什么缺点？”

这可不是她擅长的事情，他才应该是那个安慰者的角色。“来吧。”她把他的脑袋拉到怀里。

“我太爱你了。”他此时显得好弱小。

“放心，我不会在祭坛前抛下你的。”

“抱歉，我在犯傻。”

“这是婚前紧张的表现。”她轻抚着他上臂的细毛，“还记得艾米丽吗？”

“嗯？”

“她在教堂的法衣室吐了。”

“真糟糕。”

“他们把她送上通道时，让她用那个巨大的花束遮住污迹。巴里的爸爸以为那气味来自罗迪身上，你也知道，前一天晚上有单身汉聚会。”

他们睡着后，四点钟又被雅各布的哭声惊醒。“妈妈，妈妈，妈妈……”

雷正要爬起来，但凯蒂坚持自己去。

她走进雅各布的房间，他仍然半睡半醒，蜷着身子躲开床中央一大片拉稀拉出的黄色秽物。

“过来，小松鼠。”她把他抱起来，他迷糊的脑袋耷拉在她肩膀上。

“都……都……湿了。”

“我知道，我知道。”她小心脱下他的睡裤，卷起来包住污物，扔到过道上，“我们要擦干净，小甜饼。”她从抽屉里拿出一个尿布袋、一片新尿布和一包湿纸巾，轻轻地擦干净他的屁股。

她给他换上新尿布，又从衣篮里扯出一条睡裤，握着他笨笨的腿穿进裤腿。“好啦，这下舒服多了，对吧。”

她掀开小熊维尼鸭绒被看有没有弄脏，然后卷起来放到地毯上。“你先躺一会，我要整理床铺。”

她把他放到地毯上，他哭起来："不要……让我……"但是当她把他的头搁到鸭绒被上时，他把拇指塞进嘴里，又闭上了眼睛。

她把尿布袋扎起来扔进垃圾桶。扯下脏床单扔进过道，翻转床垫。从衣柜里找出一套干净的床单，往脸上贴贴。天哪，真舒服，厚棉布柔软的毛绒触感，洗衣粉的芳香。她铺上床单，塞紧边角，床单绷得又平又顺。

她套好枕头，弯腰抱起雅各布。

"我肚子痛。"

她把他放在膝上说："我们等会儿就喝点扑热息痛糖浆。"

"粉红色的药。"雅各布说。

她伸开胳膊抱紧他。她一直抱得不多，尤其在他醒着的时候，顶多三十秒，然后他就要在沙发上玩直升机游戏并且蹦上蹦下了。没错，她看见他在托儿所和别的孩子围成一圈听贝拉读书时，或者瞧着他在操场上和别的孩子说话时，真的感到骄傲。但她怀念他还在她肚子里的时候，怀念蜷着身子好让自己舒服些的时候。即便现在，她都能想象他以后离开家门的情景。距离已然拉开，她的小宝贝变成了小大人。

"我想爸爸。"

"爸爸在楼上睡觉。"

"我真正的爸爸。"雅各布说。

她捧住他的脑袋，亲亲他的头发。"我也想他，有时候。"

"可是他不回来。"

"对，他不会回来。"

雅各布轻声哭起来。

"但我永远不会离开你，你知道的，不是吗？"她用 T 恤的袖子擦去他鼻子里的鼻涕，轻轻摇晃着他。

她抬头看着小建筑师巴布身高表，还有在昏暗中静静翻转的活动帆船模型。地板下面的什么地方传来水管的咔嗒声。

“我明天可以喝北极熊饮料吗？”雅各布不哭了。

她把他眼睛上的头发拨开。“我不知道你明天能不能上托儿所。”

他的眼睛又湿了。“如果能上，我们就在回家的路上买饮料，好吗？”

“好。”

“不过你如果喝了北极熊饮料，吃晚饭的时候就没有布丁了，行吗？”

“行。”

“现在我们喝糖浆。”

她把他放在干净的床上，从浴室里拿来药瓶和注射器。

“张大嘴。”

他快要睡着了。她把药液注入他的嘴里，用指尖擦去他下巴上的一滴，再自己舔干净。

“现在我要回去睡觉了，小家伙。”她亲亲他的脸蛋。

但是他不想放开她的手，她也不想让他放开。她坐下来看着他睡了几分钟，然后在他身旁躺下。

这种感觉使得一切都算不了什么，疲惫，怒气，六个月没读一本小说的事实。这是雷给她的感觉。

这也是雷想要给她的感觉。

她摸摸雅各布的头。他已经飘到十万八千里之外，梦着覆盆子冰激凌、运土机器和白垩纪。

她醒来时已是早晨，雅各布穿戴着蜘蛛侠的全套行头跑进跑出。“来吧，亲爱的，”雷拨开她脸上的头发，“做好了煎鸡蛋，等你下楼来吃。”

下午从托儿所出来后，她和雅各布中途去买北极熊饮料，因此回家晚了，雷已经下班到家。

“格雷厄姆打了电话。”他说。

“什么事？”

“没说。”

“要紧吗？”

“没问。他说会再打。”

一天一个格雷厄姆的神秘电话，已经超出雷的容忍极限。因此，她把雅各布送上床后，从卧室里拨出电话。

“凯蒂。”

“嘿，你打过来了。”

“说吧，有什么大秘密？”

“没有大秘密，我只是担心你。这种话不太好对雷说。”

“抱歉，你那天傍晚来的时候我状态不是很好，腰痛啊，一切的一切啊。”

“你找人谈过吗？”

“你是说专业人士？”

“不，我指的就是谈谈。”

“当然找人谈过。”凯蒂说。

“你知道我的意思。”

“格雷厄姆，听着……”

“如果你嫌我爱管闲事，”格雷厄姆说，“那我就不管。我也不想说雷的不好，我真的不想。我只是想问问你要不要出来喝杯咖啡聊一聊。我们还是朋友，对吧？好吧，或许不算朋友，但你似乎需要把心里的事情倒出来。我不是说肯定是坏事情。”他停顿一下，“还有，那天晚上跟你聊天，我也很开心。”

天知道他是怎么了。这些年来，他还从来没有这么关心过她。说是嫉妒吧，听起来又不像。也许那个戴泳帽的女人伤了他的心。

她掐住思绪。这样想太不厚道。人总是会变，而他在变好。而且他也没说错，她需要多聊聊。

“我星期三能早点下班，在接雅各布之前可以和你待一个小时。”

“好极了。”

/ 30 /

牙刷。法兰绒长裤。套头羊毛衫。

乔治开始往行李箱里收东西，然后又觉得不够有野外旅行的样子，于是从屋顶阁楼里翻出杰米的帆布背包。背包有点旧，不过这种包就该显得沧桑。

三条内裤。两件背心。彼得·阿克罗伊德的小说。园艺工作裤。

这就是他的度假方式。

他们曾经试过，那是一九八〇年去斯诺登尼亚。前一年有过飞往里昂的恐怖飞行经历后，那次他便极力坚持只在地面活动。如果他的孩子更坚强，或者他有个不那么迷恋物质享受的妻子，这种方式可能行得通。下雨本身没什么问题，亲近自然必然得有这个部分。而且大部分的晚上没雨，他们可以坐在帐篷外的野营垫上用煤油炉做晚饭。但是接下来几年他提议去斯凯岛或阿尔卑斯山，都遭到反驳和阵阵无情的嘲笑：“我们干吗不去北威尔士野营呢？”

九点刚过的时候，简在市中心把他放下，然后他径直走进奥塔卡书店买了一张编号为二〇四的《全国地形测量图：特鲁罗、法尔茅斯及周边地区》。接着他跑到史密斯文具店买了一套铅笔（2B、4B和6B）、一个画板和一块好用的橡皮。他还打算买卷笔刀，但又想起隔不了几条街就有一家户外用品店。他走进店里，买了一把瑞士军刀，既可以用来削铅笔，又可以用来削棍子，必要的时候还可以挑出卡在马蹄里的小石子。

他赶到车站时还有十五分钟的时间。他取了票，坐在站台上等待。

坐一个小时的火车到国王十字街。坐汉默史密斯和城市线地铁到帕丁顿。再过四个小时到达特鲁罗，过二十分钟到达法尔茅斯。然后坐出租车。如果从帕丁顿到特鲁罗的座位预订没问题，他就不用挨着厕所坐在背包上，可以好好读两百页小说。

火车快要进站时，他想起没带类固醇软膏。

但这没多大关系。软膏是治疗湿疹的，湿疹不过是小事。他全身长满那种东西也不会有问题。

但他不应该让自己的脑子产生“全身长满那种东西”的念头和相应的画面。

他抬头瞄监控屏幕，看火车还有多久进站，却看到一个丑陋的流浪汉坐在旁边的长凳上。那半张朝向他的脸全是疤，仿佛不久前有人用烂瓶子把它砸个稀巴烂，又仿佛有某种不断生长的东西在吞噬它。

他想移开目光，但做不到。那就像眩晕，就像下坠的感觉在召唤你。

分散注意力。

他别开脑袋往下看，强迫自己把注意力集中在脚趾间的口香糖上，口香糖在沥青地面被踩出五个椭圆形印子。

“我坐火车旅行，我想到了你。”他轻轻哼唱，“我经过阴暗的巷子，我想到了你。”

丑陋的流浪汉站起身。

天哪，他朝这边过来了。

乔治仍旧低着头。“两三辆车泊在星空下。一条蜿蜒的溪流。月光照射着……”

流浪汉从乔治身边走过，歪歪扭扭地沿着月台慢慢走远。

他醉得很厉害，醉得会跌到铁轨上，醉得会爬不回来。乔治抬头看看，再过一分钟火车就要进站。他想象着流浪汉倒在水泥边沿上，伴随着尖锐的刹车声和沉闷的撞击声，想象着那躯体在铁轨上被火车往前推，像火腿一样被车轮切成两半。

他必须拦住那流浪汉，可要拦住他就得碰他，而乔治不想碰流浪汉。那疤痕，那气味。

不，他不用去拦住那流浪汉。站台上还有别的人，还有铁路员工，流浪汉的事应该由他们来管。

如果他到火车站的另一边月台，就不会看到流浪汉的死。但那样的话，他就会错过火车。另外，如果流浪汉死在火车车轮下，它也会延迟。到时乔治就会错过去特鲁罗的火车，最后只得挨着厕所坐四个半小时。

巴弗提安医生误诊过凯蒂的阑尾炎，说那是胃病。三个小时后，他们冲进急诊室，把凯蒂送上了手术台。

他怎么会忘了这件事？

巴弗提安医生是个笨蛋。

他正用一种错误的化学软膏涂抹在癌症患处。一种类固醇软膏，类固醇会使组织越长越快、越长越壮。他正用一种能使组织越长越快、越长越壮以至变成肿瘤的软膏涂抹皮肤。

流浪汉脸上长的东西。他也会变成那样，全身都是。

火车进站了。

他拿起背包，从最近的车厢门上车。如果他能让旅行快点开始，或许就能把那些糟糕的想法留在月台上。

他瘫坐在座位上，心跳得就像从家里出来跑了一路。他发现很难静心坐着。对面是一个穿淡紫色雨衣的女人，他根本顾不上她会怎么想。

火车开动了。

他望向窗外，想象自己操纵着一架小飞机跟火车平行前飞，就像小时候那样，往后拉着操纵杆越过围墙和桥梁，左转右拐绕开棚屋和电线杆。

火车加快速度，越过河流，越过A605公路。

他想吐。

他觉得自己待在一个翻转过来的船舱里，浸满水的船正在沉没。黑暗无边。舱门在他下方的什么地方，不过在哪儿都无所谓，只会通向死亡。

他拼命踢腾，想把头探在两墙之间越来越小的窒闷锥形空间里。

他的嘴巴沉入水下。

含油的水进入他的气管。

他把头垂在膝上。

他要吐了。

他靠向椅背。

他浑身发冷，血液从脑袋流失。

他又把头垂在膝上。

他觉得像在蒸桑拿。

他坐起来，打开小窗户。

穿淡紫色雨衣的女人瞪眼看他。

病斑会歹毒地让他慢慢窒息而死。一个陈腐的恶性附生物，吞食着他的身体。

“我透过缝隙看，看着那条小道，回家的那条小道……”

行军床？沿着赫尔福德河散步？和布莱恩围炉喝酒？他到底在想些什么啊？那就是人间炼狱。

他在亨廷顿下车，摇摇晃晃走向最近的长凳，坐下后回想着当天《电讯报》上的填字游戏。跪拜，大啤酒杯，黄铜马饰……

他会死于癌症，这念头很可怕。但如果他把它封存在“死于癌症的想法”的盒子里，或许就没事了。

瞪羚，守财奴，番木瓜。

他得坐下一趟火车回家，跟简聊聊，喝杯茶，大声放音乐。他自己的房子，他自己的花园，一切都称心如意。没有布莱恩，没有流浪汉。他的右边有个监控屏幕，他小心地站起来，绕到前面看。

二号月台。十二分钟。

他走向楼梯。

再过一小时他就应该到家了。

/ 31 /

简让乔治下车，然后坐到驾驶座，把车开回村里。

她这辈子还从来没有独自生活过四天。昨天她还满怀期待，但现在真的盼来了，却有些害怕。

她发现自己在计算除去到奥塔卡书店和圣约翰学校上班外，还能独自待多少个小时。

星期天晚上她要和戴维待在一起，但星期天晚上一下子变得好远。就在这时候，她在屋前停好车，抬头看见戴维正站在小道上和隔壁的沃克尔太太聊天。

他到底在干吗？他们刚开始向送奶工订购橘子汁，沃克尔太太就注意到了。天知道这女人现在会怎么想。

她从车里走出来。

“啊，简，我的运气到底还不错。”戴维朝她微笑，“我把不准乔治在不在家。我上次来吃晚饭时把老花镜落在你家了。”

老花镜？天哪，这人可真会撒谎，简不知是该佩服还是该害怕。她看着沃克尔太太，真要说起来，那女人好像被他耍得团团转。

“我和西蒙兹聊了几句，”她说，“他跟我说乔治做了一顿很好吃的意大利调味饭。我觉得他在说笑话。”

“是有些怪，不过是真的。”简说，“乔治的确会下厨，大概五年一次吧。”她转向戴维，“他该感到遗憾了，我刚把他送进城。他要去他弟弟那儿，去康沃尔。”

“太可惜了。”戴维说。

他那么轻松自在，简开始怀疑他是不是真的落下了一副老花镜。“嗯，你还是跟我进屋吧。”

他转向沃克尔太太说：“很高兴认识你。”

“我也是。”

他们走进屋里。

“抱歉，”戴维说，“我来早了一点。”

“来早了？”

“我还以为你从车站回来了。我没想到会撞见爱管闲事的邻居，这不在我的计划之内。”他脱下外套，挂在椅背上。

“计划？戴维，这是我家，你不能想来就来。”

“听着，”他牵起她的手，把她带到餐桌旁，“我有话要跟你说。”他把她按在椅子上，从外套口袋里拿出老花镜，放到桌上，“我离开的时候要给你邻居看。”

“你以前也这样干过？”

“这样？”他收起笑容，“我从来没这样干过。”

她突然觉得很不自在。她想去泡茶、洗碗，反正要做点什么，但是他握着她的右手，另一只手也覆在上面，好像他捡到一只小动物，不想让它逃脱。

“我有话要说，得当面说。我得在你有时间考虑的时候说。”他停顿一下，接着说，“我老了……”

“你不老。”

“好啦，简，我练习了好几个星期，你就听我一口气说完，别让我出洋相了。”

“抱歉。”她以前从没见他这么严肃。

“当你到了我这种年纪，就不会有第二次机会了。好吧，或许你会有第二次机会，或许这就是我的第二次机会，但是……”他低头看着他们的手，“我爱你，我想和你生活在一起。你让我幸福。我知道这很自私，但是我想要更多。我想晚上和你一起上床睡觉，想早上和你一起醒来。求求你，让我说完。这对我来说很容易，我一个人生活，不必考虑他人的感受，做什么都可以。但你不同，我知道。我敬重乔治，也喜欢乔治，但我听过你怎么说他，我觉得你们两个在一起……你或许会拒绝，你如果真的拒绝，我也会理解。但如果我不问你，我这辈子都会觉得遗憾。”

她浑身发抖。

“求你，考虑一下。如果你说好，我会尽一切努力让这事变得更容易，减少你的痛苦……但如果没有那个可能，我会假装从来没说过这些话。我最怕的就是把你吓跑。”他抬头看着她，“快告诉我，我没有把事情搞砸吧？”

她把另一只手放在他的手上，四只手在桌上叠握。“你知道……”

“什么？”他看起来很不安。

“这是我听过的最感人的话。”

他舒了口气。“你不用马上给我答复。”

“我不会。”

“好好考虑。”

“我没法考虑任何别的事情了。”她轻笑一声，“你笑了，你进门后还没笑过呢。”

“松了口气。”他握紧她的手。

她把椅子往后推，绕过桌子，坐到他的膝上吻他。

/ 32 /

凯蒂和格雷厄姆没有谈到雷，甚至也没谈到婚礼。他们谈的是《BJ单身日记》，当天早上电视新闻里油罐车冲出西线公路的事件，咖啡馆远处角落里那个女人古怪的发型。

这正是凯蒂需要的，就像穿上一件旧套头衫，大小合身，气味好闻。

她刚跟侍者说要结账，一抬头就发现雷走进咖啡馆，朝他们走来。有那么半秒钟，她以为出了什么急事。然后她看到他脸上的表情，火气马上就上来了。

雷在桌旁站住，俯视着格雷厄姆。

“这是干什么？”凯蒂问。

雷一言不发。

格雷厄姆镇定地在不锈钢小餐盘里放下七英镑硬币，然后把胳膊伸进外套。“我还是先走吧，”他站起来，“谢谢你跟我聊天。”

“真的很抱歉。”她转向雷，“看在老天的分上，雷，成熟一点。”

在那可怕的一瞬，她还以为雷会揍格雷厄姆。但他没有。他只是看着格雷厄姆缓缓走向门口。

“这真可爱，雷。但只是可爱。你多大了？”

雷瞪着她。

“你不说点什么吗，还是只想带着那副白痴相站在这儿？”

雷转身走出咖啡馆。

侍者回来收走那个不锈钢小餐盘。雷走到窗外的人行道上，把垃圾桶举过头顶，像发疯的无赖一样怒吼着把它砸下去。

/ 33 /

乔治到家的时候，感觉平静多了。

车子停在屋外，因此他发现屋里没人时吃了一惊，也有些失望。不过待在自己家里就觉得安心。电话桌上放着小猪形状的记事本，空气里有烤面包的香味，还有简用来清洁地毯的那清洁剂的松木香。他放下背包，走进厨房。

他正想烧水，发现有把椅子倒在地板上。他弯腰把椅子扶起来。

他马上想到幽灵船，灾祸发生时一切就像这样，吃了一半的肉，没有写完的日记。

然后他掐住思绪。只是一把椅子而已。他把水壶装满水，插上插头，然后双手平放在福米卡牌工作台上，缓缓吐了口气，让那些疯狂的念头溜走。

就在这时，他听到一些声音从头顶的什么地方传来，就像有人在挪动沉重的家具。他起初以为是简，但那是一种他以前从未在家里听到过的声音，一种有节奏的撞击声，几乎很机械。

他差点叫出声来，随即又决定忍住。他想先看看到底出了什么事，然后再出声露面。他或许正需要一点惊奇呢。

他走进过道，开始上楼梯。他到达楼梯顶端时，发现那声音出自某个卧室。

他走下楼梯平台。凯蒂原来住的卧室是关着的；他和简的卧室的房门半掩着，声音就从这里传来。

他扫了一眼周遭，发现柜子上的水果碗里有四个大理石蛋，便拿起那个黑色的握在手里。这不像一件武器，不过相当沉实，握在手里有安全感。他掂了掂大理石蛋，让它沉沉地落回手掌。

他很有可能撞见一个吸毒者在翻找抽屉。他应该害怕的，但上午的事情好像已经耗尽了他的恐惧。

他走近房门，轻轻推开。

两个人在床上做爱。

他从来没有看见过别人做爱——在现实生活中。这事看起来并不美好。他的第一反应是赶紧走开，以免尴尬，但随即想到这是他的房间、他的床。

他正想大声问这两人到底在搞什么鬼，却发现他们是两个上了年纪的人。然后那女人又发出他在楼下听到的那种声音。而且她还不是一个寻常女人，她是简。

那男人在强暴她。

他举起握着大理石蛋的拳头往前走，但她说："对，对，对，对。"现在他看清了，那光着身子趴在她两腿间的男人是戴维·西蒙兹。

屋子毫无预警地倒向一边。他退后抓住门框，才没有跌倒。

时间过去，但过去了多久很难说。大概五秒到两分钟之间吧。

他觉得很难受。

他把门拉到原来的位置，扶着楼梯栏杆稳住自己，然后把大理石球轻轻放回碗内，等着房子回到原来的角度，这房子就像大船漂荡在长长的波浪上。

等房子恢复如常，他走下楼梯，拿起背包走出前门，把门关上。

他的脑子里有个声音，就像他躺在铁轨上，听到特快列车从上方驶过的声音。

他开始迈步走。走路很好，走路可以让脑子清醒。

一辆蓝色旅行车从他身边驶过。

这时，人行道往一边倾斜。

他在一根灯柱下停住脚步，弯腰呕吐。

他保持姿势，以免弄脏裤子，然后从口袋里掏出一张旧纸巾擦嘴。

当街扔纸巾总归不太好，他正准备把它收回口袋，不料背包忽然歪向另一边。他伸手去抓灯柱，却没抓着，整个人滚到了树篱里。

他被狗吠声惊醒时，正梦着在纳茨福德南部 M6 公路上的休息站买农家派和水果沙拉。他睁开眼睛，瞪着一大片镶嵌在枝叶间的阴沉天空。

他瞪着阴沉的天空看了好一会儿。

一股浓烈的呕吐物气味。

他慢慢清醒过来，明白自己躺在树篱里。他背着一个背包，他现在记起来了。他还在街上呕吐过，而他的妻子正和另外一个男人在两百码外的地方做爱。

他不想让人看见自己躺在树篱里。

他花了几秒钟去想要如何指挥自己的四肢。他想明白后，拿走头发上的一根细枝，松开胳膊上的背包，小心翼翼地站起来。

街道另一边有个女人有些好奇地看着他，好像他是野生动物园里的动物。他数到五，深吸一口气，提起背包背到肩上。

他试着迈出一步。

他又迈出一步，不那么小心的一步。

他能行。

他开始朝大马路走去。

/ 34 /

凯蒂打算星期一一定要道歉。

她站在托儿一班的教室中央，雅各布拽着她的围巾荡来荡去，艾伦跟她说着下周的世界自闭症关怀日。但她满脑子想的都是有关雷的烦心事，根本没听进去。而且僵尸片里的那种画面不断浮现：艾伦的脑袋被木板削断，血喷溅四射。

他们搭上巴士后，她想甩开雷的事，便问雅各布在托儿所做了什么。但他太累，懒得说话，只是把拇指塞在嘴里，另一只手摸进她的外套摩挲着羊毛衬里。

巴士司机好像想打破某个陆地飙速纪录。天下着雨，她闻到了坐在右边的那女人的汗味。

她想砸东西，想打人。

她伸出胳膊搂住雅各布，想从他身上吸纳一点平静。

天哪，为了她所受的这一切，她真能拉上格雷厄姆跑到最近的旅馆爱他个天翻地覆。

巴士停下，停得很猛。

他们下车，凯蒂边走边骂司机是个笨蛋。可惜雅各布正好在这当儿去捡一块有趣的泥巴，绊了她一下，这多多少少弱化了咒骂的效果。

他们打开前门，雷已经在家。她能感觉到。过道里的灯是灭的，但空气里有种愠怒和暴烈的气息，就像走进山洞时知道食人魔在近旁大嚼胫骨。

他们来到厨房，雷正坐在桌旁。

雅各布说：“我们坐了巴士。妈妈说了脏话，朝司机说的。”

雷没搭理。

她俯身对雅各布说："你上楼去玩一会儿好吗，我和雷要说说话。

"我想在这儿玩。

"你可以过一会儿再下来玩。"凯蒂说，"为什么不去拿你的摩比卡车玩呢，嗯？"五秒钟内他就得乖乖听话，不然她就要爆发了。

"不想玩，"他说，"没意思。"

"我可说真的，你现在上楼，我很快就上去。过来，我帮你脱外套。"

"我要穿着外套，我要喝怪物饮料。"

"雅各布，看在老天的分上，"凯蒂大吼，"上楼去。马上。"

有那么一会儿，她以为雷会使出他那套漂亮的男人斡旋手法，靠心智力量劝服雅各布乖乖上楼，然后她会为他这种纯粹的伪善大动肝火。但雅各布只是跺着脚说："我讨厌你。"然后气呼呼地走了，外套兜帽还戴在头上，就像一个愤怒的小矮人。

她转向雷："我们一起喝了杯咖啡。他是孩子的父亲。我想找人聊聊。你如果认为我会嫁给一个像你这样对待我的人，那你还要再好好想想。"

雷一言不发地瞪着她，然后站起身，阴沉着脸走进过道拿起外套，摔上前门出去了。

天哪。

她走进厨房，紧紧抓着水槽边缘，抓了大概有五分钟，以免自己尖叫或摔东西，吓坏雅各布。

她从冰箱里拿出牛奶喝个痛快，然后上楼。雅各布坐在床边，仍然穿着外套，戴着兜帽，紧张兮兮的表情跟以往碰到父母吵架时一样，就等着出租车来把他带到孤儿院。

她坐到床上，把他拉到膝头坐下。"对不起，我发火了。"他伸出小胳膊抱住她，她感觉他放松下来，接着说，"你有时也发火，对吗？"

"对，"他说，"我朝你发火。"

“但我还是爱你。”

“我也爱你，妈妈。”

他们抱了一会儿。

“雷爸爸去哪儿了？”雅各布问。

“他出去了。他不喜欢吵架。”

“我也不喜欢吵架。”

“我知道。”凯蒂说。

她把他头上的兜帽拉下来，拂去头发里的几片头屑，然后亲亲他。

“我爱你，小松鼠。我爱你胜过全世界的一切。”

他挣脱开来说：“我想玩我的卡车。”

/ 35 /

乔治坐上一辆进城的巴士，住进教堂旅馆。

他向来不喜欢住昂贵的旅馆，主要是因为小费。给谁小费？在什么情况下给？给多少？有钱人要么天生知道这些，要么根本不在乎是否冒犯底层人。像乔治这样的普通人出手不当的话，最后吃到的炒鸡蛋上肯定会有口水。

然而这一次，他没为这种琐事心烦，因为他还处在震惊当中。过一会儿就会有不快的感觉，他对此很确定。但眼下，处在震惊当中还挺舒服。

“你的信用卡，先生。”

乔治拿回卡片，插进钱包。

“你的房间钥匙。”接待员对一名正在晃悠的行李员说，“约翰，带这位霍尔先生去他的房间吧。

“我自己能找到。”乔治说。

“三楼。左转。”

上楼后，他把背包里的东西倒在床上，然后把衬衣、毛衣和长裤挂到衣柜里，把内衣叠好放进下面的抽屉，把小物件从包裹里取出来，整齐地摆到桌上。

他上厕所，洗手，用一条特别松软的毛巾擦手，然后把毛巾方方正正地晾回烘干架。

他对眼前的环境适应得很好。

他从卫生封套里取出塑料酒杯，拿出迷你酒吧里的一小瓶威士忌倒在里面。他又拿来一包 KP 花生，站在窗前就着花生喝酒，目光扫过乱糟糟的屋顶。

再简单不过了，住几天旅馆。然后再租个地方住，或许租市内的公寓，也可能是乡下的小房子。

他把威士忌喝光，又往嘴里塞了六粒花生米。

那之后，他就自己过生活了，他可以自己决定做什么、去看谁、如何打发时间。

客观来看，这也是一件好事。

他把吃了一半的花生的袋口卷起来，放到桌上，然后冲洗杯子，用免费纸巾擦净，放到水槽旁。

十二点五十二分。

吃点午餐，再散散步。

/ 36 /

戴维离开后，简穿着便袍慢慢下楼走进厨房。

一切都亮堂一些了，墙纸上的花，花园尽头的天空，像雪堆一样的白云。

她泡了一杯咖啡，做了一个火腿三明治，吃了两粒扑热息痛对付膝盖疼痛。

亮光退去一点点。

在楼上的时候，戴维抱着她，那好像是可能的。抛开这一切，开始新生活。但现在他走了，事情变得很荒谬。真是个不堪的念头，电视上的人才会那样做。

她看着墙上的钟，看着面包架上的账单，看着带有常春藤图案的奶酪碟。

她忽然看见她的一生铺展开来，就像影集里的一张张照片。她和乔治站在达文垂的教堂外面，树叶在风中如橘色彩纸飘落，而真正的庆典要在第二天早上他们告别家人，开着乔治深绿色的奥斯汀车驶往德文郡时才开始。

她在凯蒂出生后住院一个月，乔治每天给她送鱼肉和薯条。杰米骑着他的红色三轮车。克拉兰敦巷的房子。第一年冬天结在窗户上的冰，还有冻住的法兰绒长裤，得拿着敲打一番，一切都如此真实，如此自然，如此美好。

你这样看人的一生，绝对看不到什么遗憾。

她洗干净装三明治的碟子，堆到架子上。屋里突然变得沉闷：龙头底座上的水垢，肥皂上的裂缝，蔫蔫的仙人掌。

或许她要得太多，或许现今人人都要得太多。洗衣烘干两用机。比基尼身材。二十一岁的感觉。

她往楼上走去。换衣服的时候，她感觉又变回了原来的自己。

我想晚上和你一起上床睡觉，想早上和你一起醒来。

戴维不明白。你可以说不，但你不可能在那样谈过之后还假装什么事都没有发生过。

她想念乔治。

/ 37 /

乔治在西门路上一家又挤又不太上水准的披萨店吃了一顿很久的午饭，边吃边看彼得·阿克罗伊德的书。

他一向觉得独自吃饭是件凄惨的事，但现在他这个孤独的食客，却很有优越感。这主要是因为书的缘故：在别人荒废时间的时候学习，就好比开夜车加班。

吃完午饭，他去散步。市中心不是最适合溜达的地方，但拦辆出租车跑到偏远的地方也有些可笑，于是他穿过东区朝环城路走去。

他可能什么时候得去取车，或许晚上，可以尽量减少撞见简的概率。但那是他的车吗？他最不喜欢的是难堪的争吵，或者更糟，被指控为小偷。总之，也许买辆新车更好。

他走错方向了，应该往西走的。但往西走就会离简越来越近，而他不想靠近简，无论她那一带的乡村风景如何优美如画。

他穿过环城路，沿着工业园区边缘走，最后终于大步走进绿野。

这一刻，清冷的空气和开阔的天空让他觉得神清气爽，他似乎享受到了在赫尔福德河畔健步行走的种种好处，只不过少了布莱恩的陪伴和六小时的火车旅行。

然后，右手边有座旧工厂隐隐进入他的视野。锈蚀的烟囱，方形的输送管，脏兮兮的漏斗。这不是什么好看的东西，扔在前面停车带上的破冰箱也一样。

灰蒙蒙的天空，漫漫的扁平田野，让他憋闷起来。

他想继续盖他的工作室。

他明白他再也不能盖工作室了。

他得着手做点别的事，规模小一点的事，花费少一点的事。滑翔的念头莫名其妙地浮现，马上又被赶跑了。

下棋。慢跑。游泳。慈善工作。

当然，他仍旧可以画画。画画不受地点约束，而且花费少。

他又想到简可能想搬离家里，住到别处，和戴维一起。这样的话，他还是可以盖工作室。

这想法让他高兴起来，他转身兴冲冲地往城里走去。

他回到市中心时，天色暗了下来，不过对他来说，现在还没晚到该回旅馆和上餐馆吃饭。凑巧的是，他经过一家电影院，想起有很多年没在大银幕上看过电影。

《训练日》可能是一部烂俗的警匪惊悚片，《特工神童》明显是拍给青少年看的，而《美丽心灵》，他记得是讲一个人如何渐渐发疯，最好还是不要看。

他买了《指环王：护戒使者》的票。影评对片子赞赏有加，而且他记得在模糊又久远的某个时候很喜欢这本书。检票后，他在观众席中央找了个座位。

前排有个十几岁的女孩，跟一伙同伴坐在一起，转头看他们后面是什么人。乔治扫视周遭，发现坐满年轻人的电影院里只有他是独自一人，并且年纪有些大。这和在游乐场附近游荡很不一样，但还是让他觉得不自在。

他起身走向过道，在前排中间找个座位坐下。从这里看到的图像更大更清晰，也不会有人嫌他怪异。

影片相当好看。

然而，四十分钟之后，镜头停留在扮演邪恶的萨鲁曼的克里斯托弗·李脸上，乔治发现他的面颊上有一小块发暗的地方。他本来不会多想的，不巧的是他记起最近在报纸上看到一则消息说克里斯托弗·李去世了。他是怎么死的？乔治记不清了。好像不是皮肤癌。但有可能是。如果是的话，那他现在就是眼睁睁看着克里斯托弗·李慢慢死去。

也有可能他想到的是安东尼·奎恩。

他左思右想，回忆过去几个月看到的讣告。奥伯伦·沃恩，唐纳德·布莱德曼，尼内特·德瓦卢娃女爵士，罗伯特·陆德伦，哈里·塞科姆，佩里·科莫……他看见他们像电影里交战的奴隶兵士一样排成排，像可以随便差遣的步兵一样处于不由他们控制的某种自然力量的大战中；所有人都在这场残酷的宇宙版推币游戏[①]中无可停止地被推向巨大的峡谷，一波又一波地消失于峡谷边缘，尖叫着坠入深渊。

他再次抬头看银幕，看到的是一个又一个放大后的古怪的脸部特写镜头。每张脸上都长着奇怪的东西，或者有反常的色素沉淀，每一处都是正在生长的黑素瘤。

他觉得不舒服。

然后半兽人再度出现，他这下看见了他们的样子：类似人类的生物，皮肤从头部剥离，因此没有嘴唇或鼻孔，脸完全由鲜活的生肉组成。是因为他们的样子像是恶性皮肤病所造成，还是因为他们没有皮肤所以对癌症免疫，或者反而更容易得癌症，就像撒哈拉沙漠的白化病孩子一样一出生就慢慢死于癌症，他不知道，反正他的胃受不了这些。

他再也顾不了别的观众怎么想，起身沿着斜坡通道弯弯绕绕地走向门口，冲进白花花的亮处，冲进门厅，跌跌撞撞冲出弹簧门，来到黑暗的街上。

---

①用拇指推桌上的钱币或黄铜圆盘使其入洞得分的一种游戏。

/ 38 /

简倒了一杯葡萄酒，静下心来看晚间新闻，这时布莱恩打来电话说乔治还没到。他们都觉得他可能正坐在埃克塞特附近的支线上咒骂维珍铁路公司。简放下电话，没把这当回事。

她从冰箱里找出一个火鸡汉堡包，放好蒸锅加热，然后开始削胡萝卜皮。

她边吃晚饭边看汤姆·汉克斯演的一个浪漫荒诞剧。她刚好看出点兴味的时候，布莱恩又打电话说乔治还是没到。他说如果一个小时后还没消息，再打电话过来。

屋里突然变得空荡荡。

她又打开一瓶葡萄酒，灌了一杯。

她好傻。乔治这种人不会出意外的。就算出意外，就像那次在诺威奇他的眼睛里进了碎玻璃，他也会马上打电话回家。如果他最后进了医院，他的外套口袋里肯定会有一张纸，上面记着布莱恩的电话号码和去小木屋的路线，很可能还有手绘地图。

她怎么会想起这些呢？多年来太担心青春期的孩子参加聚会吸毒，多年来小心记住家人的生日，记住要拔掉卧室地毯上滚热的烫发器的插头，便养成了习惯。

她又倒了一杯葡萄酒，想再看看电视，却坐得心神不宁。她开始洗碗，然后清空冰箱。她把冰箱后面排水孔里的脏东西清理掉，用热肥皂水洗架子，然后擦洗冰箱侧面，再用茶巾抹干。

她束好垃圾袋，拿到花园里，站在垃圾箱旁时听到警用直升机轰隆作响。仰头一看，只见镇中心昏黄的天空里有道长长的圆锥形探照光，光束顶端是一个黑影。她难以抑制心里的一个蠢念头：他们在找乔治。

她进屋，锁门，心想如果一个小时后还没有消息就得报警了。

/ 39 /

杰米接下来几天真像行尸走肉，整天为了托尼做着自哀自怜的白日梦，而不是讨好年老的屋主，结果让达特茅斯公园里一栋豪宅的业务落到了约翰·D.伍德的手上。

第三天，他在办公室里懒洋洋地做些剪剪贴贴的活，把一套带游泳池的三楼工作室套房的广告贴到了“位置优越”类目里，成了大家的笑柄。

就在这时,他决定振作起来。他在车子的储物匣里找到一张“碰撞”乐队的 CD，放大音量，然后在心里拟了一份托尼能把他逼疯的劣迹清单：在床上抽烟，不会做饭，大喇喇地放屁，拿勺子敲东西，讲起安装威卢克斯窗户的复杂来可以连讲半小时……

回家后，他带着仪式感把 CD 折成两半扔进垃圾桶。

如果托尼想回来，就应该主动让步，而杰米不会跪地求他。他打算过单身生活，并且要乐在其中。

/ 40 /

城中心开始有年轻人聚友彻夜豪饮，气氛明显嘈杂起来。乔治便沿着布里奇街往河边走去，想图个清静，也想弄清楚为什么警用直升机一直在盘旋。

他走到码头那边，发现不管出了什么事，都比他想象的更严重也更有意思。路上停着一辆救护车，后面还有一辆警车，警车的蓝灯在冷冽的空气里不停旋转。

通常他会走开，不想让人觉得他残忍，但今天一切本来就反常。

直升机飞得很低，他能感觉到那轰隆声在头上和肩上震动。他站在中国餐馆边上的钢丝围篱旁，双手插在裤兜里取暖。直升机底座上的探照灯在水面扫来扫去。

有人落水了。

突然一阵风起，送来短促的对讲机声音，然后又吹走了。

就可怕程度而言，这场面很精彩，堪比电影，在日常生活里并不常见。救护车的黄色长方形小窗，飘移的云彩，直升机的气流搅起的水波，一切都比往常更鲜活更紧张。

前面一点，两个穿荧光黄外套的救护人员有条不紊地沿着河流的纤道走，一边用手电筒照向水下，用长杆子戳水里的东西。大概是在找尸体。

警报响起，马上又停了。一扇车门砰地关上。

他望着面前的河水。

他以前从未如此近地看过河水，没在晚上看过，也没在水位上涨时看过。他总是想，他要是落水肯定不会出事。他是个游泳好手，无论何时入住带泳池的旅馆，每天早上都会来回游四十趟。当约翰·辛尼乌斯基的“火球号”翻船时，他短瞬间害怕过，但没想过会淹死。

现在可不同，这看起来甚至不像水。它流得太急，回旋、翻腾、滚涌，就像一头巨兽。桥那边的上游，它在桥柱前方陡然升高，有如熔岩冲刷岩石。桥柱后面，它又消失在黑暗的水洞里。

他突然明白河水在全速流动时有多黏稠，像焦油或糖浆。它会把你往下拉，或者朝水泥墙上碾压你，而你却无能为力，不管你是多么高超的游泳健将。

有人落水了。他突然意识到这意味着什么。

他想象着酷冷带来的第一下冲击，然后是拼命划水想抓住岸边的东西，长满苔藓的滑溜石头，破裂的指甲，立刻浸满水的衣服。

但这可能是他们想要的。可能他们是自己投水的，可能他们根本不想爬出来，唯一的挣扎就是挣扎着解脱，挣扎着平息对光明与生命的渴求。

他想象着他们奋力游向黑暗。他记起《我们怎样死》对溺死过程的描述，想象着他们试图把水吸进去，气管却紧闭着要保护脆弱的肺部组织，也使得他们无法呼吸。他们憋气越久便越虚弱，于是开始吞入水和空气。水和空气搅混成泡沫，整个可怕的过程一发不可收拾。泡沫让他们窒息（这些细节非常鲜明地显现在他的记忆里）。他们会呕吐，呕吐物会占满整个口腔，而就在这致命的喘息瞬间，血管里缺氧，终于使得气管松开，于是他们一股脑吞进水、空气、泡沫、呕吐物以及其他很多东西。

他已经在河边待了五分钟，而他是在十分钟前看见直升机的。天知道过了多久这事才引发警觉，直升机又过了多久才赶到。不管那人是谁，现在几乎可以肯定没命了。

他心里又有了坐火车时的那种恐惧，不过这次没有崩溃。事实上，某种慰藉缓冲了恐惧。他可以想象那样做，想象它的情节，就像在有合适的音乐时可以想象如何平静地死去，比如他在车里收听的古典频道总爱播放的巴伯弦乐柔板。

自杀是一件多么暴烈的事。但是此刻在这里，近距离来看，它又是另一回事，更像是对肉体的施暴，而那肉体只想把你羁留在没法过下去的生活中。摆脱它，就获得自由。

他又往下看。离脚尖六英寸的地方，河水起伏翻涌，在警车旋转的灯光下一会儿蓝，一会儿黑。

/ 41 /

简打电话给杰米，没人接。她又打给凯蒂，但凯蒂显然很忙，而她也不愿听凯蒂说她是妄想狂，便挂断电话免得斗嘴。

她打到医院，打到维珍铁路公司，打到威塞克斯铁路公司，最后打到警察局，得到的回复是如果早上还没有他的消息再打过去。

她这是自找的，因为她想离开他。

她试着睡觉，但每次迷迷糊糊快要睡着时又会产生幻觉，觉得好像听到敲门声，还有一个年轻的警察神色凝重地站在台阶上。她头晕恶心，惊惶不安，仿佛有人要砍掉她的某只手或某只脚。

她辗转到清晨五点才终于睡着。

/ 42 /

乔治没有心情坐在餐厅里吃饭，便走进报亭买了一份走样的三明治、一个橘子和一根已经长斑的香蕉。

他回到旅馆房间，泡了一杯速溶咖啡，吃起快餐式晚饭来。之后，他发现自己无事可做，迟早又会开始胡思乱想。

他打开迷你吧，正准备拿出一听嘉士伯啤酒，又停住了。他如果半夜三更醒来，不得不抵御黑暗的侵袭，就需要保持头脑清醒。他便另选了玛尔斯巧克力，然后把电视调到欧洲体育台。

屏幕上出现五个年轻人，站在高高的岩山上，戴着头盔，背着帆布包，穿着现在的年轻人在户外露营时必穿的荧光色衣服。

乔治正琢磨如何用遥控器调大音量，其中一个年轻人突然转身，朝背景里的悬崖冲去，跃入空中。

乔治冲向电视机想抓住那人。

镜头切换，乔治看到那人朝着一块巨大的岩石坠落。一秒，两秒，三秒，然后他的降落伞打开了。

乔治的心仍在怦怦猛跳。他换了个频道。

四十五频道，一个科学家遭到电击，头发根根倒竖，骨头清晰可见。四十六频道，一群胸部仿佛充过气的女人穿着比基尼，伴着流行音乐旋转。四十七频道，摄像机移动镜头拍摄恐怖袭击后的惨状，发生袭击的是某个语言听不懂的国家。四十八频道，廉价珠宝的广告。四十九频道，讲大象的节目。五十频道，讲外星人的黑白片。

如果只有四个频道，他或许不得已会选定哪一个，但频道这么多，光数目就让他来劲，他循环换台好几次，每个画面都停留几秒，直到觉得有点厌烦。

他打开阿克罗伊德的书，但在晚上这个时间点读书有些艰难，于是他走到隔壁放洗澡水。

他脱衣服的时候想到身上有些地方不愿看到，便关掉浴室里的灯，然后脱得只剩背心和短裤，打算爬进浴缸的时候再脱这些。

然而当他坐在床沿脱袜子的时候，看到左上臂有一团红点，大概六七个。他搓了搓，心想也许是什么脏东西，或是衣服上的小绒毛，但都不是。也不是小疥癣。根本搓不掉。

当地板以他熟悉的方式张开裂口露出深坑时，他还自我解嘲地想着暂时不用烦心简和戴维的事了。

癌细胞在扩散。第一波癌细胞削弱了他的免疫系统，不管是以前的还是新的癌症现在都已在他体内扎根。

他不知道那些红点长了多久，也不记得以前曾经仔细检查过上臂。他的脑袋里有个声音说，或许好几年以前它们就在那里，但另有一个声音说，这正是暗地里致命病变过程的症状。

蜷曲的姿势让他很不舒服地想到了三明治、香蕉、橘子，尤其是玛尔斯巧克力。他不想再呕吐，不想在旅馆里呕吐。因此，他闭上双眼，强迫自己站起来，在门窗之间来回踱步，希望能有下午散步那般的安神效果。走了两百趟后，那种节奏感稍稍减轻了恐慌。

就在这时，他听见水流到瓷砖地板上的声音。他想了几秒才想明白这声音是怎么来的。他睁开眼睛冲向浴室，却被床脚绊了一下，一头撞在门框上。

他站起来，跌跌撞撞走进黑乎乎的浴室，放慢动作以免在水淋淋的地板上再度滑倒。他关掉水龙头，把所有的毛巾都扔到地板上，慢慢地拔掉出水口塞子，然后才跪在马桶旁缓缓气。

他的头疼得厉害，但也让他感到轻松，因为这是颇为寻常、可以预知、有起有伏的疼痛。

他摸摸前额，温温的，湿湿的。他真不想睁开眼睛去看那是血还是洗澡水。

他用脚把身后的门关上，浴室里更暗了。

他的眼皮后面隐隐有粉色的灯光盘旋，就像一个遥远的妖精村。

他不要这个，特别是今天。

缓过气来后，他慢慢爬起，走进卧室，一路眼睛紧闭。他关灯，穿回衣服，睁开眼睛，然后从迷你吧里拿出一堆瓶瓶罐罐的酒水和小吃，坐到电视机前的椅子上。他打开一罐嘉士伯，调到音乐频道，等着更多胸部仿佛冲过气的女子扭腰摆臀，希望她们能激起他的性幻想，让他忘记他是谁、他身处何处、他在过去这十二小时内的经历。

他吃了一根士力架巧克力。

他觉得自己像度过了漫长一天的小孩，希望有个高大强壮的人把他抱到温暖的床上，让他沉沉睡去，并且一觉睡到天亮，等新的一天开始时，一切又美好、干净、简单如初。

电视上的女歌手大概十二岁，谈不上有什么胸部，穿着牛仔裤和破T恤。如果她不是每隔几小节音乐就跳到摄像机前对着镜头大吼，显得极其愤怒，还真是很难看下去。她让乔治想起少女时代情绪更加反复无常的凯蒂。

音乐又吵又难听，但随着酒精慢慢发挥作用，他明白年轻人——或许灌醉自己，或许在迷幻心智的毒品的作用下——为何会听得开心。激烈的节奏，简单的旋律，让人觉得像待在安全的居室里观看一场闪电风暴，觉得脑袋之外有更为猛烈的事情发生。

少女之后是两个伴着紧凑的迪斯科节拍说唱的黑人。他们穿着松垮的裤子，戴着棒球帽，说着难以听懂的黑人俚语。表面看来，他们远没有之前的少女那么愤怒，但却给人一种明确的印象，那就是不同于那愤怒的少女，他们会毫不犹豫地去你家行窃。

有三个女人为他们唱和声，都穿得少之又少。

他打开一小瓶伏特加。

到午夜时分，他已经把自己灌得昏头昏脑，还纳闷为何没有早点这么做。他觉得浑身轻松，老是忘记身处何处。这样挺好。

他进浴室上厕所，然后摇摇晃晃回到卧室，瘫倒在鸭绒被上。他的脑子比过去几个月里的任何时候都要空茫。他想到他可以当个酒鬼；而且在这一刻，这似乎不失为一种解决问题的合理方式。

然后他就不省人事了。

半夜的时候，他发现自己正下降到一个机场，可能是希思罗，也可能是戴高乐。他坐在飞机上，坐的恰巧是架直升机；他旁边的女人带着一只宠物小狗，这在真正的飞机上是不可能的。

奇怪的是他很平静。事实上，这架飞机，或者直升机，就像他之前幻想抱他到床上的那个高大强壮的人的双臂。

他看着漆黑的窗外。景色美得惊人，远远的下方，车流像在黑色巨石的裂缝里涌动的熔岩。

有音乐在播放，不在他的脑袋里就在免费耳机里。是美妙的管弦乐，极其安宁。他前面座椅的针织套上，格子花纹微微起伏，像小小的波浪撞击港口岸墙，弹回去后彼此交错，在阳光下形成亮闪闪的水纹网栅。

然后飞机，或者直升机，撞上了什么东西。

砰的一声巨响，所有的一切都被甩开几码远。接下来的一瞬是可怕的死寂。然后飞机向右下倾，人们都在尖叫，空中顿时食物、手提行李到处飞，空运的小狗则像系在狗链一端的气球。

乔治拼命想解开安全带，但手指黏滞而麻木，根本不听使唤。他透过小小的树脂玻璃舷窗看着燃烧的航空油，以及从右下方的机翼冒出的滚滚黑烟。

突然，舱顶像沙丁鱼罐的盖子一样被扯开，飓风把小孩和空服人员卷到黑暗中。

一辆饮料推车沿着过道滑过来，把坐在乔治左边的一个男人的脑袋绊断了。

然后他又不在飞机里了。他和布莱恩坐雪橇滑下卢恩山。他在佛罗伦萨帮简拔出卡在栅栏里的鞋跟。他站在艾梅里的课堂上一遍又一遍地拼写“平行”一词，所有人都在嘲笑他。

然后他又回到了飞机上，同时还在半夜站在自家屋后的花园里望着卧室，纳闷室内那古怪的呻吟声是怎么来的。这时屋子内部被一团强烈的橘色光照亮，他转身看到它冲过来，就像一波波的船难残骸，只不过来自空中，被中央的汽油火花点燃。

地面颤动。一个商店门面溅满黑色的热塑胶。白色的火花像孔雀开屏一样溅开，一把活动椅从孔雀的尾巴上弹到住宅区街道。

锥形的机鼻撞进多楼层的停车场，乔治醒了，发现自己躺在一个陌生房间里的大床上，浑身衣服湿透，嘴里直作呕，太阳穴像钉了铁钉一样疼痛。他心里明白噩梦尚未结束，他仍在那儿，仍在黑夜中坠落，绝望地等待着那让光亮永远熄灭的最后一击。

/ 43 /

九点的时候简被电话铃声吵醒。她跳下床，跑进过道接电话。

“简，是我。”是戴维。

“不好意思，我还以为是……”

“你还好吗？”戴维问。

她把乔治的事告诉了他。

“我不担心，”戴维说，“他管理过公司呢。如果他需要帮忙，自然知道怎么办。如果他还没有消息，也是因为他不想让你担心。这事一定有非常合理的解释。”

她明白昨晚应该给戴维打电话的。

“另外，”他说，“你现在独自一人在家。我和米娜分居后，有一个月的时间睡不好觉。听着，你星期天晚上干吗不待在我这儿呢，让我照顾你。”

“谢谢，我非常乐意。”

“你不用谢我，”戴维说，“什么都不用谢。”

/ 44 /

第二天下班回家后，杰米的单身生活终于更像一次机会而非挑战了。他放上 U2 的音乐，调大音量，然后泡了一杯醒神茶，熨了裤子。

熨好裤子后，他走进浴室洗淋浴。他在洗完头发后来了一次很快的手淫，一边幻想有个高壮的加拿大男子走进滑雪度假小屋的浴室，上臂血脉贲张，细细的毛发在后腰缩成一个金色的 V 字。只见他解下毛茸茸的白浴巾，踏入淋浴间，俯身拿起杰米的阴茎含进嘴里，手指滑向他的屁股。

他读了一篇《观察家报》上讲癫痫的文章，大约半小时后上床睡觉，觉得自己好像展开了一段新生活。

/ 45 /

凯蒂说不清心里的感觉。

雷没有回来，或许正在街上晃荡，或许正睡在某个人的沙发上。如果他明天早上带来一束花，或者从加油站买来一盒糟糕的巧克力示好，她会让步的，因为他已受尽折磨，而她也说不出什么气话来。

另一方面，她和雅各布还独占着房子。

他们看了《火车头艾弗》，读了《女巫温妮》，还找来杰米在雅各布的图画本页角上画的翻页卡通画。他画的是一只小狗边摇尾巴边拉大便，大便越堆越高变成一个小人跑走了。雅各布坚持他们自己也画一个，她便画了一只大风中的难看小狗，雅各布随后将其中的三幅上了色。

洗澡的时候，雅各布闭上眼睛六秒钟，让她冲洗头发上的洗发液。他们还讨论了摩天大楼有多大，说摩天大楼就算大上十倍也能被这世界装下，因为这世界实在太大了，不仅仅有地球，还有月亮、太阳、其他行星和整个太空。

他们吃了香蒜酱意大利面，喝了茶，然后雅各布说："我们还要去巴塞罗那吗？”

凯蒂说：“当然。”直到晚些时候，雅各布上床后，她才开始怀疑。她对雷说的那些话是真的吗？她不会嫁给这般对待她的人？

她会失去房子，雅各布会失去又一位父亲。他们会被迫搬进寒酸的小公寓，吃白面包配豆子。每次雅各布生病时都要中断工作，为了保住不喜欢的工作和艾登吵架。没有车，没有假期。

但如果她继续这段关系呢？他们会闹别扭，渐渐生疏吗？她到头来会不会一遇到主动示好的家伙便半心半意地搞起婚外情？

让她沮丧的倒不是想到要过这样的生活。在伦敦当了几年单亲妈妈，很多事情都能容忍了。让她心痛的是妥协，是要抛却她曾经坚守、现在仍然坚守的所有原则，是老妈自以为是地批判年轻女人什么都想要时她再也不能反驳。

他最好带回来一盒非常大的巧克力。

/ 46 /

宿醉对驱除乔治心中烦忧的效果，几乎和酒精本身差不多。

二十出头的时候，他偶尔也贪杯，但不记得曾喝成这样。他的眼球和眼窝之间仿佛有沙子在揉搓。他吃了两粒布洛芬后又呕吐了，便明白只有等着疼痛自行消退。

他不想洗澡，但睡觉时尿湿了。他还在门框上撞破了脑袋。他看着镜子里的那张脸，觉得自己和前一天在站台上看到的流浪汉差不多。

他拉上浴帘，打开热水龙头，闭着眼睛脱去衣服，走到水柱下，轻轻地在头皮上搓揉洗发液，然后像烤肉串一样慢慢转身冲洗。

他走出淋浴间后，才想起所有毛巾都是湿的，于是闭着眼睛摸到卧室，从背包里抽出自己的毛巾轻轻擦干身体，然后小心地穿上一套干净衣服。

他想坐在床沿上一动不动地待两个小时，但他需要新鲜空气，需要甩开这一团糟。

他把湿毛巾放进浴缸，挤点牙膏刷牙，用凉水漱口。

他收拾好背包，然后发现没法弯腰，只好躺在地毯上系鞋带。

他想过把床铺好，但藏起污渍似乎比任由其暴露更恶劣。不过，他还是拿了一张湿厕纸把浴室外面墙上的血迹擦掉。

他再也不能住这家旅馆了。

他穿上外套，检查有没有落下钱包，然后坐了几分钟积蓄力量，把背包背到背上。背包里好似装了砖头，他在去往电梯的半路上不得不停下来靠着走廊墙壁，等待血液回流到脑部。

到了大堂，接待台后面的男人欢快地问候他“早上好，霍尔先生”，但他没有停下脚步。他们有他的信用卡信息。他不想告诉他们他在房间里做了些什么，也不想瞒着不说。他不想摇摇晃晃地站在接待台前，脑袋上还顶着一个神秘的伤口。

门童为他打开大门，他走进早晨的喧嚣和明媚中，迈开步子。

空气中充满了种种故意要考验他胃部承受极限的气味：汽车尾气，早餐，香烟，漂白剂……他用嘴巴呼吸。

他要回家，要跟人说说话，而简是唯一可以说话的对象。至于卧室里的那一幕，以后再说吧。

老实说，以目前的情况来看，坐巴士比解决卧室里的那一幕难多了。步行五分钟到车站，简直像翻越阿尔卑斯山；巴士来了之后，又和三十个不太干净的人挤在狭窄的空间里，狠狠地颠簸了二十五分钟。

到达村里后，他在车站旁的长椅上坐了几分钟，为的是酝酿勇气，也等着脑袋里突突突的血脉涌动缓和下来。

他该如何说呢？正常情况下，他绝不会向简承认他快要发疯。但在正常情况下，他也不会发疯。他希望自己的邋遢样子会引发怜悯，无须解释太多。

他站起来，背起背包，深吸一口气，朝家里走去。

他走进前门，她正站在厨房里。

“乔治。”

他把背包卸在楼梯旁，等她走进过道。他想尽量减轻疼痛，说得很轻：“我想我快要疯了。”

“你去哪儿了？”简说得很大声，或许只是听起来很大声，“我们担心死了。”

“我住在旅馆里。”乔治说。

“旅馆？”简说，“但你好像……”

“我觉得……嗯，我刚刚说了，我可能……”

“你脑袋那里是怎么了？”简问。

“哪里？”

“这里。”

“哦，这个啊。”

“对，这个。”

“我摔倒了，撞到门框。”乔治解释。

“门框？”

“在旅馆里。”

简问他是否喝酒了。

“喝了，但撞脑袋的时候还没喝。抱歉，小声一点好吗？”

“你为什么去住旅馆？”简说。

事情不应该如此，他才是那个宽容大度地把某些问题搁到一边的人，他才是有权质疑的人。

他的脑袋疼得厉害。

“你为什么没去康沃尔？”简说，“布莱恩一直在打电话，不知道出了什么事。”

“我得坐下来。”他走进厨房，拖过来一把椅子，椅子在瓷砖地上刮出刺耳的声音。他坐下，撑着前额。

简跟过来。“你为什么不给我打电话？”

“你在……”他差点说出来，主要出于怨恨。幸好他一时找不到合适的用词。性行为就像上厕所，不是拿在嘴上谈论的，尤其不能在早上九点半的厨房里谈论。

他拼命地想，还是想不出该怎么说，而那一幕又在心头浮现，那个男人的阴囊，她松弛的大腿，他的臀部，温热的空气，声声的呻吟。他觉得腹部像挨了一击，非常、非常不舒服，当中有恐惧，有恶心，还有这两者之外的某种感觉，跟他望向窗外、发现这屋子被海洋包围时的感觉一样令他不安。

他不想搜肠刮肚了。如果他把这事讲给另一个人听，他永远都摆脱不了那一幕。想到这一点，他又觉得轻松。

没必要讲给另一个人听。他可以忘记它，可以把它放在心底。如果它安安稳稳藏得足够久，便会慢慢淡化，失去威力。

“乔治，你在旅馆里面做什么？”

她生气了。她以前也生过他的气。这才是他的旧生活，自在安适，他能应付得了。

“我怕死。”瞧，他说出来了。

“真可笑。”

“我知道可笑，但这是真的。”这么多个早上以来，他在这个早上感到一种从未期待过的温暖。他从未如此坦率地跟简说过话。

“为什么？”她问，“你又不是就要死了。”她迟疑一下，“对吧？”

她害怕了。嗯，或许让她受点惊吓有好处。他拉出衬衣，就像在巴弗提安的诊室那样。

"乔治……"她一手撑在椅背上站稳。

他掀起背心，拉下裤腰。

"那是什么？"她问。

"湿疹。"

"我不明白，乔治。"

"我觉得是癌症。

"可这不是癌症。

"巴弗提安医生说是湿疹。"

"那你为什么还担心？"

"我的胳膊上也有这种小红点。"

电话响了。两人都没动，就这样过了一两秒，然后简以快得惊人的速度冲过屋子，说："没事，我来接。"尽管乔治根本没有起身的意思。

她拿起话筒。"喂……是的，喂……我现在不方便说话……不，没出什么事……他回家了……对，我晚点再打给你。"她放下话筒，"是……杰米。我昨晚打电话给他了，我当时担心你的下落。"

"你还有可待因[①]药片吗？"乔治问。

"应该有。"

"喝完酒难受得很。

"乔治？"

"什么？"他问。

"上床躺躺好不好？看看过两个小时会不会好点。"

---

①天然阿片类生物碱，具有镇痛作用。

“对，对，这可能是个好法子。”

“我扶你上楼吧。”简说。

“还有可待因。我觉得我真的得吃可待因。”

“我去找。”

“或许不用躺在床上，就在沙发上躺躺吧。”

/ 47 /

第二天早上雷没有回来,晚上也没有。凯蒂气得没往办公室打电话，雷才是那个应该主动和解的人。

但是转天他还是没有回来，她妥协了，打了电话，但愿能让自己安心。他在开会。一个小时后她再打过去，他不在办公室。对方问她要不要留话，但是她想说的事情可不想拿来和秘书分享。她第三次打过去，他不在座位上。她开始怀疑他是不是下过指示，说不想接她的电话。她没有再打电话。

另外，她很享受独占房子的感觉，不到迫不得已的时候不想放弃它。

星期四晚上，她和雅各布在地毯上排列布里奥火车装置。桥梁，隧道，货物起重机，粗壮的多头组装式铁轨。雅各布在托马斯后面放上一长列货车厢，然后让它们撞进一堆乐高积木。凯蒂搭好树和车站，还拿雅各布的羽绒被做高山背景。

她以前想要个女孩，此刻觉得很可笑。她居然在意过这个。另外，她也没法想象自己跪在地毯上，鼓起热情送芭比娃娃去美容院。

“哗啦，它砍断了司机的……它砍断了……它砍断了司机的胳膊，”雅各布说，“滴答滴答滴答……”

她对汽油发动机和太空一无所知（雅各布长大后想当赛车手，最好是在冥王星上），但是再过十二年，她更期望的是汗臭味和死亡金属音乐，而不是商场购物和饮食失调。

雅各布上床后，她调了一杯杜松子酒，翻了翻玛格丽特·阿特伍德最新的作品，但没有真正看进去。

他们占据了太多的空间，这就是男人的问题。他们不仅仅摊开双脚睡觉和乒乒乓乓下楼，还不停地索求关注。和另一个女人共处一室时，你可以安心思考。而男人的头顶总是亮着一盏小灯：嘿，是我，我还在这里。

如果雷再也不回来呢？

她仿佛站在一边，旁观着自己的生活铺展开来，仿佛事情发生在别人身上。

或许是年龄的关系。二十岁时，生活像是跟章鱼角力，每时每刻都宝贵。三十岁时，生活像乡间的漫步，大多数时候，心思都在别处。等到七十岁时，生活大概就像观看电视里的斯诺克台球比赛。

星期五到了，还是不见雷的身影。

雅各布说想去看外婆，这似乎是个好主意。她可以好好休息一下，让老妈照顾他。老爸和雅各布可以玩玩有男人味的飞机场游戏。老妈会问起雷，但以凯蒂的经验来看，她从来就不喜欢过多谈论这个话题。

她打电话回家，老妈兴奋得有些反常。“另外，我们要把菜单定下来，排好座位表。我们只剩六周的时间了。

凯蒂心里一沉。

但至少雅各布会开心。

/ 48 /

简打电话给布莱恩，说乔治不太舒服，已经回家了。他问是否严重，她说她觉得不要紧。他大大松了口气，没有多问，这真的让她感激不已。乔治已经在沙发上熟睡了五个小时。

严重吗？她真不知道该怎么想。

他在早上九点半回家，脑袋上顶着一个伤口，像在深沟里睡了一觉。

她猜他出了什么可怕的事，但他的唯一解释是他住在旅馆里。她问他为什么不打电话给她，免得她担心，他没有回答。他显然喝过酒，她能闻出他身上的酒味，为此很生气。

然后他说他快要死了，她便明白他的确不对劲。

他说他得了癌症，只不过那不是癌症，而是湿疹。他一定要她看他臀部的一块皮疹，她真的开始怀疑他是不是快要精神失常。

她想打电话给医生，但他坚决不让她这么做。他解释说他已经看过医生，医生不可能再多说什么。

她打电话到奥塔卡书店和学校办公室，说要请几天假。

她还从楼上打电话给戴维。他听完整件事情后说："这可能也没什么好奇怪的。你有时难道没想过死亡这回事？那些夜晚，你三点醒来便再也睡不着？而且，退休的人也会变得古怪，因为有大把的空闲时间……"

下午茶时间，乔治起来晃悠了。她给他准备了可可茶和烤面包，他看起来正常一点了。她想跟他谈谈，但他和早上一样没说出个名堂来。她看得出他谈起这件事时很痛苦，因此一会儿后便作罢了。

她让他好好待着，给他拿来他最喜欢的书，放了他最喜欢的音乐。他主要还是累。大概一小时之后，她做好晚饭端过去，两人坐在电视机前的咖啡桌旁一起吃。他把饭菜都吃光了，又要了一粒可待因，然后他们看了戴维·艾登堡的一个讲猴子的节目。

她的恐慌慢慢消退。

时光仿佛倒流三十年，那时杰米患淋巴腺热，凯蒂扭伤了脚踝。他们喝番茄汤，吃面包条，看《刑事法院》《怪医杜立德》和《海角一乐园》。

第二天，乔治说要回卧室。他把电视机搬到楼上，自己躺到床上，说实话简有点伤心。

她每隔半小时上去看看他是否还好，他好像颇为自得其乐。这也是她一直欣赏他的一点。他生病时从不自哀自怜，从不认为他应该成为关注的焦点，只是像可怜的小狗一样缩进自己的窝里蜷作一团，直到恢复后又追着棍子玩。

到晚上的时候，他告诉她说他一个人待着没问题，因此第二天早上她进城卖了四小时的书，然后和乌尔苏拉一起吃中饭。她跟乌尔苏拉说起发生的事情，然后又意识到要说个明白就得提癌症、湿疹、死亡恐惧、喝酒、头上的伤口，而她不想把乔治说得像个疯子，因此便说他患了严重的胃病，取消了康沃尔之行。乌尔苏拉则讲起她在都柏林和女儿及其四个孩子待在一起的开心事，而她的建筑师丈夫在忙着拆浴室呢。

/ 49 /

显然，发现自己精神失常是件惊人的事，但最让乔治吃惊的还是当中的痛苦。

他以前从未有过这种感觉。他的叔叔，那些浑身脏污、对着巴士大吼大叫的人，那个圣诞节的亚历克斯·班福德……“疯狂”是他经常用到的词，比如“疯狂的人行道”“疯狂的高尔夫”，反正是一切混乱、失序、好笑的东西。

现在似乎不那么好笑了。老实说，他想到他叔叔在圣爱德华医院待了十年，从没有家人去探望，想到那个蓬头垢面的男人，在教堂街跳踢踏舞讨要零钱，就觉得眼角刺痛。

如果他有得选择，他宁愿让别人打断他的腿。你用不着解释你的断腿是怎么回事，也用不着靠意志力让它痊愈。

恐惧像波浪一样涌起又消退。波浪扑打过来时，那感觉就像几年前他看着一个小男孩冲到杰克逊外面的马路上，险些一头撞上一辆紧急刹车的车子。

间歇的时候，他便积蓄力量准备下一次波浪的冲刷，并且拼命不去想它，以防它来得更快。

他最强烈的感受还是那种冷酷无情、不堪忍受的恐惧，它来得气势汹汹，令世界陷入黑暗，就像科幻电影里覆满战争焦痕的太空船出现在银幕上，往前飞个不停，因为你看到的只是船头，它实际上比你想象的要大上几千倍。

真正患上癌症的念头几乎让他有种解脱感：住进医院，胳膊上插着针管，听从医生和护士的医嘱，再也不用拼命去想接下来的五分钟该怎么办。

他已经放弃跟简聊聊的想法。她很想聊，但他好像没法让她理解。

这不是她的错。如果一年前有人带着同样的问题来找他，他也会有同样的反应。

部分原因在于简从不抑郁。她焦虑，她生气，她伤心，她的所有这些情绪都比他来得强烈（比如，当他清理地下室，把那个旧鸟舍付之一炬时，她当真朝他挥拳头），但是一两天之后就烟消云散了。

但她一直陪着他，给他做饭、洗衣，他对这一切都心怀感激。

他还感激她给他可待因，药盒几乎是满的。一旦摆脱清醒的恐惧，他便一心想着中午要吞下的那两粒药片，知道它们会把他包裹在一团柔和的迷雾中，直到晚饭时打开一瓶葡萄酒为止。

第一个晚上，他试过在沙发上睡觉，但睡得不舒服，而且简说疯狂的行为会助长疯狂的念头，因此他换到楼上。躺在他目睹发生那一幕的这张床上，并不像他想的那么糟。说到坏事情，到处都发生过很多：谋杀，强暴，死亡事故。比如说，他知道有位老太太在一九五二年被烧死在农夫之家，但你去那里喝酒时不会有任何感觉。

他很快发现了待在楼上的好处。躺在床上时不必去应门，不会有不速之客来访，拉窗帘时也不会引发争吵。于是他把电视机和录像机都搬到卧室，做好应对风暴的准备。

几天后，他打起精神跑去商店租了一些录像带。

还有，如果他半夜醒来，有数百个脸上没有皮肤、仿佛被烫过的半兽人静静地等候在月色下的花园里，他还是可以走进卧室，挤在马桶和浴缸之间，轻声对自己哼唱他还记得的小时候的儿歌，以此获得暂时的缓解。

/ 50 /

凯蒂和雅各布跌跌撞撞走进门，扔下行李包。

老妈吻了他们俩，说：“你爸在床上，不太舒服。”

“怎么回事？”

“说实话，我不太清楚。我觉得可能是心理作用。”她说到“心理作用”这个词时微微一颤，仿佛刚打开一罐变质的东西。

“那么他不是真的病了？”凯蒂问。

“他得了湿疹。”

“我可以看《小建筑师巴布》的录像吗？”雅各布问。

“抱歉，外公把录像机搬到楼上去了。”老妈说。

“得湿疹也没必要躺在床上啊。”凯蒂说，心里涌起那种跟父母在一起时常有的感觉，那种被隐瞒了什么事情的感觉，那种随着他们年岁愈大愈凶险的感觉。

“我可以和外公一起看录像吗？”雅各布扯着凯蒂的裤子问。

“让我跟外婆把话说完。”凯蒂说。

“他说他怕死。”老妈小声说。

“可是我现在就想看。”雅各布说。

“两分钟。”凯蒂说。

“你知道他那样子的，”老妈说，“我不清楚他脑子里都在想些什么。”

“外公要死了吗？”雅各布问。

“外公好得很。”老妈说。

“可惜不好。”凯蒂回答。

“我想吃饼干。”雅各布说。

“哦，我今天早上刚好买了一些佳发饼干，”老妈对雅各布说，“真是太巧了。”

“妈，你没听我说。”凯蒂说。

“我可以吃两块吗？”雅各布说。

“你今天早上很不讲礼貌哦。”老妈说。

“请问我可以吃两块饼干吗？”雅各布对凯蒂说。

“妈……”凯蒂忍住脾气。她不想连外套都没脱就吵架。她甚至不太确定为何生气。“听着，你带雅各布去厨房吧，给他一块饼干，就一块。我上楼跟爸爸谈谈。”

“好。”老妈欢声回应，“你想来点橘子汁配饼干吃吗？”

“我们坐火车去。”雅各布说。

“是吗，现在？”老妈说，“哪种火车？”

“怪物火车。”

“听起来好像是很有趣的火车。你是说火车像怪物，还是火车上有怪物？”

他们两人消失在厨房里，凯蒂朝楼上走去。

去老爸的病床边，让她觉得别扭。老爸不喜欢装病，不管是自己装病还是别人装病。相反，他喜欢迎难而上，甩开问题。所以老爸精神崩溃，就跟老爸做美容一样不可能。

她敲门进屋。

他躺在床中央，羽绒被拉到齐下巴，像童话故事里受惊的老太太。他几乎立刻关掉了电视，但她瞅了一眼，发现他好像在看……真的是《致命武器》吗？

“嗨，小姑娘。”他比她印象中的样子要小，穿着睡衣也一样。

“老妈说你不太舒服。”她不知道该把自己往哪儿摆，坐在床上显得太亲密，站着像医生问诊，坐到扶手椅上的话就会碰到他脱下来的背心。

“对，不太舒服。”

两人好一阵都没说话，都望着青绿色的长方形电视屏幕，屏幕上斜斜地映着一小条窗影。

“你想谈谈吗？”她不敢相信自己对老爸说出了这句话。

“不想谈。”

她从没见他如此直率过。她有种奇怪的感觉，觉得他们头一回真正地沟通。但这就好比在客厅墙上发现了一扇新的门，并不会满心欢喜。

“我想你妈并不理解。”老爸说。

凯蒂不知道说什么才好。

“也不是她能理解的事。”

天哪，父母们都想自己解决这种事。

她不想管这事，现在不想，但是他需要跟人谈谈，而老妈显然对此事不怎么上心。“什么事她不能理解？”

他轻轻地深吸一口气。“我害怕。”他瞪着电视机。

“怕什么？”

“死……我怕死。”

“你有什么事情没告诉老妈吗？”她看到床边有一堆录像带，《活火熔城》《独立日》《哥斯拉》《连锁阴谋》……

“我觉得……”他停顿一下，噘起嘴唇，“我觉得我得了癌症。”

“是吗？”她有点头晕，有点无力。

“巴弗提安医生说是湿疹。”

“而你不相信他。”

“不相信，”他说，“相信，”他使劲想想，“不，应该是不怎么相信。”

“或许你应该找个专家看看。”

“我不能那么做。”老爸皱起眉头。

她差点说出口：让我瞧瞧。但这主意从方方面面来看都太粗莽。“真的和癌症有关吗？还是另有其他事？”

“我觉得我可能快得精神病了。”老爸白费力气地刮擦着羽绒被上的一小块果酱污渍。

雅各布在楼下的厨房里被老妈追得直尖叫。

“你也许该找人聊聊。”

“你妈认为我很傻，我当然是傻。”

“找个咨询师之类的。”凯蒂说。

老爸一脸茫然。

“我相信巴弗提安医生可以给你推荐。”

老爸还是茫然的样子。她想象他坐在一个小房间里，桌上放着一盒面巾纸，旁边是一个穿开襟羊毛衫、梳着粗马尾辫的年轻人。她明白他的意思，但她不想做他唯一的倾听者。“你需要帮助。”

厨房里传来砰的一声巨响，然后是哭号声，老爸不为所动。

凯蒂说：“我得下去了。”

他同样不理会，只是轻声说：“我在浪费生命。”

她说：“你没有浪费生命。”用的是她平常对雅各布说话的语气。

“你妈不爱我，我三十年来做着一件毫无意义的工作，而现在……”他哭起来，“这太让人心痛了。”

“爸，别这样。”

“我的胳膊上长了这些小红点。”他说。

“什么？”

“我甚至都不敢看。”

“爸，听我说，”她一手扶着脑袋以集中精神，“你焦虑，你沮丧，你……不管怎样，这都和我妈无关，也和你的工作无关。这都是你脑子里的问题。”

“抱歉，”他说，“我不该说这些的。”

“天哪，爸，你有大房子，有钱，有车，有人照顾……”她生起气来。这些怒气本是为雷留着的，但她不能恣意发泄，就算现在已经引发也不能。“你没有浪费生命。你在胡说。”

她有十年没对老爸说过“胡说”这个词。她得趁着事情恶化之前赶紧离开房间。

“有时我透不过气来。”他根本不打算把脸上的眼泪擦掉，“我会开始冒汗，觉得有什么可怕的事情要发生，但又弄不清楚那是什么事。”

然后她想起来了。那顿午饭。他冲出屋子坐到露台上。

楼下的雅各布不再哭号。

“这叫恐慌症，”她说，“每个人都有。好吧，或许说不上是每个人，但很多人都有这毛病。你不算古怪，不算特别，也不是与众不同。她有点被自己的语气吓到了，“有药可以治，有一些法子可以解决。你得去找人看看。这不单单是你一个人的事，你得想办法做点什么，不能这么自私。”

她好像扯远了。

他说：“也许你说得对。”

“没什么也许。”她平静一下心绪，“我去跟妈谈，让她解决这件事。”

“好。”

露台上的情形又出现了。她害怕，害怕他任你说来说去却不回应的样子。这让她想起清晨五点拖着影子在医院慢吞吞地走来走去的老人，助行轮架上还挂着尿袋。她说：“我现在要下去了。”

“好。”

那一瞬间，她想过要拥抱他，但他们这一上午做的新鲜事已经够多了。“我给你泡杯咖啡？”

“不用了，我这里有一壶。”

“别做傻事。”她用完全不合宜的苏格兰搞笑口音说道，多半也是因为松了口气，然后随手关上房门。

她走进厨房，雅各布正坐在老妈的膝头，由老妈喂着一罐冰激凌。她肯定拿它当麻醉剂来用，之前可能还让他吃过巧克力饼干。

老妈抬起头，高兴地说：“你觉得你爸怎样？”

老人之间的沟通无能，总是让她吃惊。“他得找人瞧瞧。”

“那你告诉他啊。”

“我跟他说了。”凯蒂回答。

“我撞到东西了。”雅各布说。

她弯腰抱抱他。他的眉毛沾上了冰激凌。

“嗯，你肯定也发现了，”老妈说，“叫你爸去做什么事，根本就没用。”

雅各布挣脱开来，拽着他的蜘蛛侠背包。

“别光是嘴上说，”凯蒂说，“去做。跟巴弗提安医生谈谈，开车带爸爸去诊所，或者请巴弗提安医生到家里来，无论怎样都行。”

她看得出老妈生气了，还看见雅各布正往过道走去，黏乎乎的小手抓着录像带《小建筑师巴布：难忘的圣诞节》。“你去哪儿，疯猴儿？”

“我去找外公一起看《小建筑师巴布》。”

“我觉得那不好。”

雅各布一副垂头丧气的样子。

也许她应该让他去。老爸只是抑郁，又没到吃灯泡的发疯地步，可能还喜欢分散一下心神呢。“那就去吧，不过要对他好点。他很累。

“好。”雅各布说。

“还有，雅各布？”

“什么？”

“别问他是不是要死了。”

“为什么？”雅各布问。

“那不礼貌。”

“好。”雅各布摇摇晃晃地走了。

她等了一下，然后转身对老妈说：“我是说真的，老爸的事。”她等着老妈说“听着，丫头……”，但她没出声。“他很抑郁。”

“我知道。”老妈语气尖酸。

“我只是想说……”凯蒂停顿一下，压低声音。她必须在这场争执中获胜。“拜托，带他去看医生吧，或者请医生到家里来，或者你自己去诊所。这事不会自行解决，婚礼马上就要到了，而且……”

老妈叹了口气，摇摇头说：“你说得对，我们可不希望他在大家面前出丑，对吧。”

/ 51 /

梅尔·吉布森被人用铁链吊在激烈的水流中，一个东方人正用跨接电缆线折磨他。

乔治看得入迷，听到敲门声时的第一个念头是凯蒂即刻请来了巴弗提安医生。

门开了，来人却是雅各布。

“我想看我的录像带。”雅各布说。

“你那是什么录像带？”乔治伸手找遥控器。

梅尔·吉布森尖叫，然后消失了。

“《小建筑师巴布》。”雅各布回答。

“好吧。”乔治忽然想起上次雅各布来卧室找他的情形，“你爸爸也来了？”

“哪个爸爸？”雅各布问。

乔治一时有点头晕：“格雷厄姆来了？”今天好像没有什么事情是不可能的。

“没来，雷爸爸也没来，他走……他走了，没有回来。”

“好。”乔治说。他不明白雅各布的话是什么意思，不过最好别问。“这录像带……”

“我可以看吗？”

“可以，你可以看。”乔治说。

雅各布退出《致命武器》，放入《小建筑师巴布》，像工作中的技术人员一样熟练地倒带。

年轻人就是这样接管世界的，摆弄的都是新技术。有一天你醒来，发现自己的技能已成为笑话，什么木工活、心算……

雅各布快进跳过广告，然后停下录像带，爬上床挨着乔治。他这次的气味好闻些，是甜甜的饼干香。

乔治想到雅各布不会跟他谈恐慌症，不会建议他去找心理咨询师，便觉得安心。

这些孩子会不会精神失常？真正的精神失常，而不只是像亨德森家的姑娘那样有残疾？他不太确定。或许他们的大脑还不够健全，谈不上失常，要到上大学才行。

雅各布看着他说："你要按播放键呀。

"对不起。"乔治按下播放键。

欢快的音乐响起，片头出现在星光闪烁的雪景中。两只塑料驯鹿跑进松树林，一个玩具人骑着雪地摩托轰隆隆地驶入镜头。

雪地摩托长着一张脸。

雅各布嘴里含着拇指，另一只手抓着乔治的食指。

汤姆，也就是前面的那个玩具人，走进他的极地观测站，接起正在响的电话。屏幕分出另一个画面：线路另一端，他的哥哥巴布正从英国的建筑工地打电话给他。

蒸汽压路机、挖掘机和起重机矗立在办公室外面。

蒸汽压路机、挖掘机和起重机也都长着脸。

乔治的思绪飘到往日，想起迪克·巴顿、傻瓜秀，想起史努提勋爵、比夫熊。这些年来，一切似乎都变得更喧嚷、更鲜明、更快速、更简单。再过五十年，孩子们的注意范围可能不比一只麻雀大，也不会有什么想象力了。

巴布绕着建筑工地边唱边跳："汤姆要来过圣诞节啦！汤姆要来过圣诞节啦……"

或许乔治是在自我欺骗。或许老年人都爱自我欺骗，假装世界正走向地狱，因为这么做比较容易，而难的是承认他们已经落伍，承认未来正远离海滩，他们正站在他们的小岛上向未来告别，心知肚明自己已无事可做，只能坐在鹅卵石上等待大病大痛从树丛里冒出来。

乔治专心看屏幕。

这样想来，《致命武器》也是老古董了。

巴布正在修建城市广场，为一年一度圣诞前夕的“兰尼与镭射”音乐会做准备。

雅各布朝乔治挪近点，抓着他的手。

巴布为了音乐会的顺利举行昼夜不停地忙碌，汤姆则因为在路上营救一只陷入冰隙的驯鹿而错过了渡轮。圣诞团聚没指望了。

巴布非常伤心。

不知怎么的，乔治也很伤心，尤其当镜头回放到童年时代：汤姆在圣诞节得到一个玩具大象，却把它弄坏了，他哭了，巴布便帮他修好。

不久，乐团的兰尼听说了巴布的困难，便动用他的私人飞机飞到北极接回汤姆，正好赶上过圣诞节。当汤姆和巴布在音乐会上终得团聚时，乔治还真的流下了眼泪。

“你是伤心吗，外公？”雅各布问。

“是啊，”乔治说，“是啊，我伤心。”

“因为你快要死了吗？”雅各布问。

“是啊，”乔治说，“是啊。”他搂住雅各布，把他拉过来。

几分钟后，雅各布挣开他的怀抱。

“我要便便。”他下床走了。

录像带播完，屏幕上一片白色噪音。

/ 52 /

凯蒂拉过来一把椅子。

“我们打算租长形的帐篷，”老妈戴上眼镜，打开目录，“刚好放得下，不过桩子得打在花坛里。好了……”她抽出一张 A4 纸，给凯蒂看帐篷内部的布局，“主桌是圆形或长形的。每桌坐八人，最多摆十二桌，总共是……”

“九十六人。”凯蒂说。

“……包括主桌。你带客人名单来了吗？”

凯蒂没带。

“说实在的，凯蒂，我一个人做不过来。”

“我最近有点忙。”

她应该把雷的事情告诉老妈的，但她想到老妈的洋洋自得又受不了。应付老爸已经够头疼。等到她们商量用巧克力慕斯还是提拉米苏时，已经太迟了。

她凭印象写出一份名单。如果她漏掉了哪位姨妈，雷可以自己去解释。假如婚礼还会举行的话。哦，好吧，如果出现不测，到时再说。

“我跟你说过杰米会带人来，对吧？”老妈说。

“他叫托尼，妈。”

“抱歉，我只是……你知道，我不想过早下结论。”

“他们在一起比我和雷还久。”

“你见过他？”老妈说。

“你的意思是，老爸能不能应付过来？”

“我的意思是，他这人好吗？”

“我只见过一次。”

“然后呢……”老妈问。

“嗯，如果不在乎他的皮短裤和金色假发的话……”

“你在逗我，对吧？”

“对。”

“我只希望你们幸福，你们两个。你们仍然是我的小孩。”老妈忽然严肃起来。

凯蒂握住老妈的手说：“杰米很理智，他选择的男人可能比我们俩的都要好。”

老妈的脸色更加凝重，凯蒂不知道自己是不是说得有些过分。

“你和雷在一起很快乐，是吗？”

“是的，妈，我和雷在一起很快乐。”

“那就好。”她扶扶眼镜，“喏，鲜花。”

大概过了一个小时，她们听到脚步声，凯蒂转头发现雅各布站在门口咧嘴笑，长裤和尿布拖在腿上。

“我便便了，我……我在马桶里便便的，我自己去的。”

凯蒂检查淡棕色的地毯上有没有褐色的粪便。

“做得好，”她站起身走过去，“不过你应该先叫我一声。”

“外公说他不想帮我擦屁股。”

凯蒂把雅各布送上床，下楼后发现老妈倒了两杯葡萄酒。她说：“我有点事想跟你说。”

凯蒂端起葡萄酒，暗自希望要聊的是琐事。两人走进客厅。

“我知道眼下你要操心的事情太多，我不应该跟你说这个，”老妈坐下，一反常态地大喝一口葡萄酒，“但你是唯一能理解的人。”

“没关系……”凯蒂小心翼翼地说。

“最近六个月……”老妈两手交握，好像要做祷告，“最近六个月，我在跟人约会。”

老妈说“跟人约会”这话时很谨慎，就像在说法语。

“我知道。”凯蒂说，内心里真的、真的、真的不想谈这事。

“不，我想你还不知道。”老妈说，“我的意思是……我在跟另一个男人约会。”她停顿一下又说，“不是你父亲。”说得相当清楚。

“我知道，”凯蒂又说，“是戴维·西蒙兹，对吧？爸爸以前的同事。”

“你怎么……”老妈紧紧抓住沙发的扶手。

打败老妈，真是好玩。但随后就不好玩了，因为她一脸恐慌。

“嗯……”凯蒂开始回想，“你说你在书店遇见他，他已经和老婆分居，他很有魅力——以他那个年纪来说。你后来说又遇见他了。你开始买名贵的衣服，你还……你很反常地克制自己。在我看来，你显然是……”她把话吊在那儿。

“你觉得你爸知道吗？”老妈仍旧紧紧抓住沙发的扶手。

“他说过什么吗？”

“没有。”

“那你还安全。”

“但如果连你都注意到了……”

“女性雷达。”

女性雷达？话一出口就显得别扭，但老妈明显松了口气。

“不要紧，妈，”凯蒂说，“我不会给你添乱的。”

不要紧？凯蒂可不敢确定。这事摊开来说了，就有点不同了。不过只要老妈不向她讨教性爱技巧就好。

“可惜要紧。”老妈说，固执地要继续这个话题。

“为什么？”凯蒂一时恍惚，怀疑老妈是不是怀孕了。

她审视地看着光洁的指甲说：“戴维让我离开你爸。”

“啊。”凯蒂凝望着仿冒的炭火发出摇曳的橘色亮光，记起多年前，杰米曾把它拆开，检查由灯泡散发的热气推动的金属小扇叶。

“其实，”老妈说，“这事对戴维不公平。他说想让我跟他一起生活，但他也明白我可能不愿意。那不可能。”

现在换凯蒂被打败了。

“他不想逼我。维持现状，他也很高兴。他只想……他只想有更多的时间跟我在一起，我也想有更多的时间跟他在一起。但这很难，你可以想象。”

天哪，他难不成抽了那些古怪女人的雪茄？

“爸爸怎么办？”

“嗯，对，这也是问题。”

“他快要崩溃了。”

“他的确不太好。”

“他都没法出卧室。”

“其实他偶尔会下楼，”老妈说，“泡茶，去录像带租赁店。

凯蒂平静而坚定地说：“你不能离开爸爸，在这个时候不能，在他出现这种状况的时候不能。”

凯蒂以前从未维护过老爸。此时抛开成见，她有种奇怪的庄严感和成熟感。

“我没打算离开你爸，”老妈说，“我只想……我只想跟你说说。”她探身握起凯蒂的手，握了好一会儿，“谢谢。说出来后感觉好多了。”

两人静坐无语。橘色的亮光在塑料炭火下闪烁，楼上远远传来好莱坞电影里的炮火声。

老妈从沙发上起身说：“我还是去看看他需不需要什么。”

凯蒂又坐了几分钟，盯着前面墙上的猎狐画。笼罩山丘的暴风雨，站立不稳的农场狗，跌落的骑手，现在她看出来了，那骑手快要命丧于他身后跃过树篱的马蹄之下。

她在十八年的时间里几乎每天都看到这幅画，但从未认真看过。

她又倒了一杯葡萄酒。

可怕的事情在于她们太相像，她和老妈。一个暂时先把戴维的事情放到一边，一个暂时先把雷的事情放到一边。

老妈在恋爱。

她又想了一遍刚才的话，觉得自己应该感动，但她的感觉是什么呢？只有悲伤，为了她以前视而不见的那名即将丧命的骑手。

她哭了。

天哪，她想念雷。

/ 53 /

接下来那个周末，杰米去布里斯托尔跟杰夫和安德鲁待了两天。他既然恢复了单身，有些事情就可以做了。大学毕业后，他和杰夫每个月都要见很多次，后来他犯了个错误，把托尼也带去了。

天哪，上次见面他永远都不会忘记。安德鲁谈起虚数，托尼无视他的确是数学讲师的事实，以为他在卖弄学识以显得高人一等。托尼以润滑剂牙膏的故事报复，并且夸张地恶语相向。回到伦敦后，杰米只好送鲜花写长信弥补。

自从上次见面后，杰夫胖了一点，戴回了眼镜，就像儿童故事里的智者猫头鹰。他还换了新工作，为一家产品高深莫测的软件公司处理财务。他和安德鲁搬到克里夫顿一所很大的房子里住，收养了一只叫乔克的高地猎犬，小家伙见他们坐在花园里抽烟喝茶，就爬到杰米的膝头。

然后安德鲁回来了，把杰米吓一跳。年龄差异好像从来就不是问题，安德鲁一直都是更瘦更精壮的那一个，但现在他显老。不只是手杖的原因——你十八岁的时候也可能扭伤脚踝呢——而是他的步态显得摇摇欲坠。

他和杰米握手。“抱歉，我回来晚了，被一个讨厌的委员会绊住了。你看起来不错。”

“谢谢。”杰米说，也想恭维他一句，但说不出口。

杰米和杰夫骑自行车去乡下的一个明信片俱乐部，安德鲁则带着乔克去开车。

杰夫的生活受限于安德鲁的病痛，乍一听就觉得伤感。但杰夫似乎深情不改，为了帮助安德鲁，他乐于做任何事，这让杰米又有了另一种伤感。

他忽然明白了托尼话中的重点，他只是不理解这种做法。安德鲁宽容大度，不怎么爱聊天，也不喜欢打探。当话题超出他的范围，他便沉默以对，等着话题转回来。

安德鲁早早上床歇息了，杰米和杰夫坐在花园里喝完了一瓶葡萄酒。

杰米谈到凯蒂和雷，想说明白他们的关系为什么让他不舒服，诸如雷会阻碍凯蒂的发展，两人之间的差距。他说着这些的时候，意识到他所说的跟杰夫和安德鲁的情形很相像，便试着转换话题。

杰夫很了解他，因此最后多半又绕回了这个话题：“我和安德鲁在一起生活得很好。我们彼此相爱，互相照应。我们的性生活不像以前那样多，说实话，我们根本不做爱了。说得更坦率一点，这事有办法解决。”

“安德鲁知道吗？”

杰夫避而不答。“我会一直陪着他，直到最后，这是他知道的。”

一个小时后，杰米躺在抽拉式沙发床上，看着卷起的地毯、荒废的滑雪装置和大提琴盒，心里涌起住商务酒店和客房时总会有的那种无依无着的难受，还有生活的支柱被抽走时的那种微妙感。

杰夫和安德鲁的事情让他心烦意乱，他也不知道为什么。是因为杰夫和别的男人有性关系而安德鲁知道抑或不知道？是因为想到杰夫眼睁睁看着爱人日渐苍老？是因为也想拥有他们那种无条件的爱？还是因为那种无条件的爱索然无味？

接下来那周，他花了三天时间面试新秘书，处理相关文书工作。他参加了乔尼的欢送会。他和查理一起看《美丽心灵》。他两个月来头一回游泳。他躺在浴缸里吃打包的中国餐，楼下大声放着《月之暗面》音乐到九点。他读《告别交响曲》，而且三天读完，这速度几乎可以弥补这本书带给人的极度压抑感。

他需要一个人。

不是为了性，眼下还不是。以他的经验，那是几周以后的事。你起初会觉得那些难看的家伙魅力四射，然后觉得异性恋家伙也美妙动人，然后就得赶紧想想办法了，因为等你开始考虑跟异性朋友上床凑合时，就快要惹上一堆麻烦了。

他需要……“伴侣”，这词总让他想起穿着丝质的便服、带着英俊的秘书隐居在意大利海滨小城的老剧作家，就像杰夫，不过比杰夫更有魅力。

他需要……那种抱着某人或被某人抱着的感觉；那种浑身放松的感觉，就好像有只小狗趴在膝头。

他需要有人可亲近。这难道不是人人都想要的吗？

他觉得自己有点偏老，不适合参加户外活动，而俱乐部总像新婚前夜的男人单身聚会，荷尔蒙在反方向流窜。自从爬下树来直立行走，男人一直德行不改：呼朋引伴、海喝胡侃，只要能躲过正襟危坐或穷极无聊的噩梦就行。

再说，杰米以往的经历不是很好，比如那个西蒙是天主教神甫，那个加里收集纳粹纪念品。天哪，你还以为人们要么预先坦承这种事，要么绝口不提，而不会在早餐桌上来个通告。

他在逛乐购超市的时候拿了一罐甜炼乳放进购物篮，但在结账时又回过神来，趁人不注意时偷偷把它放到传送带旁边。

回家后，他懒洋洋地躺在沙发上，轮换频道看《巡回鉴宝》和讲中国长城的一个节目，看着看着想起可以打电话给赖安。

他起身去拿电话簿。

/ 54 /

第二天四点，凯蒂犯了个错误，不该这么对雅各布说的："啊，小家伙，再过半小时，我们就回伦敦了。"

雅各布眼泪唰唰落下，哭号声大作。

"我讨厌你。"

"雅各布……"

她温言软语地哄他，他反而哭得更厉害。于是她把他关到客厅里，要他安静后再出来。

老妈几乎立马坏她事情，插手进来说："别对他那么凶。"两分钟后，他已经在厨房里吃麦提莎巧克力了。

跟外祖父母在一起怎样？换作三十年前，肯定会挨一顿揍，连茶都没一口喝，就被赶上床睡觉。现在则是两份布丁加餐桌上的玩具。

她把行李装上车，跟老爸道别。她告诉他老妈会带他看医生，他一副被吓傻的样子，但她的同情心已在几个小时前耗光。她亲吻他的前额，然后轻轻地关上卧室门。

她把又踢又闹的雅各布强行抱上车，嘿，他一发现反抗无望，就瘫坐在后座上，累坏了也安静下来了。

两个小时后，他们在家门口停车。过道里亮着灯，窗帘紧闭。雷在家，要不就是回过家。

雅各布睡着了，她把他从车座上抱出来，走向前门。过道里静寂无声。她把雅各布抱上楼，放在床上。他说不定就这么睡到天亮。如果雷在家，她可不想一边吵架一边照顾清醒的孩子。她脱下雅各布的鞋子和裤子，给他盖上羽绒被。

她听到有动静，便回到楼下。

雷在过道里，拎着从车上取出的蓝色行李箱和雅各布的蝙蝠侠背包。他稍停脚步，抬眼说了声“对不起”，然后就拿着东西走进厨房。

他是真心的，她看得出来。他有点颓丧。她此时才想到几乎很少听人跟她说对不起，跟她真诚地说话。

她跟着他坐到桌子对面。

“我不应该那样做，”他用手指转动着圆珠笔，“逃走。真是愚蠢的做法。你乐意跟谁喝咖啡就可以跟谁喝，那不关我的事。”

“那关你的事，”凯蒂说，“而且我应该告诉你……”

“但是我会嫉妒，我知道。听我说……我什么都不会怪你……”

她的火气消失了。她明白他比她家里的任何人都更坦诚、更有自知之明，她以前怎么没发现？

她轻触他的手，他没有回应。

“你说你没法嫁给像我这样对待你的人。”

“我正生气。”凯蒂说。

“是啊，但你说得对，”雷说，“你不能嫁给像我这样对待你的人。”

“雷……”

“听我说，这些天我想了很多，”他略作停顿，“你不应该嫁给我。”

她想打岔，但他举手止住她。

“我对你不合适。你父母不喜欢我，你弟弟不喜欢我……”

“他们不了解你。”那三天她独占房子的时候，很享受那空间和清净。

此刻，她发现他要第二次出走，却觉得恐慌。“不管怎样，这不关他们的事。”

她说话的时候，他微微眯起眼睛，任由她的话语泼溅过来，好像在忍受头痛。“我不如你聪明，我不善应酬，我们喜欢听的音乐不同，我们喜欢读的书不同，我们喜欢看的电影也不同。”

这是真的，但全都不对。

“你生气，我不知道该说些什么。嗯，当然，我们相处得很好，我也喜欢照顾雅各布。但是……我不知道……一年后，两年后，三年后……”

“雷，这太可笑了。”

“是吗？”

“是的。”

“你并不是真的爱我，对吗？”他定定看着她。

凯蒂没说话。

“说啊，说吧，说‘我爱你’。”他仍旧看着她。

她说不出口。

“你瞧，我爱你，问题就出在这里。”

中央供暖系统发出咔嗒一声。

“我去睡觉了。”雷站起来。

“现在才八点。”

“我这几天都没睡。没睡好……抱歉。”

他上楼了。

她环顾四周。自从她和雅各布搬进来后，她这是头一回看清楚屋里的样子。这是别人的厨房，被硬塞进了他们的几样东西：微波炉，瓷质面包箱，雅各布的字母表火车。

雷是对的。她说不出口，她很久没有说过了。

除了那样说不对劲以外。

一定有个答案在哪里，一个能解释雷所说一切的答案，能让她觉得自己不自私、不愚蠢、不小气的答案。它就在那里，她要是能看见就好了。

她拿起雷玩过的圆珠笔，把它和桌面的纹理对齐。如果她能把它精准地摆好，或许她的生活就不会四分五裂吧。

她得找点事做，可做什么呢？把行李箱里的东西拿出来？吃晚饭？忽然之间，这一切好像都毫无意义。

她走到橱柜前，三张飞往巴塞罗那的机票躺在面包架上。她拉开抽屉，拿出请柬、信封、宾客名单和礼品单，又取出复印好的地图、旅馆推荐表和邮票，把这些东西都搬到桌上。她在所有请柬的抬头写上名字，连同折叠好的 A4 纸放进信封，然后封好封口，堆成三个利落的白色宝塔堆。

完成之后，她拿起钥匙和信封，走到街尾邮寄，也不知道自己是想利用积极的想法促使一切顺利，还是在为不够爱雷惩罚自己。

/ 55 /

简和诊所订好预约，从学校下班后便载着乔治赶过去。

她不乐意做这事，但凯蒂说得对，最好果断解决麻烦。

结果，他倒是非常听话。

她扶他上车坐好。他会跟巴弗提安医生讲实话，不再胡扯中暑或轻微头晕的废话。他要等巴弗提安医生允诺采取措施之后才能离开，而且要把巴弗提安医生的话一字不差地告诉她。

她提醒他凯蒂快要举行婚礼，他如果状况不佳，不能把女儿送出去并发表讲话，到时就有得解释了。

他好像喜欢这种蛮横的威吓方式，答应一切都听她的。

他们肩并肩坐在候诊室。她想聊聊天，比如说说街对面刚搬来的印度建筑师，快要长到屋顶、需要修剪的紫藤。但是他对一本《OK》老杂志更感兴趣。

他的名字被叫到了，她轻拍他的腿，祝他好运。他低头弓背地走过候诊室，眼睛紧盯着地毯。

她想专心读几页 P.D. 詹姆斯的小说，但读不进去。她一向不喜欢医生的候诊室，人人一副寒酸相，好像都没有好好照顾自己，说不定也真是如此。医院要好些，因为他们干净整洁。白色的油漆，规整的线条，人们生病也生得体面。

她不能离开乔治，和她的感受无关。她必须为乔治着想，必须为凯蒂着想，必须为杰米着想。

然而当她设想不离开乔治，当她设想对戴维说不时，就好像有盏灯在漆黑的隧道尽头熄灭了。

她拿起乔治刚刚翻过的《OK》杂志，阅读一篇讲王太后百岁寿诞的文章。

十分钟后，乔治出来了。

“怎样？”她问。

“我们去车上吧。”

他们上车。

巴弗提安医生给他开了抗抑郁的处方，帮他约好下周看临床心理医生的时间。不管他刚才跟医生谈了些什么，显然都谈得很辛苦。她决定不追问。

他们去药房，他不想进去，嘟囔什么“讲疾病的书”，让人听不太清楚。于是她一个人去药房，并在药房配药的时候到隔壁的食杂店买芽甘蓝和胡萝卜。

开车回家的路上，他打开袋子看药瓶，看了很久。她不知道他是害怕还是放心了。回到厨房，她照管一切，看着他用水吞下第一粒药片，之后把余下的药片放进烤面包机上方的橱柜。

他说了声“谢谢”，缩回卧室。

她晾好洗干净的衣服，泡咖啡，填写支票和帐篷租订单，然后告诉他要去花店谈谈。

她开车到戴维家，解释那想法如何行不通。戴维道歉说不该在这种艰难的时候提要求，她说没必要道歉。他告诉她一切都不会改变，他等多久都愿意。

他伸出胳膊搂住她，两人彼此相拥，就像经过漫长而艰辛的旅程回到家一样。她觉得这是她永远无法放弃的东西。

/ 56 /

杰米在希腊街边喝卡布奇诺咖啡边等赖安。

他这么做不太体面，因为赖安是托尼的前男友，他是知道的。但是赖安同意赴约，所以赖安也不太体面。

妈的，名誉算什么？他认识的唯一真正诚实的人是玛吉，她大学毕业后就在西非某个苍蝇满天飞的角落感染了恶疾，连一样家具都没有。

再说，托尼甩了他。就算他和赖安发生什么事，那又怎样？

十五分钟过去了。

杰米又点了一杯咖啡，重新打开丹尼尔·丹尼特的《意识的解释》。他为了定期提升自我修养而买下这本书，此外还买过健身球和无聊的歌剧 CD。他在家里读的是《宠物公墓》，不过在公众场合读那种书就好比穿内衣出门。

这并不意味着大脑不用“缓冲存储器”来缓冲大脑的内部进程

和不同步的外部世界之间的接口。我们在大脑开始处理刺激模式的同时用来暂存刺激模式的“回声记忆”就是一个明显的例子(斯柏林，1960；奈瑟，1967；又可参见纽维尔，罗森布鲁姆，以及莱尔德，1989，第1067页)。

封底有一条摘自《纽约书评》的评论，称此书“明晰而有趣”。

另一方面，他不想让人觉得他是个读不懂《意识的解释》的人，因此目光飘浮在页面上，每隔几分钟才翻过一页。

他琢磨着那个新网站，不知道背景音乐是不是合适。他回忆起去年的爱丁堡之旅，想起旅馆外面轮胎碾压卵石地面的咕噜声。他纳闷为什么现在没人用这些东西，或许因为救护车和轮椅的缘故吧。他想象着赖安轻触他的大腿说：“很高兴你联络我。”

二十五分钟过去了，杰米开始觉得有招人耳目之嫌。

他收拾东西，从街角的报亭买了一份《电讯报》，从街对面的酒吧买了一品脱啤酒，然后在人行道上找个可以盯住咖啡馆的桌位坐下。

三分钟后，一个穿皮裤和白T恤的男人坐到桌对面的长椅上。他把摩托车头盔往桌上一放，右手模仿小手枪，指着杰米的头，拇指竖起，嘴里咔嗒一声，说：“房地产中介。”

杰米有点烦这一套。

“罗尔和卡特公司的。”那人说。

“嗯，对。”

“我是送快递的，我们就在街对面的楼里。我偶尔去你们公司取件，你的办公桌在大窗户旁边，在里面的那个角落。”他伸出手来，“迈克。”

“杰米。”杰米握握他的手。

迈克拿起《意识的解释》，杰米之前把它放在桌上，不必真正阅读就可以给人留下印象。迈克的右上臂有一圈粗重的凯尔特族刺青。他略微翻一下书就放下了。"研究心灵深处的杰作。"

杰米怀疑这人是否有精神病。

"在封底看到的。"迈克轻笑。

杰米把书翻过来看个究竟。

迈克啜一口酒说："我喜欢法庭故事。"

杰米一时怀疑他是不是指他喜欢干一些会让他上法庭的事。

"约翰·格里森姆，这类东西。"迈克说。

杰米稍微松了口气说："老实说，我读这书有点吃力。"

"被人放鸽子了？"迈克问。

"没有。"

"我刚才看到你坐在街对面。"

"呃……对。"

"男友？"迈克问。

"前男友的前男友。"

"好乱。"

"你也许说得对。"杰米认同道。

越过迈克的肩膀，他看见赖安站在咖啡馆外四处张望。在杰米的印象中，他的头没这么秃。他穿着淡棕色雨衣，背着一个蓝色的小背包。

杰米转过身子。

"说个秘密给我听吧，"迈克说，"说一件你从没告诉过别人的事。"

"在我六岁的时候，我的朋友马修打赌说我不敢朝我姐姐房间的花盆里撒尿。"

"而你朝花盆里撒尿了。"

"我朝花盆里撒尿了。"杰米从眼角瞥见赖安摇摇头，开始朝苏荷广场走去，"严格说来，我觉得这不算秘密，因为她发现了。我是说，几天后那气味真的很难闻。"赖安走了。"我有一把塑料小吉他，在葡萄牙度假时买的，她把吉他烧了，在花园里烧的。但烧得真精彩，我是说一九八〇年的葡萄牙大概不遵循贸易标准。我还记得那尖叫声，还有琴弦的断裂声。她的手臂上至今还留有一个疤。”

他父母看见迈克，会把他当偷车贼。剃刀刮痕，五个耳环。但是这……这感觉在他们之间传递，这种莫可名状的电流充溢在空气里……让其余一切显得又浅陋又可笑。

迈克看着他，说：“你饿吗？”这话至少暗示了三件事情。

他们去了希腊街上远一点的一家泰式小餐厅。

“我以前是做瓷砖的。高档货，Fired Earth 公司的那类东西。大理石，石板，厨房，壁炉。送快递是为了挣钱，学习亚历山大健身术和按摩课程。然后我就做个自由职业者，挣了钱后搬回北方，找个地方开咨询室。

街上飘着毛毛雨。杰米已经灌下三品脱啤酒。灯光反射在湿漉漉的车辆上，像一颗颗小星星。

“其实，”杰米说，“我最喜欢阿姆斯特丹的地方是……呃，整个荷兰其实是……到处都可以看到非常迷人的现代建筑。可这里的人呢，只会建这种要多恶俗有多恶俗的东西。”

杰米不太清楚亚历山大健身术是怎么回事，也无法想象迈克给人做理疗。他这人太张扬了。但时不时地，迈克会伸出几根手指摸摸他的手，或者默然不语地含笑看他，那种柔情是那么隐秘，在接下来的时间里显得尤为性感。

手臂也漂亮，小股肌肉裹覆着筋脉，却没有刚硬的感觉。双手结实有力。

按摩，这个他能想象。

迈克提议去酒吧，但杰米想跟他独处。他看着盐瓶，心一横，问迈克是否愿意去他家，问的时候像往常一样有点忐忑，半是兴奋半是害怕吧，就像跳伞，但感觉更好。

“是那种房地产中介的梦想之家？铁艺阳台？中央式厨房和花岗岩台面？阿纳·雅各布森椅子？”

“维多利亚风格的阳台，带白沙发和爱必居咖啡桌。”杰米说，“你怎么知道阿纳·雅各布森椅子的？”

“我曾经去一些漂亮的房子看过，感谢您的提问。”

“去办公事还是去玩？”

“都有吧。”

“那你到底去过没有，还是在吊我胃口？”

“我们去坐地铁吧。”迈克说。

地铁隆隆穿过塔夫内尔公园和阿奇韦，他们看着自己在对面黑乎乎的玻璃上映下的身影，他们的腿轻轻碰触，电流来回流窜，其余乘客上上下下如同无物。杰米渴望拥抱，又希望这车程长久延续，担心后面的情形不如他的想象。

两个摩门教徒上车坐到他们对面，穿着黑色的西装，留着保守的发型，衣服上别着塑料小名牌。

迈克凑到杰米耳边说：“我想干你的嘴巴。”

他们摇摇晃晃走进公寓前门时，仍大笑不止。

迈克把杰米推到墙上吻他。杰米感觉到迈克牛仔裤内的坚硬，伸手滑进他的 T 恤，同时透过客厅的门看到一个小红灯在闪烁。

“等等”。

“怎么了？”

“电话答录机。”

“三十秒，然后我就来抓你。”迈克笑了。

“冰箱里有啤酒，”杰米说，“窗户旁边的柜子里有伏特加和别的东西。”

迈克放开他说：“想来点大麻吗？”

"好啊。"

杰米走进客厅，按下答录键。

"杰米，嗨，是凯蒂。"她喝醉了，也可能是杰米喝醉了，便觉得她的声音也带着醉意，"该死，你不在家，对吧？该死。"

她没喝醉。她在哭，天哪。

"不管怎样，今天有个大消息，婚礼取消了，因为雷觉得我们不应该结婚。"

好事还是坏事？这就好比看到旁边的火车发动，有点摇晃不定的感觉。

"哦，我们回家过周末了，老爸躺在床上，精神失常。我说的是那种真正的失常，恐慌，怕死，怕所有一切。老妈则打算离开他，为了他的那个同事。"

杰米的第一个念头是凯蒂自己精神失常。

"所以，我想最好还是给你打个电话。这几天出了这些事，你卷入什么可怕的车祸也有可能，你没接电话的原因是住院了或死了，或是出国什么的……给我来个电话，好吗？"

嘟。

杰米静坐片刻，任由这事沉入脑中，或者飘散，反正怎样都行。然后他站起身，走进厨房。

迈克正在瓦斯炉上点大麻烟。他直起腰，吸一口，含住烟，硬生生做出一个惊愕的表情。他这样子倒跟杰米的感觉有点像。

迈克舒口气说："来一口吗？"

场面会很糟糕，不是吗？你半路拽上一个人坐北线地铁回来做爱，结果却没做成，你公寓里的这个身强力壮的陌生人忽然被扫了兴致，也没理由好好待你了。

他怀疑迈克真的偷过车。

“怎么了？”迈克问。

“家里的麻烦事。”

“大麻烦？”

“对。”杰米说。

“死人了？”迈克从沥水板上拿来一个茶碟，把大麻烟搁在碟沿上。

“不是。”杰米坐下，“除非我姐姐杀死她的未婚夫，或者我父亲自杀，或者我父亲杀死我母亲的情人。

迈克俯身握住杰米的胳膊。杰米猜得对，这双手非常结实。

迈克把杰米拉起来：“以我的专业看法……你需要找点分散注意力的事情做。”迈克把他拉近，他的下面仍然坚挺。

这一刹那，杰米想象着凯蒂疯疯癫癫的预言成真。他别扭地一挣扎，滑了一下，脑袋磕到桌角。

“等等，现在不是时候。”他挣脱了。

“相信我，这对你有好处。”迈克抬起一只手握住杰米的后颈。

杰米推迈克的手，但推不开。

然后，迈克温柔地看着他：“我走的话，你又打算做什么？坐在这儿烦恼？现在给谁打电话都太晚了。来吧，只要几分钟，你就不会操心这屋外的任何事情了。我保证。”

跳伞的感觉再度出现，而且更强烈。酒精的迷雾瞬间散去，杰米意识到这正是托尼离开的原因。杰米总想掌控一切，因为他害怕反常和失序的事物。迷雾再度笼罩，杰米觉得他必须和这个男人做爱，以向托尼证明他能改变。

他任由迈克将他拉近。

他们再次亲吻。

他抱住迈克。

被人拥抱真好。

他感觉有什么东西在融化、在碎裂，某种囚禁他太久的东西。迈克是对的，他可以抛开，让别人自己去解决自己的麻烦。有生以来第一次，他可以活在当下。

迈克的手滑向杰米的胯部，杰米感觉自己硬了。迈克解开纽扣，拉下杰米的四角内裤，把他握在手中。

"感觉好些了？"迈克问。

"嗯哼。"

迈克用空出来的那只手，把大麻烟拿给杰米。他们各吸一口，然后迈克把烟放回茶碟。

"吻我。"

就在这时候，迈克眼神一变。他松开杰米的阴茎，好像在瞪着杰米脑袋后面几英里远的一个东西。

"该死。"迈克说。

"怎么了？"杰米问。

"我的眼睛。"

"你的眼睛怎么了？"

"我看不见……"迈克摇晃脑袋，并且开始冒汗，额头上、手臂上都是小汗珠，"该死，我什么都看不清楚。"

"你说什么？"

"我说我什么都看不清楚。"迈克跌跌撞撞走向一边，瘫坐在椅子上。

凯蒂是对的。只不过事情发生的方式不同，癫痫发作的是迈克。救护车会来，而他根本不知道迈克的姓氏或住址……

天哪，大麻烟。可以在别人癫痫发作的时候跑去埋大麻烟吗？如果迈克在他出去的时候被自己的舌头呛住呢？

"我瞎了。天哪，我的肚子。"迈克蜷起身子。

他的肚子？

“那些讨厌的明虾。”

“什么？”杰米问，再一次开始怀疑迈克是不是有神经病。

“没事，”迈克说，“以前也遇到过。

“遇到过什么事？”

“给我一个碗。”

杰米脑子发蒙，过了一会儿才明白迈克想要哪种碗。等他明白过来的时候，迈克已经朝椅子前面吐了一地。

“哦，糟糕。”

杰米看着自己站在自家厨房、低头对着一大摊呕吐物、阴茎还伸在四角内裤外面的样子，忽然后悔没等到赖安就离开咖啡馆，尽管赖安背着难看的背包，头发稀稀拉拉。他明白这是对他的惩罚。古板和克制是不好，显然不好，但也有好处，因为如果他再多一点点古板和克制，这事就不会发生。

他把裤子穿好。

“真是抱歉。”迈克说。

杰米拉开抽屉，递给他一张茶巾，上面的伦敦巴士图案他一直不喜欢。

迈克擦擦脸说：“我得用一下厕所。”

“楼梯顶端。”杰米说。

“楼梯在哪儿？”迈克问。

亲爱的上帝，这人看不见。

杰米扶迈克上楼，然后回到厨房，免得闻到或听到厕所里的动静。

他希望迈克离开公寓，但又想做个好人。而做个好人，就意味着不希望迈克离开公寓，做个好人就意味着照顾好迈克。因为当好人遇上坏事时，人们会说那是意外，或者运气不好，或者世界就是这样运转的，而当坏人遇上坏事时，人们确信那是他们的过错，让坏事变得更坏。

他从水槽下面拿出清洁手套戴上，从橱柜里拿出两个乐购超市的购物袋套在一起，从抽屉里拿出蛋糕铲，然后跪下来，把地上的呕吐物刮到袋子里。这可不是一件痛快事，楼上的情形肯定更糟，但有件不痛快的事情做做也不错。

赎罪，这就是他想到的词。

哦，天哪，呕吐物渗进地板缝了。

他用几张厨房卷纸擦地板，然后扔进袋子。他装了一壶肥皂水，用刷蔬菜的刷子擦那些缝隙，然后把刷子也扔进袋子。

厕所里传来难听的响声。

他朝地上倒了一些漂白剂，用抹布把整块地板擦洗一遍，然后把抹布往袋子里一扔。他又拿出一块抹布擦蛋糕铲，闪念间还想过把铲子放在消毒剂稀释液里泡一夜，但又想他可能再也不会用，便把铲子也一并扔进袋子。他扎紧里层袋子的袋口，接着是外层袋子，然后又套上一个袋子以防渗漏，也把袋口扎紧，之后拎起袋子走到门口，打开前门扔进垃圾箱。

厕所里又传来一阵难听的响声。

他爱托尼。这念头来得突然，清晰得令他心痛。他们那些可笑的争吵，为了婚礼，为了双筒望远镜，为了番茄酱，全都毫无意义。

他要去托尼的公寓，处理完这些马上就去，不管几点。去说对不起，去告诉他一切。

他们要一起出席婚礼。不，比这更好，他下周末就带托尼回彼得博勒。

除非老爸真的精神失常。他要先问清情况。

不管怎样，他要尽早带托尼回彼得博勒。

他上楼轻敲浴室门。

“你还好吗？”

“不严重。”迈克说。

尽管隔着门，气味也难闻。他战战兢兢地问迈克要不要帮忙，听到他说“不用”时大大松了口气。

“易蒙停，”杰米说，“卧室里有易蒙停。”

迈克没吭声。

几分钟后，杰米坐在餐桌旁，面前摆着一些非处方药物，就像等着船客光顾的本地商贩。

易蒙停，解酸片，扑热息痛，布洛芬，阿司匹林，抗组胺。抗组胺是治过敏反应的吗，他不清楚。

他烧上一壶水，发现家里备有茶和咖啡。冰箱里有半升半脱脂牛奶。没找到巧克力饮料，不过有一罐没打开的可可，那是烘焙计划落空后留下的。

用料齐全。

大概十分钟后，他听到浴室门咔嗒一声打开，接着是迈克下楼的脚步声。他明显走得小心翼翼。

先是露出抓在门框上的一只手，然后才露出迈克的身子。他看起来很不对劲。

杰米正准备问他要吃点什么药、喝点什么热东西，他说了句“非常抱歉”，朝门口走去。

等杰米站起身，迈克已经关上前门。杰米停住。做个好人意味着照顾好别人，并不是说要囚住别人。显然，迈克现在能看见，不然不会走。

是吗？

杰米走到窗边，掀起窗帘看看街道。空无人影。他相当肯定，盲人不可能走那么快。

楼上，浴室干干净净。

他醉意还浓，没法开车。他抓起钥匙和外套，锁上前门。

他本来可以打电话叫出租车，但他不愿意等。走到托尼家要花半小时，不过他想呼吸新鲜空气。如果他把托尼吵醒了，嗯，这事反正比睡觉重要。

他沿着伍德维尔公园走下去，穿过医院前面的公园路。雨停了，大部分人家的灯火已灭。街道晕染在暗淡的橘色灯光里，汽车下的阴影又浓又黑。

托尼说得对，他很自私。你如果想跟另一个人共同生活，就必须有所让步。

他穿过隐修路。

他明天再打电话给凯蒂。她说的一切可能都走样了，这也可以理解，如果她和雷狠狠吵了一架的话。父亲精神失常？母亲离家出走？他不知道哪一件更难以想象。

有人醉醺醺地骑着自行车从他身边摇摇晃晃经过。

父亲过于焦虑，母亲说她无法忍受，这他还能想象，这也是通常的情况。

没事的，一定没事。无论如何，他都要带托尼一起参加婚礼。

他沿着艾利森路往前走，一只小狗从公园门口跑出来。不，不是狗，是狐狸，瞧那轻盈的脚步和蓬松的尾巴。

一辆轿车发动引擎。狐狸溜进小巷。

十二点半，他到达维尔路。

一路走来，他的心情已经好转。他想过装出伤心的模样，随即又觉得无聊。他希望托尼不是因为他度过一个糟糕的夜晚而回来。正是这个糟糕的夜晚让他明白，他想要托尼回来，永远不再离开。这想法让他满心欢喜。

他按门铃，等了三十秒。

再按一次。

又是三十秒，脚步声响起。托尼打开门，身上只有一条四角内裤，眼神冷硬。“杰米……”

“抱歉。”杰米说。

“没关系，什么事？”

“不，我说抱歉，是为所有一切，所有别的事。”

“什么意思？”

杰米集中精神。他应该先想好的。“为你的离开，为……托尼，听着，我今晚糟透了，想明白了很多事……”

“杰米，现在是半夜，我明天早上还要上班。你这是干什么？”

杰米深呼吸然后说：“我想你，我要你回来。”

“你喝醉了？”

“没有。嗯，是，不过现在我……听我说，托尼，我是认真的。”

“我要回去睡觉了。你最好也回去睡觉。”托尼不为所动。

“你跟别人在一起，是不是？”杰米开始大叫，“所以你不让我进屋。”

“懂事一点，杰米。”

“妈的。”

托尼准备关门。

杰米原以为托尼至少会让他进屋，他们可以谈谈。又是自私的想法，觉得人人都应遵从他的计划。杰米此刻能明白这一点，但要在半秒钟之内说出口太难。

“等等。”他跨进门槛，拦住托尼。

托尼轻轻往后一缩：“天哪，你闻着好像吐过？”

“我知道，”杰米说，“但不是我。”

托尼用手掌抵住杰米的胸膛，把他推回台阶上。“晚安，杰米。”

门关上了。

杰米在台阶上坐了几分钟。他想躺倒在垃圾箱旁的水泥地上睡到天亮，托尼出门看到他时就会心生怜悯，但他马上明白这跟他其余那些愚蠢、任性、幼稚的想法一样愚蠢、任性、幼稚。

他坐在路沿上哭起来。

/ 57 /

简得独自筹备婚礼，明显指望不上家人。

说真心话，她爱女儿，然而凯蒂嘴上说女人不比男人差，有时却会逞英雄地乱搅一气。

用凯蒂的话说，那叫自在随性。

她把所有的衣服装进黑色垃圾袋从大学带回家，扔在敞开式车库让垃圾工收走。她把油漆泼到小猫身上。她在马耳他丢失护照。

可怜的乔治，凯蒂的确老是敷衍他，他们就像来自不同星球的两个人。

他们为了牙膏的事就吵了十二年。她把牙膏吐在水槽里不肯冲掉，任由它结块，乔治觉得她是故意气他。凯蒂认为心智正常的人不可能为了这种鸡毛蒜皮的小事动怒。

事实上，她依然旧习不改。今天早上她就这么干了，简像往日那般把牙膏擦干净。

其实，简内心里为凯蒂的拒不服从深感骄傲。当然她也有担忧，担忧她找不到体面的工作，意外怀孕，嫁不出去，卷入麻烦（她曾因冒犯警察被警告）。

但是简喜欢凯蒂身上的这种自由精神。她有时看着她，注意到一些细微的神态和表情，认出其中有自己的影子，便怀疑自己如果晚生三十年，会不会更像凯蒂。

杰米是个同性恋，多么讽刺啊。喏，他如果要结婚，会提前几年就拟好宾客名单、印好请柬。

不要紧。

第一次筹办婚礼就像策划诺曼底登陆，但是在书店工作以后，在学校上班以后，她发现这事难不过购置房产或预订假期，只不过是一连串必须在特定时间办妥的小活计。你只需要列出任务清单，一件一件执行，一件一件勾除。

她订购鲜花，订购克劳迪娅在克洛伊的婚礼上播放的迪斯科音乐带，敲定酒席承办人那边的菜单，预约摄影师。

一切完美无缺，只从她的角度考虑的话。婚礼会如愿顺利进行，人人会尽情欢乐。她在结束的时候可以跷起脚休息，享受成就感。

她给凯蒂写了一封信，细细列出仍然得由她来做的事，比如结婚登记处要用的音乐带、雷的礼服、伴郎的礼物、戒指……这会把凯蒂逼疯，但从她周末的表现来看，她完全有可能忘记要结婚这回事。

她预订席次牌，购买自己要穿的新礼服，跑去洗衣店干洗乔治的礼服，预订蛋糕，预约三辆把近亲送回村里的车子，填写请柬上的名字和信封上的地址。

她想过删去戴维的名字。那次晚餐之后，乔治坚持要请他，说是可以壮大宾客团，免得“被雷的亲友团淹没”。她怕乔治问些别扭的问题，还是给戴维发了请柬，但他可以不必来。

/ 58 /

去见巴弗提安医生几乎是件快乐的事。

很明显，快乐与否的标准在过去几星期已经大大降低。然而，花钱找人倾吐烦忧，竟莫名地让他觉得宽慰。那比看《活火熔城》或《末日戒备》的宽慰效果更好，因为这些电影里总有恐怖的低沉音乐，仿佛有人在街对面施工。

奇妙的是，他发现说出心里的恐惧没有克制不去想恐惧那么可怕，感觉就像看到敌人暴露在外。

药物的效果就没那么好了。第一个晚上失眠，第二个晚上情况明显更糟糕。他老是哭，并且要拼命克制冲动，不在三更半夜跑出去散步。

他现在在早饭时分吃两粒可待因，上午过掉一半时喝一大杯威士忌，喝完后使劲刷牙，以免引起简的怀疑。

住进精神病院的想法越来越诱人。怎样才能住进精神病院呢？开车冲进邻居的花园？在自己的床上点火？躺在马路中央？

故意那么做有用吗？还是假装发疯就是发疯的一个症状？

还有，如果床铺比预想的更容易着火呢？

或许可以在床铺周围的地毯上浇水，作为屏障。

第三个晚上不堪忍受。

然而，他执着地继续服药。巴弗提安医生说过有副作用，而且他大体上喜欢痛苦的疗治方式。他那次跌下活梯后去找了一位脊椎按摩师，那人只是在他的后颈拍拍。难受了几星期之后，他又去找了一位正骨医生，这位医生从后面用力抱住他，猛地往上抻，抻得脊椎嘎吱作响。

服药的第六天，跟临床心理医生约好的日子到了，他很高兴。

他从没接触过临床心理医生，不管是专业的还是怎么的。在他的观念中，他们跟塔罗牌解读者没有多大区别。他很有可能被问到有没有看过母亲的裸体，上学时有没有受过欺负（他很想知道那对声名狼藉的格拉德威尔双胞胎遭遇如何）。还是这就是心理疗法？他不太了解当中的区别。

结果，他和恩迪科特小姐的会面不像他预料的那样涉及那些敏感的蠢事。事实上，他都不记得什么时候跟人如此愉快地聊过。

他们聊他的工作，聊他的退休，聊他未来的计划，聊简、杰米和凯蒂，聊即将举行的婚礼。

她问恐慌的情况，何时发作、感觉怎样、持续多久。她问他是否想过要自杀。她问他到底害怕什么，极有耐心地听他费劲地诉说难以诉诸语言的事情，比如半兽人，或者地板好像裂开来。当他在描述中陷入困窘时，她的关注真诚而坚定。

她问病斑的情况，说如果有帮助的话，巴弗提安医生可以推荐皮肤科医生。他说“不用”，解释说在心底里明白那只是湿疹。

她问他是否有朋友可以聊聊这些事，他说人们通常不会跟朋友聊这些事。他绝对不希望他的朋友来找他聊这种问题，太不体面。她点头认同。

他离开诊所，回去后什么都不用做，只需要在一周后如约复诊。他站在停车场，想起忘了提药物的副作用。然后他又觉得他不再是早上坐巴士的那个人，他变得更强健、更坚定、更少恐慌。他可以应付几粒药片的副作用。

下午，他躺在床上看 BBC 二套节目的高尔夫锦标赛。他向来不怎么喜欢这种比赛，但那些明晰的弹跳和绵延的绿地给人安心的感觉。

他为解决心理层面的问题付出的种种努力，对解决生理层面的问题却毫无作用，这似乎不公平。

他想，如果病斑长在脚趾上或手指上，就可以将它消除简单了事；而后只需要服药和每周去诊所，直到一切恢复正常。

他想到一个办法。

在他看来，这是个很好的办法。

/ 59 /

凯蒂邮寄请柬，留言给杰米，然后坐回桌边。

她想摔东西，但不能摔。她之前还责骂雅各布不该踢录像机呢。她拿起一把大餐刀，在面包板上戳了七刀。当她戳第八刀的时候，刀刃断了。插在面包板上的那一截刀刃伤了她的手，血流得到处都是。

她拿厨房用纸包好手，找出急救箱，取出两大片绷带贴到伤口上，然后把厨房收拾干净，把断了的刀子扔掉。

她肯定没法睡觉了。睡床意味着躺到雷身边，睡沙发意味着挫败。

她爱雷吗？

她不爱吗？

她四点钟之后就再没吃过东西。她烧上一壶水，拿出一包马里兰巧克力屑小饼干。她勉强吃了六块饼干，觉得有点恶心，便把余下的放回橱柜。

这种时候雷怎么睡得着？

她爱过他吗？或者那只是感激？因为他对雅各布那么好，因为他有钱，因为他能修好世上所有的机械，因为他需要她。

可是该死，这些都是真的，甚至包括钱。天哪，你可以爱上一个又穷又无能的人，共同生活在一起，艰难渡过一个又一个困境。但那不叫爱，而是受虐狂，就像翠西，一路走下去，最后在斯诺登尼亚的一座小棚屋住下，跟那位雕刻木龙的“震动治疗”先生生活在一起。

她才不在乎书里和电影里怎么说，也不在乎家人怎么想。

那她为什么觉得开口说爱他那么难？

或许是因为他像克林特·伊斯特伍德那样大步闯进咖啡馆，抡起垃圾桶当街砸下。

其实她现在想起这事，觉得他相当鲁莽。他消失了三天，甚至不让她知道他是死是活，然后又露面，说了几次对不起，告诉她要取消婚礼，期待她说她爱他。

三天，天哪。

你如果想当父亲，就必须让人看到更多责任心。

或许他们不应该结婚。或许这是个荒唐的念头,但如果他是在试探，并且责怪她……

天哪，这样想好些，这样想好多了。

她放下杯子，大步上楼去叫醒他，要给他点颜色看看。

/ 60 /

乔治决定在星期三动手。

简去看她妹妹了，这事她已经盘算很久。她嘀嘀咕咕说如果乔治想要人陪，她就取消旅行，但他坚持要她去。

她终于从北安普敦打来电话报平安，并问他是否安好，他随即准备工具。一旦动手，他不可能有太多精力和时间，因此每样工具都必须就位。

他用一大杯威士忌吞下两粒可待因，然后在浴室里放三条旧的蓝色毛巾，把无绳电话拿到餐桌上，在洗衣机的托盒里装上洗衣粉，并把机门打开。

他从食品柜后面找出一个两升装的空冰激凌盒，确保盒盖能盖紧，然后连同两个垃圾袋一起拿上楼。他把垃圾袋铺在地上，把冰激凌盒平放在浴缸龙头上，把急救箱打开后放到架子上。

威士忌和可待因开始发挥作用。

他回到楼下，从抽屉里拿出剪刀，用平常磨餐刀的磨石磨利。为了保险起见，他把餐刀也一起磨利，然后带着两样工具上楼，放在龙头对面的浴缸边沿上。

他自然害怕，但药物麻痹了恐惧，问题很快就能解决的念头驱使他继续。

他拉上浴室的窗帘，把过道里的门都关上，然后熄灭所有灯光，让眼睛慢慢适应黑暗。他脱掉衣服，叠好后整整齐齐地堆在楼梯口。

他正要进浴室，忽然想到他可不希望让人发现光着身子昏倒在自己的浴室里，又穿回内裤。

他打开淋浴温水，将花洒对着远处的墙，把塑料浴帘拉上。

防滑垫厚厚的，毛茸茸的，能水洗吗？他不太清楚。为保险起见，他把垫子挪到远远的另一边。

他把脚伸进浴缸试水温。好极了。他踏入浴缸。

就是这样，一旦开始不能回头。

他最后检查一遍所有东西是否都已就位，剪刀、冰激凌盒、垃圾袋……

第一步，他知道最难，但时间不会太久。他深吸一口气。

他右手拿起剪刀，左手伸到臀部摸那处病斑。他捏住那一团肉，恶心的针刺感从手指传到胳膊，就像捡了一只蜘蛛或一团狗屎，这更加强化了此番行动的必要性。

他拽住病斑。

他往下瞟一眼，赶紧挪开视线。

那团肉被拽成一个白色的小山峰，就像披萨上的热奶酪。

他打开剪刀。

深吸气，痛的时候吐气。正骨医生这么说过。

他将磨利的剪刀刀锋按在那块被拽起的皮肉周围，用力一剪。

他不用刻意记住要吐气，气自动吐出来了。

那种疼痛远远超过他以前所经历的任何一种，就像喷气式飞机在他头顶两英尺的地方准备着陆。

他又往下看。他没料到会流这么多的血，流得像电影里演的那样。他也没料到血会那么黏稠、那么暗沉，几乎像油，出奇的温热。

他往下看的时候还发现，他没能把长有病斑的那个部位完全剪断，它垂在臀部活像一小块生牛排。

他再次抓住它，打开剪刀再来一下，但血让手指打滑，而且脂肪组织比刚才更坚韧。

他弯下腰，把剪刀放在浴缸边沿，拿起餐刀。

然而当他直起身，一团白色的小光点在眼前飘过，身体也飘忽起来。他伸手去扶瓷砖墙，不巧手仍握着餐刀，于是他松开餐刀撑在墙上。餐刀掉到浴缸里，刀尖扎进他的脚趾。

这时整个浴室开始旋转。天花板转到眼前，他捕捉到了那个牛油果绿小磁石皂盒的生动特写镜头，然后后脑勺磕在热水龙头上。

他侧躺在浴缸里，从一头看到另一头，仿佛有人在里面杀了一头猪。

病斑还黏附在他身上。

圣母玛利亚啊，受创的癌细胞肯定游过了那块皮肉和臀部之间的血肉峡谷，在他的肺部、骨髓和大脑建立起小小的殖民地……

他现在知道了，他没有那个力量去除掉它。

他必须去医院，他们会帮他割掉。如果他把情势解释清楚，他们说不定在救护车里就会帮他割掉。

他慢慢撑起双手和双膝。

他的脑内啡不怎么管用。

他还得跟楼梯较劲。

该死。

他应该在厨房里动手的。他可以站在小孩夏天用来洗澡的旧塑料浴盆里，还是他早在一九八五年清理车库后部时就把那东西扔了？

很有可能。

他靠着浴缸，抓起一条毛巾。

他停下来，真的要把毛茸茸的毛巾压在撕裂的伤口上？

他小心翼翼地站起来，那些白色的小光点又飘来飘去。

他往下瞥一眼，很难看清楚伤口的模样，而且觉得有点恶心。他别开脑袋，目光在溅血的瓷砖上停留片刻。

吸气，憋气，呼气。三，二，一。

他又往下看。他捏住那块被剪开的皮肉的外缘，按回原处。吻合得不是很到位，而且他一松手，它又从伤口滑下来，讨厌地吊在那湿乎乎的红色连接处。

伤口有一跳一跳的感觉，这可不是什么好现象。

他又捏起那块皮肉按回原位，然后拿毛巾按住。

他等了一会儿才站起来。

如果他马上打电话叫救护车，他们可能很快就到了。他要稍微清理一下再打电话。

首先他得清理淋浴间。

但是当他伸手去拿花洒的时候，它似乎比印象中要高，而他的身体伸展不开。

随他去吧，等简从塞恩斯伯里超市回来时再编个理由。

她是去塞恩斯伯里超市吗？他有点迷糊了。

他决定先穿衣服。

他发现这事也不容易。他身上的内裤浸染血迹，干净的内裤则放在卧室五斗柜的抽屉里，隔着十码远的奶白色地毯，他的腿上还鲜血淋漓。

他本来可以计划得更周全的。

他稍稍用力按紧伤口上的毛巾，双脚踩着另外两条毛巾蹭擦地板上的血迹，就这样拖着脚步在浴室里慢慢转了几分钟。他想弯腰捡起那两条毛巾扔进浴缸，但这比伸直身体更难。

他决定不再白费力气，摇摇晃晃走进卧室拨打九九九[①]。

他回头往过道看，发现自己在奶白色的地毯上留下了脚印。简要不高兴了。

“警察局、火警还是救护车？”

“警察局。”乔治想都不想就说，“不，等等，救护车。”

“正在帮你转接……”

“已经接到救护中心。你的电话号码呢，先生？”

他的电话号码是多少？他好像忘了，他很少用电话。

“喂，先生？”电话那头的女人问。

“抱歉，”乔治说，“我不记得号码了。”

“没关系，继续说。”

“好的，好。我把自己割伤了，用大凿子伤到的。流了很多血。”

就拿凯蒂的电话号码来说吧，不管怎样他马上能想起来。能吗？其实，那号码好像也忘了。

电话那头的女人说：“你的地址呢？”

这也花了点工夫才想起。

放下电话后，他才意识到进浴室之前忘了找凿子。简本来就会生气，如果她发现他用她的专用剪刀剪除癌细胞，弄得乌烟瘴气，更会暴跳如雷。

但是那把凿子放在地下室，地下室还远着呢。

他不记得他有没有把话筒放回去。

---

①英国的紧急求助电话。

然后他又怀疑他是不是在放回话筒前记起地址的，假设他把话筒放回去了的话。

他们可以追踪电话。

至少在电影里可以。

但是在电影里，抓一下某人的肩膀就可以让他昏过去。

他在过道的镜子里瞥见自己，不明白为何有个光着身子、流着血的疯老头站在他家的电话桌旁。

地下室的台阶真的很难走。

趁着他和简还不算太老，或许应该换个台阶浅一点的新楼梯，加装扶手也应该不错。

穿过地下室时，他踩到一个东西，感觉很像雅各布有时落在家里的乐高小积木。他脚下一个趔趄，毛巾掉了。他捡起毛巾，上面沾满锯木屑和各种各样的死虫子。他不明白为何拿着毛巾，便把它放到冷冻库的顶盖上。不知为什么，毛巾浸满血，他得跟人说说这个。

凿子。

他把手伸进那个绿色的小筐，从木工锤和卷尺下面找出凿子。

他转身离开，膝盖却一软，滚翻在旁边的戏水池里，池子充了一半的气以防里层长霉。

他看着一条鱼，很近很近。鱼的脑袋顶部射出水柱，那便是鲸鱼了。但鱼是红的，说明它有可能是另一种鱼。

他闻到橡胶的气味，听到水花的飞溅声，看到小扇贝形状的阳光在眼前飞舞，还看到葡萄牙旅馆里那个身穿柠檬绿比基尼的迷人少妇。

如果他没记错，他们就是在那里吃到有毒的空心菠萝甜品的。

不知道为什么，他疼得厉害。

他还很累。

他要睡一会儿。

对，这想法不错。

/ 61 /

凯蒂打算挽救她的感情。

她八点钟打电话到办公室，原本是想留言的，没料到阿德里安接了电话，搞得她很狼狈。如果他的声音不是那么活泼，她还会怀疑他在办公室过夜了。她无法想象他会在没有旁人瞧见的情况下加班。

“让我猜猜，”阿德里安讽刺道，“你生病了。”

如果她说“是”，事情会很简单，但今天是个诚实的日子，而且她就是喜欢跟阿德里安唱反调，不管为了什么事。“其实我很好，但我想请一天假。”

“不行。”

电话里有水声，难道他一边用无绳电话通话，一边小便？

“我一天不去，对你也没妨碍。”

“火险公司的人去了亨利那里，舞厅的执照被吊销了，所以我们有得忙了。

“阿德里安！”她咆哮道，就像喝止调皮的小孩。

“什么？”他声音微微发颤，就像听到咆哮的小孩。

“我要待在家里，以后再解释。我明天给你找个新场地。”

阿德里安重申：“凯蒂，如果你十点之前不到……”

她挂断电话。她很有可能丢掉工作，但这好像没什么大不了的。

雷送雅各布去托儿所，九点刚过的时候回来了。他打电话到办公室跟好几个人说了话，确保他不在的时候，他们不会弄得一团糟。然后他说：“现在做什么？”

凯蒂把他的外套扔给他。“我们坐地铁去伦敦。你决定上午做什么，我决定下午做什么。

“好。”雷说。

他们要从头开始，但是这次她不会孤单绝望。她要弄清楚她是否喜欢他，而不只是需要他。

他们可以以后再处理他的暴躁问题，再说，如果婚礼取消，那就是别人的事了。

雷想坐摩天轮，他们便预订两张票，然后坐在长凳上吃冰激凌，观望壮阔的潮水涌向北海。

“还记得威化饼吗？”凯蒂说，“小块的冰激凌，夹在带十字花纹的饼干中间。说不定现在还可以买到……”

“真像度假。”雷没有用心听。

“很好。”

“度假的唯一问题是，”雷说，“之后你得回家。”

“显然，度假是最有压力的第四件事，”凯蒂说，“前面还有丧偶、换工作和搬家，如果我没记错的话。”

“第四？”雷盯着海水说，“丧子呢？”

“好吧，或许不是第四。”

“丧妻，孩子残疾。”雷说。

“绝症，”凯蒂说，“断胳膊断腿，车祸。”

“房子被烧。”雷说。

“宣战。”凯蒂说。

“看见狗被车子碾过。”

“看见人被车子碾过。”

“开车去碾人。”雷说。

“开车去碾狗。”

“开车碾一大家子人。”

他们都哈哈大笑。

雷对摩天轮很失望，说设计过于精良。他希望有风吹乱头发，有锈蚀的扶手，有摩天轮快要倒塌的轻微错觉。

凯蒂则想她应该给今天的计划设定一个高度的标准。她头晕恶心。大理石拱门啊，巴特西发电站啊，“小黄瓜”大楼啊，还有远处的山丘，真让人觉得是在尼泊尔。她低头看着中央的金色椭圆形长凳，想象是在蒸桑拿。

雷说：“小时候，堂兄弟们住在老农舍里，可以从卧室的窗户爬到屋顶。我是说，如果老妈和老爸知道，会气得发疯。但我现在还记得那种俯览一切的感觉，屋顶、田野、车辆……觉得自己就是上帝。

“还要多久才能下去？”凯蒂问。

雷被她逗乐了，看看手表说：“哦，再过十五分钟。”

/ 62 /

只可惜这不是游泳池，因为她那柠檬绿的臀部（他想起来她叫玛丽安娜）移向了右边，而且他还听到有节奏的啪啪声，那是船桨的击水声，因为他正在看电视里的划船比赛（再想想，她可能叫玛莱娜），说不定不是看电视，因为他正靠着坚固的花岗岩栏杆，可是他还感觉他的脸贴在地毯上，说明他可能还是在室内，而解说员在说厨房的事情，还有，有个画橡胶树的方法是先拍照，然后用幻灯机把它投射到粘在墙上的大纸上，然后勾画，有人可能会觉得这是作弊，但是伦勃朗也用透镜呢，好像是《星期日泰晤士报》说的，也许说的是达·芬奇，并且没有人指责他们作弊，因为关键在于画作看起来怎样，还有，他们穿着白衣服，把他举到空中，那灯光不是圆形，更像是楼梯顶端的一个直立长方形，不过现在他又想起他可能在一九八五年把幻灯机连同那个塑料澡盆一起扔了，还听到有人喊“乔治……乔治……乔治……”，然后他进入那道长方形亮光，有人用东西蒙住了他的嘴，门关上了，然后他乘坐一个透明的升降电梯直直升到屋顶，往下一看，看到了未完工的工作室和浴室窗户上方早该清理、已经堵塞的排水管，看到了宁河谷铁路上的蒸汽火车、国家公园里的三座湖、绵延如床单的田野、阿格里真托的那家小餐馆、比利牛斯山的蝴蝶、喷气式飞机划出的交错航迹、由蓝渐渐变暗的天空、刺目的星火。

/ 63 /

简发现她妹妹总是在辛勤地工作，甚至在她获得重生前就是如此。老实说，她获得重生倒稍微好些，因为她的辛劳有了理由。你知道你永远都赶不上她，因为她会上天堂而你不会，你便索性放弃了努力。

但是老天，这女人光凭身上那件松松垮垮的羊毛开衫，就让你觉得自己又贪婪又自我。

吃中饭的时候，她真想提戴维，只因为可以看看妹妹的表情。但是她有可能告诉乔治，觉得这样才对得起良心。

现在没关系了，又一年的严酷的考验过去了。

到家的时候，她迫不及待地想跟乔治说话，说什么都好。

她拿钥匙开门，发现有点不对劲。透过那一小方毛玻璃，她看见电话桌摆歪了，楼梯口还躺着一个黑乎乎的东西。那黑乎乎的东西有胳膊，她暗暗祈祷是一件外套。

她打开门。

果然是外套。

然后她看见有血，在楼梯上，在过道的地毯上。客厅门边的墙上还有一个血手印。

她大声喊乔治，没有回应。

她想转身就跑，跑到邻居家打电话叫警察，但随即又想到了电话对谈的情形。她没法说出他在哪儿或出了什么事。她必须先找到他。

她走进屋里，浑身汗毛倒竖。她让门半开着保持连通，和天空、空气和世界的连通。

客厅还是她早晨离开时的样子。

她进到厨房。亚麻油地毡上到处都是血，他肯定在洗东西。洗衣机的门打开着，一盒宝莹牌洗衣片放在洗衣机上面的台子上。

地下室的门也是开的，她慢慢走下台阶。血更多了，大片大片沾满戏水池，并且有血迹延伸到冷冻库那边，但是没有尸体。

她极力不去想出了什么事。

这里就是他们动手的地方，在淋浴间。她看见刀子，赶紧别开脑袋，然后跌跌撞撞退出去，瘫坐在过道里的椅子上，忍不住哭起来。

他们事后把他带去别的地方了。

她得打电话告诉别人。她站起来，摇摇晃晃从楼梯平台走进卧室，拿起电话。电话突然之间变得很陌生，她似乎从未见过这东西。两个分离的部分，细细的杂音，黑色的数字按键。

她不想打给警察局，不想跟陌生人说话，现在还不想。

她打给正在上班的杰米，他不在办公室。她拨他家里的号码留言。

她打给凯蒂，她也不在。她又留言。

她想不起他们的手机号码。

她打给戴维，他说十五分钟后赶到。

屋里冷得受不了，她浑身发抖。

她下楼拿起冬大衣，坐到花园的围墙上。

/ 64 /

杰米从托尼的公寓回家，半路在一个通宵营业的加油站买了一盒丝刻牌香烟、一条特趣巧克力、一条吉百利巧克力和一条约克巧克力。到睡觉的时候，他吃光了所有的巧克力，抽了七根烟。

第二天早上醒来，他觉得好像有人拿金属挂衣钩在他的脑壳和大脑之间搅拌过。他醒得也晚，来不及淋浴，直接换好衣服，用一杯速溶咖啡吞下两粒布洛芬，然后匆匆去坐地铁。

他在地铁里想起还没给凯蒂回电话，在终点站出地铁后拿出口袋里的手机，但是不知道该说些什么。晚上再打吧。

他走进办公室，又觉得应该先给她打电话。

不能再这样下去了。

相较而言，托尼是小事。他正站在一个十字路口，未来几天的所作所为将会决定余生的走向。

他希望别人喜欢他，大家也的确喜欢他，或者说以前喜欢他。但现在没那么容易了，喜欢不再是油然而生的。大家开始对他心生疑虑，他自己也一样。

如果他不小心，他就会变成那种关心家具甚于人本身的人，他最终也会和一个关心家具甚于人本身的人生活在一起，表面上活得十分正常，实际上生不如死，最后一颗心枯瘪得像葡萄干。

或者更糟，他会偷偷摸摸从一段肮脏的关系走到另一段，因为没人在乎他的模样而变得肥胖无比，然后又因为肥胖得上某种可怕的疾病，最终跟散发着尿骚味和卷心菜味、半夜里又哭又号的衰老病人做伴，在医院病房里受尽折磨慢慢等死。

他赶紧开始为杰克·莱利在西汉普斯特德的三栋新房产拟写详情说明，当然会打错字或标错图片，而杰克·莱利会气冲冲地跑到办公室，声称要教训某人。

上回杰米加了这么一句："房产保准会在签约到交割期间贬值。"并把详情说明打印出来逗尚娜开心，随后便看到莱利站在接待台和斯图尔特说话，只好把说明抢回来。

卧室一，4.88米（16英尺）×3.40米（11.2英尺），两扇前开推拉窗，木地板，电话接口……

他有时真不明白他为何要做这种工作。

他揉揉眼睛。

他不能继续自怨自艾。他要做个好人，而好人不会自怨自艾。非洲的孩子濒临死亡。杰克·莱利跟更伟大的事业相比什么都不是。还有一些人甚至找不到工作呢。

只管认真工作吧。

他把室内照片粘上去。

坐在对面办公桌前的吉尔斯在玩钢笔，拇指和食指夹着钢笔掂弹，然后让钢笔弹到空中旋转双数圈数，再接住笔杆，就像杰米九岁时玩小刀一样。

如果是别人，比如约什，或尚娜，或迈克尔，不会有问题，但这是吉尔斯。他系着领巾，剥开一条企鹅巧克力的锡箔包装纸，折成一半大，然后用厚度增添一倍的这张纸做成一个锥形袋，重新裹住巧克力条的一头，如此便不会让手指沾上巧克力，叫人看了只想用子弹射穿他的脑袋。而且他还制造噪音，每当钢笔落回手里，舌头都会轻轻地“嘚”一声，就像你给小孩当马骑时发出的声响，但他每次只“嘚”一下。

杰米填写好两份交易条款，打印出三份房产调查书。

他不怪托尼。天哪，是他自己做尽蠢事，托尼当然可以当着他的面摔门。

你自己都不喜欢自己，还怎么叫别人爱你？

他打印好附寄的信函，把所有资料都装进信封，然后回复了一连串从昨天累积到现在的电话。

十二点半，他出去买了一个三明治当午餐，在雨中的公园里坐在凯伦的伞下吃，感激上苍能让他稍微清静一下。

他的头还在痛。回到办公室后，他找尚娜要了两粒布洛芬；下午的大部分时间，他被飘过楼梯那儿的小窗户的怪趣云朵弄得迷迷瞪瞪，心里不知有多希望待在家里的沙发上，喝上一杯好茶，吃上一袋饼干。

吉尔斯在两点三十九分的时候又开始玩笔，一直玩到两点四十七分。

托尼有别的人了吗？嗯，杰米真的不能说什么。只因为那有毒的明虾，他才没和迈克上床。托尼为什么就不能有别人？

就是这个意思，对吧？做个好人的话，你不必去布基纳法索掘井，不必让出你的咖啡桌，只是一定要站在别人的角度看事情，记住他们也是人。

他妈的吉尔斯·麦洛特就不是这样。

嘚，嘚，嘚。

杰米想上厕所。

他从椅子上站起来，转身撞上正端着一杯滚烫的咖啡回座位的约什。

杰米听见自己大声说：“你，他妈的白痴。”

整个办公室顿时陷入死寂。

斯图尔特走过来，给他的感觉就像他扯坏莎伦·帕克的运动衫后看着校长从操场走过来。

“你还好吧，杰米？”

“抱歉，真的抱歉。”

斯图尔特就像《星际旅行》中的斯波克先生，让人根本猜不出他在想什么。

“我姐姐刚刚取消她的婚礼，”杰米说，“我父亲精神失常，我母亲正准备离开他和别人生活。”

斯图尔特心软了：“或许今天下午你应该请假休息。”

“好的，谢谢，我会请假的。谢谢，抱歉。”

他坐在地铁上，知道自己快要下地狱了，而下地狱后减轻折磨的唯一方式是到家后赶紧给凯蒂和老妈打电话。

他对面坐着一个一只手萎缩的老头，身穿黄色胶布雨衣，带着一个装有宣传单的油腻小背包，直直瞪着杰米喃喃自语。那人在瑞士小屋站下了地铁，让杰米大大松了口气。

给老妈打电话是件比较棘手的事。他是有心知道她要离开老爸的吗？凯蒂又是有心知道这事的吗？她有可能无意中听到几句对话，就草率下结论，她就喜欢这样做。

他要先打给凯蒂。

他到家后，却发现电话里有一条留言。

他按下播放键，脱下外套。

他起先还以为是恶作剧电话，或者是哪个神经病拨错了号码。一个女人对着话筒吁吁喘气。

然后那女人喊他的名字：“杰米？杰米？”他这才听出是他母亲，不禁往沙发扶手上一坐。

“杰米……你在吗……你父亲出了可怕的事。杰米……哦，该死，该死，该死，该死，该死。”

留言咔嗒一声断了。

一片沉寂。然后他冲过房间，把电话打翻在地毯上。

父母的电话，妈的，他们的号码是多少？天哪，他一定拨过七千次。〇一七三三……二四二？二二四？二四四？天哪。

他拨打查号电话，拨到一半时又想起来了。他打过去，数着电话铃声。四十下，没人接。

他打给凯蒂。

只有答录机的声音。

“凯蒂，是杰米。该死，你不在家，该死。听着，我刚接到老妈打来一个吓人的电话。给我打电话，好吗？不，还是别打，我要回彼得博勒。其实，你说不定已经到那儿了。我们稍晚再谈。我现在就过去。”

可怕的事？老年人说话为什么总是这么含糊？

他跑上楼，抓起车钥匙又跑下楼，不得不靠在过道的墙上缓口气，以防自己晕过去。他隐隐觉得这事因他而起，他没给凯蒂回电话，他放赖安的鸽子，他不爱托尼，他没有告诉斯图尔特全部的实情。

但是等他穿过 M25 公路时，他的心情已大大好转。

他一向喜欢紧急事件，至少喜欢别人的。它们会让你正确看待自己的问题。你感觉就像坐渡轮，接下来几小时不必考虑该做什么、该去哪里，一切都已经安排好了。

俗话说，战时无人自杀。

他要跟父亲谈谈，好好谈谈，什么都谈。

杰米总是为了父子之间缺乏沟通而责怪他，总觉得他是个无趣的老古板。他现在明白，其实是自己怯懦、怠惰，只想执着于自己的偏见。

波迪克，比格尔斯威德，桑迪[1]……

---

①这三个均为英国地名。

再过四十分钟就到了。

/ 65 /

凯蒂和雷站在一座名为“闪电与牡鹿”的雕塑前。其实，那就是一根从墙上伸出来的梁木，垂挂着一个边缘参差的黑色金属钉状物，再配上近旁地板上代表牡鹿、山羊和一些“原始生物”的几片破烂，不过从凯蒂那个方向看，它们也可能代表耶稣受难十字架或威尔士干酪食谱。

那只铝制牡鹿是用熨衣板做的，她知道这个是因为读了小纸板上的详细说明。她读了许多标在小纸板上的说明,望向许多扇窗户的外面，想象着其他参观者的私生活，因为雷花了许多时间琢磨艺术，这让她烦透了。

她来这儿的理由不是很正当。她想图个自在自得，但没能如愿；她想让他浑不自在，他倒安闲适意。

你可以说出喜欢雷的哪些方面；你也可以把他扔在土库曼斯坦的某个偏远之地，而他会在天黑前跑到近旁的村庄，吃马肉，抽当地香烟。

他赢了。这不是竞争，硬把这当竞争便是幼稚。但他还是赢了，而本来打算赢的是她。

他们终于来到咖啡馆。

他捏住一块方糖，让底部一角轻沾茶液，于是一道棕色水线在方糖上慢慢爬升。他说：“大部分明显是垃圾，不过……就像老教堂这类东西一样，会让你放慢脚步看一看……怎么了，姑娘？”

“没什么。”

她现在明白了，问题不在于砸垃圾箱，而在于没有赢。

她喜欢她比雷聪明这一事实，她喜欢她会讲法语而他不会这一事实，她喜欢她能就工厂化农场经营侃侃而谈而他不能这一事实。

但这些毫无意义，他比她好，方方面面都好，除了砸垃圾桶。而且，说实在的，她如果更强壮一点，这辈子可能已经砸过好几次垃圾桶了。

十分钟后，他们坐在大斜坡上回头俯望着巨大的涡轮厅。

雷说："我知道你真的很努力，亲爱的。"

凯蒂没说话。

雷又说："你不必这样，"他停顿一下，"你不必为了雅各布和房子和钱和这所有一切跟我结婚。我不会把你们扔到大街上的。不管你想怎样，我都会尽力让你如愿。"

/ 66 /

杰米走过候诊室的时候，一个六十多岁、精悍利索的男人从绿色塑料椅上噌地起身，微微朝他示意，拦住他的去路。

"杰米？"

"对。"

这人穿着亚麻夹克和深灰色套头毛衣，不像是医生。

"戴维·西蒙兹，你母亲的朋友。我在她上班的书店认识她的，在城里。"

"这样。"

"我载她来的，"这人继续解释，"她打电话给我。"

杰米不知道应该如何回应，感谢他？付钱酬谢他？"我想我该去找我母亲。"对方有种让人不安的熟悉感，像新闻播报员，或是电视广告人物。

这人又说：“你母亲回家后发现你父亲被送进医院了。我们认为有人闯进你家。”

杰米没有用心听。在接到那个恐怖的电话，继而回到村里发现家门紧锁之后，他就没有心思顾及其他事情了。

这人继续说道：“而且我们认为你父亲妨碍到他们，不过没事……抱歉，这样说不是很合适，总之他还活着。”

杰米忽然感到虚脱。

“有很多血。”这人说。

“什么？”

“厨房里，地下室里，浴室里。”

“你在说什么？”杰米问。

这人退后一步说：“他们在四号床。听着……我最好还是先走，你在这里可以照顾你母亲。”然后他像牧师一样两手交握，身上帆布裤的褶线熨得笔挺。

有人想杀他父亲。

这人又说：“代我向她问好，告诉她我记挂她。”

“好。”

这人让到一边，杰米走向四号床。他在隔帘外停下，鼓起勇气面对即将看到的情景。

他掀开隔帘，却发现他父母在哈哈大笑。好吧，母亲在笑，父亲一副被逗乐的样子。他很久没有见过这种景象。

父亲没有明显的伤口。他们俩转头看他，他有种不真实的感觉，觉得自己破坏了一个稀罕的浪漫时刻。

“爸？”杰米说。

“嗨，杰米。”父亲说。

“抱歉给你留言，”母亲说，“你爸出了点意外。”

“用凿子。”父亲解释。

“凿子？”杰米问。莫非候诊室里的那个人是疯子？

“我想我可能把家里弄得糟透了，我还想收拾干净呢。”父亲讷讷地笑。

“不过现在都没事了。”母亲说。

杰米觉得他可以道歉说打扰了，然后一走了之，谁也不会生气或不解。他问父亲感觉如何。

“有点痛。”父亲说。

杰米不知道该如何回答，于是转而对母亲说：“候诊室有个人告诉我说他载你过来的。”

他正准备提那人要他代问好，母亲却猛地站起来，惊愕地说：“哦，他还在那儿？”

“他走了，觉得你不需要他再待在这里了。”

“我去看看他还在不在。”她说着就往候诊室走去。

杰米在床边的椅子上坐下，刚落座便想起戴维·西蒙兹是谁。他还想起凯蒂的电话留言，脑中浮现一个画面：母亲冲过候诊室，冲出医院，冲到一辆红色小跑车的副驾驶座上。车门砰地关上，油门大踩，两人双双绝尘而去。

所以，当父亲说“其实这不是意外”时，杰米以为他是指外遇，差点说出蠢话来。

“我得了癌症。”父亲说。

“你说什么？”杰米问，因为他实在无法相信刚才听到的话。

“或者说至少之前得了。”

“癌症？”杰米问。

“巴弗提安医生说是湿疹，”父亲继续说，“但我不相信。”

巴弗提安医生是谁？

“所以我把它割掉了。”父亲说。

“用凿子？”杰米发现凯蒂说得没错，一切都没错。父亲有严重的问题。

“不是，用剪刀。”父亲说这些时从容淡然，“当时好像能行，”他停顿一下，“实际上，老实说，我没能把它完全割除。比我想象的难多了。我还以为他们会把那讨厌的东西缝回去，但是显然把它除去更好，让伤口从根部愈合。那位和善的年轻女医生是这么说的，她可能是印度人。”他又停顿一下，“最好不要告诉你妈。”

“好。”杰米说，其实不是很清楚答应了什么。

“那么，”父亲说，“你怎么样？”

“还好。”杰米回答。

两人好久都没说话，静静坐着。

然后父亲说：“我最近有点烦。”

“凯蒂跟我说了。”杰米说。

“不过现在没事了。”父亲闭上眼睛，“你不介意的话，我要打个盹。今天太累了。”

杰米顿时惊恐起来，觉得父亲有可能出乎意料地死在他面前。他从没见过人死，不知道会有什么征兆。但是他仔细看看父亲的脸，发现他和平常在家里的沙发上打瞌睡时完全一样。

不一会儿，父亲开始打呼噜。

杰米握住他的手，似乎这么做理所应当，但随后又觉得别扭，便把手放开了。

邻床的女人在呻吟，仿佛正在生小孩。不过生小孩肯定会在别的地方，不是吗？

父亲试图割除的是哪个部位？

要紧吗？这个问题不会有答案，而没有答案是正常的。

天哪，做出这种事的是他父亲，会按字母顺序摆书的人，会给时钟上发条的人。

说不定这是痴呆的开始。

杰米祈求老天不要让母亲逃开，不然就得由他和凯蒂照顾父亲，直到他慢慢衰老住进可怕的养老院。

这是个残忍的念头。

他拼命克制自己不去想它。

或许这正是他需要的，出点什么事，把他的生活搅个稀巴烂；然后回到村里照顾父亲，重新学习做个好人——学习一种精神上的东西。

“抱歉。我正好在他离开的时候赶上他。一个同事，戴维，他开车送我来的。”母亲掀开隔帘走过来。

“爸睡着了。”杰米说，不过听鼾声就知道这是明显的事。

她和那人上床吗？今天真是一个真相暴露日。

母亲坐下来。

杰米深吸一口气说：“爸说他得了癌症。”

“哦，是的，那个。”母亲说。

“那他没得癌症？”

“巴弗提安医生说没有。”

“很好。”

杰米想告诉她剪刀的事，但是想好要怎么说时，又觉得太怪诞而说不出口。这样一个不正常的白日梦，他这么急迫地说出来，肯定会后悔的。

母亲说：“抱歉，我应该在你来之前告诉你的。”

又一次，杰米不太清楚她指的是什么。

她说：“你父亲最近不是很好。”

“我知道。”

"我们希望这事会及时地过去。"

那么，她不会跟那人跑走。眼下不会。

杰米说:"天哪，所有的事一下子都爆发出来了，对吧？"

"什么意思？"母亲面露忧色。

杰米说:"婚礼取消等等。"

母亲的脸色从一种担忧变成另一种担忧，杰米当即明白她还不知道婚礼取消的事。他这下把事情搞砸了，凯蒂会杀了他，母亲也不会高兴。他真的应该直接回凯蒂电话的。

"你说什么，婚礼取消？"母亲问。

"呃……"杰米小心翼翼地回答，"她在电话里提过几句……她给我留言……我还没回她电话。可能是个误会。"

母亲难过地摇摇头，长叹一口气:"唉，我想我们又少了一件烦心事。"

/ 67 /

凯蒂和雷中途绕道托儿所再回家。

雅各布异乎寻常地好奇为何两人一起来接他，他感觉到有什么不对劲。但是凯蒂成功地转移了他的注意力，说他们看到一架大钢琴倒挂在天花板上(《无序的音乐会》，丽贝卡·霍恩创作于一九九〇年的作品；天哪，她说不定可以在艺术领域找到一个工作)。然后雅各布和雷很快开始谈起澳大利亚如何上下颠倒，但没谈几句就说起穴居人是如何迟于恐龙、早于四轮马车出现的。

回到家后，她收听电话留言，听到一个古怪的声音说她父亲出了可怕的事。那么古怪，让她觉得说的是别人的父亲。然后那女人说要打电话给杰米，凯蒂才听出是她老妈，可吓坏了。她重听一遍，还是那样，这下她真的慌了。

但是还有一条留言，是杰米的。

“……我刚接到老妈打来的一个吓人电话。给我打电话，好吗？不，还是别打，我要回彼得博勒。其实，你说不定已经到那儿了。我们稍晚再谈。我现在就过去。”

杰米也没说老爸到底怎么了。

该死。

她跟雷说她要用车，雷说他开车送她去彼得博勒。她说他得待在家里照顾雅各布，他说带上雅各布。她叫他别犯傻，他说他不会让她这么心烦意乱地开车上路。

雅各布听到了最后几句话。

雷在他面前蹲下来说：“外公生病了，你看，我们开车来次冒险，去看看他怎么样？”

“他想吃巧克力吗？”雅各布问。

“可能吧。”雷说。

“他可以吃我剩下的巧克力豆。”

“我去拿巧克力豆，”雷说，“你去找你的睡衣、牙刷和明天要穿的干净裤子，好吗？”

“好。”雅各布晃晃悠悠上楼。

老爸试图自杀，她想不到别的解释。

雷说：“把你的东西收拾好，我来收拾我和雅各布的。”

他窝在那间卧室里还能出别的什么事？药片？剃须刀片？绳子？她想知道。要是能遏止脑子里的那些画面就好了。

他或许跑出家门撞上车子了。

是她的错。他向她求助，她却把他推给老妈，明明知道老妈没辙。

该死，该死，该死。

她从抽屉里抓起一件外套，从衣柜里拿出一个小帆布背包。

他还活着吗?

她要是和他多谈一会儿就好了。她要是停下工作，那周和父母待在一起就好了。她要是多给老妈施加一点压力就好了。天哪，她甚至不知道他是否去看过医生。这几天她都没有想过他，一次都没有。

坐进车里后感觉好一点了。雷说得对，她现在会撞上别人的。他们赶上了交通高峰期的尾巴，慢腾腾地向北开，挨过一处又一处拥堵、一个又一个红灯。雷和雅各布已经唱了七千遍《巴士的轮子》。

当他们到达彼得博勒时，雅各布都睡着了。

雷在屋前停下车，说:“待着。”然后下车。

她想抗议。她又不是小孩，而且这是为了她的父亲。但是她筋疲力尽，很高兴有人拿主意。

雷敲敲门，等了很久。没有回应。他绕到屋后。

街尾，三个小孩轮流骑自行车驶过一个用木板和木箱架成的小斜坡，她和朱丽叶九岁的时候也那么玩。

雷去了很久。她走下车，沿着屋侧小道走到半路时，他回来了。

“别，别去那里。”他双手一举。

“为什么？”

“家里没人。”

“你怎么知道？”

“我打破后面的窗户进去了。”他把她转过来，推着她往车子走。

“你什么？”

“我们过会儿再说。我要给医院打电话。”

“我为什么不能看看屋里？”凯蒂问。

雷握住她的双肩，定定看着她说:“相信我。”

他打开驾驶座的门，从置物匣里拿出手机拨号。

“乔治·霍尔。”他说，“对。”

他们等着。

“谢谢。”雷对着手机说。

“怎样？”凯蒂问。

“他在医院。”雷说，“上车。”

“他们怎么说？”

“没说什么。”

“为什么？”凯蒂问。

“我没问。”

“天哪，雷。”

“你如果不是家人，他们什么都不会告诉你。”

“我是家人啊。”凯蒂说。

“抱歉，”雷说，“求你了，上车吧。”

她坐进车子，雷发车离开。

“你为什么不让我看看屋里？”凯蒂问，“里面有什么？”

“很多血。”雷轻声说。

/ 68 /

在简叫杰米去医院餐厅吃东西后不久，来了一位医生。他穿着深蓝色 V 领套衫，没打领带，就是现下医生的那种装扮。

他说：“霍尔太太？”

“对。”

“我是帕里斯医生。”

他跟她握手。他长得相当好看，有点橄榄球选手的味道。

他说："能借一步说话吗？"他的语气彬彬有礼，让她觉得没有什么可担心的。他们走到外面。

"是什么事？"她问。

他迟疑一下说："我们想让你丈夫在医院住一夜。"

"好。听起来像是明智的建议。"

他说："我们想做个精神评估。"

她说："呃，对，他最近情绪相当低落。"她感动于医院的仔细，但是纳闷他们是怎么知道的。或许巴弗提安医生在乔治的病历里写了什么，她有点担忧。

帕里斯医生说："如果病人伤害自己，我们想知道原因。他们是否有过这样的病史，以后会不会复发。"

简说："几年前他摔断过手肘。他通常对那类事情很小心。"她真的不明白帕里斯医生的意图，于是脸露微笑。

"他摔断过手肘……"他也微微一笑，但笑得勉强。

"从活梯上摔下来。"

"他们没有告诉你剪刀的事，对吧？"

"什么剪刀？"她问。

于是他把剪刀的事告诉她。

她想跟帕里斯医生说他把乔治和别人搞混了，但是他知道血啊、浴室啊、湿疹啊。她觉得自己好蠢，竟然相信那白痴的凿子故事。她为乔治担忧。

他疯了。

她想问帕里斯医生乔治到底有什么毛病，病情是否会加重、是否永远治不好。但这么问很自私，她也不想让自己再次出丑。因此她只是感谢他跟她谈话，然后回到病床边的椅子上，等到帕里斯医生离开病房后，才背着人轻声啜泣。

/ 69 /

杰米坐在科诺餐厅里边喝咖啡边吃洋葱奶酪馅饼（餐厅另有主厨推介菜、周三烧烤、各国料理，还有更多）。

他倒大霉了。按他的想法，他最好一直坐在这儿，等到凯蒂和他母亲斗个两败俱伤消停下来，再冒险回到急诊室。

他非常喜欢科诺餐厅，就跟他喜欢高速公路服务站和机场休息室一样，就跟有的人喜欢上教堂或去乡间散步一样。

黑色的塑料托盘，人造的植物，还有想为人营造庭园感觉的格子架……你在这种地方可以想问题，没人知道你是谁，也不会有同事或朋友跟你攀谈。你独自一人，但并不孤单。

少年时期参加聚会，他总会晃进花园，坐在长凳上，在黑暗中抽着骆驼牌香烟，不管身后灯火通明的窗户和渐渐微弱的《一丝曙光》音乐，一边仰望天上的星座一边思考所有宏大的问题，诸如上帝的存在、邪恶的本质、死亡的神秘。这些问题似乎比世上一切都重要，直到几年过去，你遭遇一些现实问题，比如如何谋生、为何人们恋爱和失恋、多久的烟龄后戒烟才不会得肺癌。

或许答案不重要，或许问索才重要。不把一切视作理所当然，或许这才是阻止你变老的东西。

或许每天只要抽出半小时，跑去这样一个地方任心灵漫游，就什么事情都能容忍。

一个皮肤如蜥蜴、喉头贴有纱布的老人，拿着一杯茶在对面桌前坐下，右手手指被尼古丁熏得那么黄，如同上过漆。

杰米看看手表，已经出来四十分钟了。他忽然觉得非常内疚。

他大口喝完最后一点带沙感的咖啡，起身朝大走廊走去。

/ 70 /

简看着熟睡的乔治。

她想起他们去看乔治的叔叔那天，他住在诺丁汉那家可怕的医院里快死了。那些凄惨的老人围坐在电视机前抽烟，沿着走廊蹒跚而行，乔治也会那样吗？

她听到脚步声，然后凯蒂出现在隔帘中间，满脸通红，气喘吁吁，一副可怜样。

“爸怎么样？”

“他还好，不必担心。”

“我们真是吓坏了。”她上气不接下气，“出了什么事？”

简解释一通，说是凿子引起的意外。现在她知道那不是事实，觉得听起来真是荒谬，也纳闷自己为何会信以为真。但是凯蒂好像松了口气，没有多问。

“感谢上帝……我还以为……”凯蒂忽然住嘴，然后压低声音以防乔治听到，“咱们还是提都别提。”

“提什么？”

“我还以为他会……呃，你知道，”凯蒂悄声说，“他抑郁，他焦虑死亡的事。在这种状态下，我想不出还有别的解释。”

自杀。这就是医生的意思，对吧。伤害自己。

凯蒂碰碰她的肩膀，说：“你还好吧，妈？”

“我还好，”简说，“呃，老实说，不好。总之说不清楚，不过我很高兴你和杰米在这里。”

“说到……”

“他去餐厅了，”简说，“你爸睡着了，他又没吃饭，所以我让他去了。”

“雷说家里一塌糊涂。”

“家里，”简说，“天哪，我都忘了。”

“抱歉。”

“你会陪我回去，对吧，”简说，“他们让你爸留在这里过夜。”

“当然，”凯蒂说，“我们会尽力帮忙。”

“谢谢。”简说。

凯蒂看着乔治说：“呃，他好像不痛。”

“是啊。”

“他伤到哪儿了？”

“臀部，”简说，“我猜他一定是跌倒了，被手上拿着的凿子戳到的。”她弯腰掀开毯子让凯蒂看包扎好的伤口，但是他的睡裤被拉得很低，可以让人看到阴毛，于是她马上又把毯子盖回去。

凯蒂握起父亲的手。“爸？”她说，“是凯蒂。”

乔治含含糊糊咕哝几声。

“你是一个十足的傻瓜，不过我们爱你。”

“雅各布也来了？”简问。

凯蒂没听她说话，她在另一张椅子上坐下，哭了起来。

“凯蒂？”

“抱歉。”

简任由她哭了一会儿，然后才说：“杰米跟我说了婚礼的事。”

“什么？”凯蒂抬起头。

“说你想取消婚礼。”

凯蒂神色痛苦。

“没关系，”简说，“我知道你可能担心怎么开口说出来。又赶上你爸出事，而且一切都安排好了。不过最糟糕的是，你因为不想添麻烦而勉强结婚。”

“对。”凯蒂点头说。

“最重要的是你要幸福。”她停顿一下，“如果这么说让你好受些，其实我们一直心存疑虑。”

“我们？”

“你爸和我。雷无疑是个好人，雅各布明显很喜欢他，但是我们总觉得他不是很适合你。”

凯蒂久久沉默，令人担心。

“我们都非常爱你。”简说。

凯蒂打断她的话：“是杰米告诉你这些的？”

“他说你打电话给他。”显然不对劲，但简不知道是怎么回事。

凯蒂站起来，眼神冷硬。她说：“我一会儿就回来。”然后消失在隔帘外面。

她好像非常愤怒。

杰米有麻烦了，简看得很明白。她往后一靠，闭上眼睛长叹一口气。她没有精力管这事，现在没有。

儿女永远长不大。三十年过去，他们行事仍像五岁时那样。上一刻他们还是你最好的朋友，然后你说错话了，他们就像爆竹一样爆发了。

她俯身握住乔治的手。丈夫的哪些地方招你喜欢，你心里清楚，至少他是可以预测的。

或者说曾经是。

她捏捏他的手指，发现她根本不知道他的脑子里在想什么。

/ 71 /

杰米走进候诊室，看见雷和雅各布面对面坐在远远那头的绿色塑料椅上。雷在用硬币变魔术，玩的是自从人类有了时间概念以来，全世界的父亲一直在玩的那种把戏。

杰米在雅各布旁边的椅子上坐下，说：“嗨，伙计们。”

雅各布说：“雷会变魔术。”

雷看着杰米说：“怎样……”

杰米一时没明白雷的意思，然后才想起来：“哦，对，老爸，抱歉。我刚才在餐厅。他还好。呃，其实不好，我是说有别的问题，不过身体还好。老妈给所有人打电话，是因为……”他要是把老妈为何给所有人打电话的原因说出来，肯定会让雅各布做噩梦。“以后再说吧。”

“外公死了吗？”雅各布问。

“他活得好好的，”杰米说，“所以你没什么好担心的。”

“好啊，”雷说，“好啊。”他舒了口气，就像戏剧演员表演如释重负的样子。

然后杰米想起婚礼的事，觉得不提说不过去，于是问道：“你怎么样？”意味深长的口气表明这是真诚的关心，而不是客套。

雷说：“我还好。”同样是意味深长的语气，表明他知道杰米的意思。

“变魔术，”雅各布嚷道，“变出来，变到我的耳朵里。”

“好。”雷看着杰米，隐隐含笑，杰米开始觉得雷说不定是一个相当好玩的人。

那是一枚二十便士的硬币，杰米的灯芯绒长裤的后兜里也有一枚二十便士的硬币。他把硬币掏出来，悄悄握在右手。“这次，”杰米说，“雷要把硬币变到我的手里。”他举起右拳。

雷看着杰米，皱起眉头。这表情若有什么意味的话，明显是以为杰米在对他使出男人之间的那种挑逗伎俩。然后他恍然大悟，微笑起来，这回是发自真心地微笑，说道：“咱们开始变。”

雷巧妙地把硬币夹在拇指和食指之间。

“我得撒魔粉。”雅各布说，显然担心有人会抢先。

“那撒吧。”雷说。

雅各布把隐形的魔粉撒在硬币上。

雷的另外一只空手挥舞几下，慢慢放低，像手帕一样覆住硬币，然后捏成拳头快快拿开。硬币不见了。

“那只手，”雅各布说，“给我看那只魔术手。”

雷慢慢松开拳头。

没有硬币。

雅各布惊讶得瞪大眼睛。

“现在，”杰米说着举起拳头，“哇！”

他正要松开拳头展现硬币，雷说：“凯蒂……”并且脸色不是很好。杰米转头，看见凯蒂大步朝他走来，脸色也不是很好。

他说：“凯蒂，嗨。”而她一拳打在他的脑袋侧面，打得他从椅子跌到地板上，差点啃到雅各布的鞋子。

他听到候诊室另一边有个精神有点失常的人在叫好，听到雷说“凯蒂……到底怎么……”，还听到雅各布困惑地说“你打了杰米叔叔”，以及跑过来的脚步声。

等他坐起来的时候，有个保安已经到场，说：“咳，咳，咳，都冷静一点，你们。”

凯蒂对杰米说：“你到底跟妈说了什么？”

杰米对保安说：“不要紧，她是我姐姐。”

雷对雅各布说：“我觉得我们俩还是去看外婆和外公吧。”

保安说："再有这种烂事，我就把你们都赶出去。"但是没人真的听他说话。

/ 72 /

五分钟后，简又听到一阵脚步声，比凯蒂的步子沉重。她起初以为又来了一位医生，便打起精神。

但是当隔帘被掀开，来人却是雷，肩上还骑着雅各布。

她当即明白出了什么事。凯蒂告诉了雷，说她和乔治心怀疑虑，说雷配不上他们的女儿。

雷把雅各布放下来。

雅各布说："嗨，外婆，我有……我拿了一些……一些巧克力豆，给外公。"

简不知道像雷这样的人生起气来会怎样。

她从椅子上站起来，说："雷，真的抱歉，不是我们不喜欢你，完全不是那样。我们只是……真、真是抱歉。"

她恨不得有个地缝可以钻进去，可惜没有，于是她从隔帘中间跑出去了。

/ 73 /

凯蒂看着杰米站起来，脑中依次闪过三件事情。

首先，她必须给雅各布一个慎重的解释。其次，她丧失了在雷面前的最后一点道德优越感。第三，自从上初中时为了一双红拖鞋跟佐伊·坎特发生争执后，她这是头一次正儿八经地揍人，感觉痛快极了。

她在弟弟旁边坐下，两人好久都默然不语。

“抱歉，”她说，不过心里不觉得抱歉，“我这几个星期过得很糟糕。”

“不算什么。”杰米说。

“什么意思？”

“托尼把我甩了。”

“真糟。抱歉。”凯蒂说，越过杰米的肩膀看到一个很像老妈的女人飞奔向大走廊，仿佛身后有只隐形的狗在追赶。

“还有，那不是凿子，”杰米说，“他好像要把癌细胞割掉，用剪刀。”

“嗯，这样才讲得通。”凯蒂说。

“我还以为你的反应会更大。”杰米有点失望。

于是凯蒂解释一通，说了回家的事，说了恐慌症和《致命武器》的事。

“哦，我都忘了，”杰米说，“他在这里。”

“谁？”

“老妈的情人。”

“他在这里，什么意思？”她问。

“好像是他开车送她来的。他刻意保持低调，原因很明显。我刚到这里的时候撞见他。”

“他长什么样？”

杰米耸耸肩。

“你会和他上床吗？”

杰米眉毛一扬。她发现最近的事情把她也搞得有点疯疯癫癫了。

“和自己的母亲共享一个年老的双性恋情人，”杰米说，“生活已经够艰难的了。”他停顿一下，“精干利索。棕色皮肤，套头毛衣。须后水用得有点多。”

她倾身向前，握住他的双手说：“你还好吧？”

他笑起来："好啊，好得不得了。"

她知道他的意思，这一刻确实还好。两人静静地坐在一起——风暴中心。

"那么，你要结婚吗？"杰米问。

"天知道。妈肯定高兴得不得了。所以，我又有些想跟雷结婚，就为了气她。"她沉默片刻，"应该很简单，不是吗，我是说你爱还是不爱一个人。这又不像量子论，但我还是没有头绪，杰米，一点头绪都没有。"

一个身穿深蓝色西装的亚裔男青年走进双扇门，走向接待台。这人看起来神志清醒，但他的衬衣上有血。

她想起那些卡通片里讲男孩子们头戴平底锅坐在候诊室，不知道是不是真的能把平底锅戴稳在脑袋上。

用剪刀割除癌细胞，这方法想起来还相当合乎逻辑，不过用来对付湿疹就太火爆了。

那个亚裔人栽倒了，不是慢慢瘫倒，而是直挺挺地倒下，就像一把耙子，又像走得很快的时钟分针。他砸在地板上时发出很大的声响，既滑稽又一点不滑稽。

他被人用担架抬走了。

雷和雅各布回来了。

雅各布说："他在……有一个……外公在打呼噜。"

雷说："没有看见你妈，是吗？"

"怎么了？"杰米问。

"她有点怪，然后就跑了。"

雅各布看着杰米说："变硬币魔术。"

"过一会儿，好吗？"他站起来，揉揉雅各布的头发，"我去找她。"

十分钟后，他们准备回村里。

他们把老妈带到车上，凯蒂和雅各布坐后座。老妈明显不太乐意坐在前面挨着雷，但是凯蒂看着他们两人没话找话地客气聊天，反而觉得有趣。

而且，她喜欢和雅各布一起坐后座。孩子嘛，无须担负责任，自有大人解决一切。好比那年夏天在意大利，那辆阿尔法·罗米欧汽车的引擎在雷焦艾米利亚城外出了故障，他们把车子停在路边，当时有个蓄着迷人小胡子的男人走过来说了句“完蛋了”之类的话，老爸还真的朝着草丛呕吐；不过这只是父母的又一个古怪举动，并且气味有点难闻，于是她和杰米坐在路边玩双筒望远镜和木头雪花小拼图，喝橙汁汽水，根本不在乎周边的世界。

/ 74 /

杰米跪在楼梯上，用抹布从洗涤盆里沾肥皂水，擦干净父亲滴在地毯上的血迹。

书或电影的问题就在这里：大事发生后，管弦乐响起，人人都知道该去哪儿找止血带，而且绝对不会有冰激凌小贩从外面经过。然而现在当你在实际生活中遭遇大事，你却跪得膝盖生疼，把一次性抹布擦得稀烂，而且肯定会有一些污渍永远都擦不掉。

杰米先到家。当凯蒂和雷的车子在他旁边停下时，老妈飞快地冲出客座门，仿佛车子着了火，看着有点古怪。然后大家一阵惊慌，因为不能让雅各布进屋看到那些血迹。雷的说法是屋子已经面目全非，不是溅上几滴血而已。但是惊慌仅止于手势，雅各布毫无察觉。

杰米也看到了凯蒂所谓雷的能干。他从后备厢里拿出一顶帐篷，告诉雅各布他们俩要睡在花园里，因为屋里有条鳄鱼，还说雅各布要是运气好，就不用进屋洗漱，小便则可以在花坛里解决。

可惜这不是一份工作，你不会因为某人能干就嫁给他。你嫁给某人是因为你爱他。而且，太能干意味着缺乏性感，能干是做父亲的事情。

不过很显然，雷如果是他们的父亲，就会去看医生，不然也会选择合适的工具，不会留下一块要掉不掉的东西在身上。

杰米还在擦楼梯，凯蒂忽然出现在他面前。

“你觉得他保不住那个了，对吧？”她晃晃一个空冰激凌盒。

“问一下，什么‘那个’？”

“左边屁股。”凯蒂说着，用手指比画成剪刀贴近她的牛仔裤口袋。

“多大？”杰米问。

“像个大汉堡，”凯蒂说，“表面上看。我没有看到真正的伤口。总之……他在浴室动手的。老妈已经收拾完厨房。把那东西给我，你去看看雷和雅各布怎样了。”

“你宁愿擦地毯上的血迹，也不想去跟你的未婚夫说话？”

“你要讨人厌，那你自己干好了。”

“抱歉，”杰米说，“我去。”

“再说，”凯蒂说，“女人确实比男人会清洁，虽然我很讨厌这么说。”

天空阴暗，花园里黑乎乎的。杰米在露台上站了三十秒才看见东西。

雷在尽可能远离房子的地方扎下帐篷。杰米走近，只听一个声音飘过来说：“嗨，杰米。”

雷背对房子而坐，让人只看见脑袋的轮廓，辨不出表情。

“我给你拿来一杯咖啡。”杰米递给他。

“太好了。”

坐在野营垫上的雷往后挪一挪，把垫子的另一头让给杰米。

杰米坐下来，垫子温温的。帐篷里面传来轻轻的鼾声。

“嗯，他把自己怎么了？”雷问。

“该死，”杰米说，“没有人告诉你，对吧？抱歉。”

杰米把整件事情讲了一遍，雷长吹一声口哨说：“真是个疯子。”

雷好像受惊不小，杰米一时间奇怪地为父亲感到骄傲。

他们默默坐着。

此时就像少年时期的那种聚会。没有《一丝曙光》的音乐，不是独自一人待在花园里，但没关系，隐隐中雷已经被他驱逐在外，成了局外人，再加上杰米也看不见他，所以他不像平常一样占据那么多空间。

雷说：“我落跑了。”

“你说什么？”

“凯蒂和格雷厄姆去喝咖啡，我跟过去了。”

“哦，那可不好，对吧。”

“老实说，真想杀了他。”雷说，“我砸了垃圾桶。我知道闯祸了，就跑去喝酒，睡在同事家。”他停顿一下，“当然，那比跟踪她去咖啡馆更恶劣。”

杰米不知道该说些什么。在大白天跟雷说话就够困难的，看不到肢体动作时更是没法说话。

“其实，”雷说，“不是真的因为格雷厄姆，格雷厄姆只是一个……”

“催化剂？”杰米说，很开心有机会说上话。

“一个征兆，”雷客气地说，“凯蒂不爱我，我觉得她以前也不爱我，但是她真的很努力，因为她怕我把她赶出去。”

“嗯哼。”杰米说。

“我不会把她赶出去的。”

“谢谢。”听起来很怪异，但是改口更怪异。

“可是如果你不爱对方，就不会跟对方结婚，对吧？”

“对。”杰米说，虽然明明有很多人还是会结婚。

他们静静坐着，听远处火车驶过的声音；真是奇怪，只能在晚上听见。奇妙的是，这感觉很愉快。雷有点沮丧，杰米又看不见他，于是他说：

“天哪，那个鼎鼎有名的格雷厄姆。”说得很大声，仿佛在跟朋友聊天。

即便在黑暗中，他也感觉到雷微微一缩。

“你见过他了，”杰米说，“知道他长什么样了。”

“我不好评说。”雷说。

杰米啜一口咖啡。“嗯,他当然长得很好看,”这么说可能不合适,“可是他也就那样。他这人乏味、浅薄、软弱，还不太聪明，只不过你一开始不会发觉。你见他长得好看，又轻松又自信，还以为他胸怀大志。”他往后瞥一眼房子，发现厨房窗户玻璃坏掉的地方已经被封上一块长木板，“他在保险公司上班……这可不多见，有人的工作比我的还乏味。”

杰米很喜欢像这样在黑暗中跟雷聊天。这种陌生感，这种隐秘感，这种催人倾吐的氛围，如此浓厚，他不禁撤除防卫，对雷产生了一瞬间却极其特别的性幻想，但三秒钟后，他便意识到自己在做什么，感觉好似晚上在厨房里踩到一条鼻涕虫，因为这事无论怎样都不对。

雷说：“你妈不是很乐意有我这个家人，对吧？”

杰米心里想的是“管他呢”，嘴上却说：“是不太乐意，不过她以前还认为格雷厄姆完美无缺呢，所以她看人不准。”这样说明智吗？此刻他要是能看见雷的脸就好了。“当然，当格雷厄姆抛弃凯蒂和雅各布时，她认定他是个大坏蛋。”

雷什么都没说。

楼上亮起一盏灯，他母亲闪现在卧室窗前，朝花园看了一眼。她显得又小又可怜。

杰米说：“继续努力。”他发现他想让雷和凯蒂在一起，但还不太明白为什么。是因为当事事错谬失常时，他希望有一件正常无误的事，还是因为他有点喜欢这男人？

“谢谢，伙计。”雷说。

杰米迟疑一下，说:“托尼把我甩了。”他也说不清楚为什么提这事。

“而你想复合……”

杰米想说“是”，但一想到要说“是”便有点哽咽，而且他觉得和雷的关系还没有好到那种程度。“嗯哼。”

“是你的错还是他的错？”

杰米决定说出来。这是一种自我惩罚，就像跃入冷水池，但也可以锻炼意志。如果他哭了，见鬼，他这星期出的丑已经够多。“我想有个伴，我也想单身。”

“那你可以……比如说，跟别人上床？”

“不，不是那样。”真奇怪，他不想哭，事实上恰恰相反。或许是暗夜的缘故，不过比起家人，包括凯蒂，跟雷谈这事要容易很多。“我不想妥协，不想分享。我不想作出牺牲。真傻，我现在明白了。”他停顿一下，“你爱一个人，就得放弃一些东西。”

“完全正确。”

“我搞砸了，”杰米说，“而我不知道如何弥补。”

“你也要继续努力。”雷说。

杰米拂去脸上的一只飞虫。

“可笑的是……”雷说。

“什么可笑？”杰米问。

“我爱她。她很难缠，但我爱她。我知道我不太聪明，我也知道我老做蠢事，但是我在乎她，真的在乎。”

恰好这个时候，厨房门开了，凯蒂端着一个盘子走来。

“你们在哪儿？”她小心翼翼地走到草坪上，踩到了什么东西，“讨厌。”她弯腰捡起一把掉落的叉子。

“这里。”杰米说。

她走过来。“晚饭做好了，你们俩进去吃点东西吧，我坐在这里陪雅各布。”

“你把那个给我吧，”雷说，“我留在这里。”

“好吧。”凯蒂说。听她的语气，好像这一天受够了异议。她把盘子递给雷。“意大利肉酱面。你确定不要男人份？”

“这样就行了。”雷说。

凯蒂趴在地上，把头探进帐篷，凑近雅各布吻他的脸颊。“好好睡，小宝贝。”然后她站起来对杰米说，“走吧，我们最好还是去陪老妈。”

她转身朝屋里走去。

杰米站起来，轻拍一下雷的肩膀。雷没有回应。

他踏过湿潮的草坪，走向灯火通亮的屋子。

/ 75 /

凯蒂能嗅到那种气氛，知道晚饭桌上会有争吵。如果局面糟到极点，他们有可能把她的婚礼、老爸的心理问题和老妈的情人这几件事情扯到一起吵。

意大利面吃到一半时，老妈说她真的不希望老爸再出什么荒唐的意外。她的神情有点厌烦，凯蒂一眼就看出她知道凿子的事情纯属胡扯，但想确认一下他们姐弟俩还不知情。这种沉默总是让人不安，你能听到每个人的咀嚼声、刀叉的刮擦声。杰米打破僵局：“如果他再出意外，希望是在花园里。”这话引得大家勉强笑笑，缓解了紧张。

清洗餐具的时候，老妈抛出一个大问题：“嗯，婚礼还要不要办？”凯蒂横下心说：“我不知道，行吗？”

“唔，我们想尽早知道。我是说我们对此事很同情，但我有几个麻烦的电话要打，我不想拖到最后。”

凯蒂双手平放在桌面，忍住脾气："你要我怎么说？我不知道。眼下情况这么复杂。"

杰米拿着盘子停在过道上。

"嗯，你爱不爱他？"老妈问。

而凯蒂就在这一瞬间失控了。"你知道什么爱啊？"

老妈看起来好像挨了一巴掌。

杰米说："行了，行了，都别吵吵嚷嚷的，拜托。"

"闭嘴。"凯蒂说。

老妈回到椅子上，闭上眼睛说："好吧，如果你的感觉是那样，那我假设不会有婚礼也没什么。"

杰米双手颤抖，将盘子放回桌上。"凯蒂，妈，我们先不谈这个，好吗？今天我们都已经受够了。"

"这跟你有什么关系？"凯蒂说，心里明白自己又幼稚又可恶，但她需要的是同情，而不是教训。

然后杰米也发起脾气来，她很久没见过他这样。

"什么都跟我有关，你是我姐姐，你是我妈，你们两个把一切都搞砸了。"

"杰米……"老妈说，好像把他当六岁小孩。

杰米没理她，对凯蒂说："我刚才和雷在外面一起坐了二十分钟，他真是个不错的人，他想尽办法要让你心里好受些。"

凯蒂说："哦，你改变看法了。"

"闭嘴，听着，"杰米说，"他忍耐这堆烂事，他随你乐意住多久就住多久，尽管你不爱他，因为他在乎你、在乎雅各布。他大老远开车来这儿，却坐在花园里，就因为他很清楚妈和爸不喜欢他……"

"我从来没那么说。"老妈有气无力地反驳。

"还有，我今天和爸爸待在一起的时候聊了几句。他的问题很严重，他不是因为什么该死的凿子出了意外。他用剪刀剪自己，而你们都希望这事就这么过去。嗯，这事还没有过去，他需要找人诉说，不然他会把脑袋伸进烤箱，到时我们就有的受了，因为我们假装什么问题都没有。”

凯蒂被杰米突如其来的性情转换惊得目瞪口呆，没有听见他说些什么。一时间没人说话，然后老妈开始轻声哭泣。

杰米说：“我拿些布丁去花园。”然后出去了，盘子还留在桌上。

/ 76 /

简上楼躺到床上，哭到流不出眼泪为止。

她感到孤独极了。

主要是因为杰米。凯蒂嘛，她能理解。凯蒂眼下烦恼缠身，凯蒂跟谁都吵，事事都吵。但杰米是怎么了？他知道她如何熬过这一天的吗？

她再也无法了解家里的男人了。

她坐起来，从床头桌上的纸盒里抽出一张纸巾擤鼻涕。

不过，老实说，她也不敢确定以前就了解他们。

她想起五岁时的杰米躲进自己的房间，说是“为了隐私”。即使现在，他们偶尔聊聊，也像是跟远在西班牙的人交谈。你知道基本的意思，比如时间安排、去往海边的路线，但你缺乏完整的信息，因为你讲的语言不对路。

如果她偶尔抱抱他，也许就没事了。但他不是喜欢搂搂抱抱的那种人，跟乔治差不多。

她走到窗前拉开窗帘，俯望着黑漆漆的花园。远远的一端，一顶帐篷扎在阴暗的树影里。

忽然之间，她很想跟雷互换地方，下去和雅各布一起睡睡袋。

远离这所房子，远离家人，远离一切。

/ 77 /

乔治醒来，发现他们都走了，简、凯蒂、杰米、雅各布和雷。老实说，他大大松了口气。他极度疲累，而他的家人很难应付，尤其一个个都跑来了。

他想看看书，正琢磨怎样才能弄到一本好看的杂志，这时一个身穿旧帆布夹克的大块头男人掀开隔帘。他脑袋几乎全秃，手拿写字板。

“霍尔先生？”他把金边眼镜推到发亮的脑袋上。

“对。”

“我是乔尔·福尔曼，精神病医生。”

“我还以为你们五点就回家了。”乔治说。

“要是那样就好了，对吧？”他翻着写字板上的纸页，“悲哀的是，根据我的经验，时间越晚人越容易发疯。通常会自行服药疗治，但我敢说那对你不管用。”

“根本不管用，”乔治说，“尽管我一直在吃抗抑郁药。”他决定不提可待因和威士忌。

“什么口味？”

“口味？”

“药名？”

“舍曲林。”乔治说，“说实话，吃了之后感觉很不好。”

福尔曼医生是那种冷脸说笑话的人，就像詹姆斯·邦德电影里的恶棍，令人惴惴不安。

“哭泣，失眠，焦虑，”福尔曼医生说，“我看到这些副作用说明时总想笑。老实说，我会扔了这些药。”

“好吧。”乔治说。

“我听说你做了一个业余的外科手术。”

乔治缓缓地、细细地解释他最终是怎么进的医院，说得从容不迫，还带点自嘲。

“剪刀。实用的方法。”福尔曼医生说，“那你现在觉得如何？”

“好多了，很久以来头一次。”乔治说。

“好。”福尔曼医生说，“但你还是要去普通诊疗室看心理医生，好吧。”这话不是问句。

“会的。”

“好。”福尔曼医生又说一遍，钢笔尾端在写字板上的纸上一戳，有些夸张地表示结束了，“好。”

乔治稍稍松了口气。诊察结束了，除非他理解大错特错，他没问题。“一个星期前，我还在想我需要住进什么疗养机构，脱离凡世好好休养，诸如此类。”

福尔曼医生起初没有回应，乔治怀疑自己释放了什么信号，会使福尔曼医生更改评估，好比完成驾照考试后又倒车从考官的脚上压过去。

福尔曼医生将写字板往腋下一夹。“我要是你，就会离精神病医院远远的。”他两脚脚跟一并，有点王室阅兵的感觉，也有点《绿野仙踪》的味道。乔治怀疑福尔曼医生自己是不是有点不正常。“跟你的心理医生谈谈。好好吃饭，早早起床，经常锻炼。”

“这倒提醒了我，”乔治说，“你知道哪儿有书报可以让我看看吗？”

“我去找找。”福尔曼医生说。乔治还没来得及说清楚自己的阅读偏好，这位精神病医生已经跟他握手，然后消失在隔帘外面。

半小时后，一名杂工带他去病房。乔治觉得坐轮椅有点受辱，试图站起来。痛倒没什么，只是腹部感觉很不对劲，而且他还怀疑如果他站起来，内脏会从他早先剪开的洞掉出去。他再次坐下，脸上和胳膊上汗水直流。

“现在该老实了吧。”杂工说。

两名护士来了，把他架进轮椅。

他被推往开放式病房的一个空床位。他的左边睡着一个皮肤粗糙、身量瘦小的东方人，浑身插满管线。他的右边是一个十几岁的男孩，一条腿在做牵引，正戴着耳机听音乐。他把大部分家当都带进了医院：一堆CD，一台照相机，一瓶HP酱汁，一个小机器人，一些书，一把充气大锤子……

乔治躺在床上，盯着天花板。要是有一杯茶和一块小点心，他拿什么交换都愿意。

正当他快要抓住那男孩的注意力，准备聊聊两人是否有共通的文学品位时，福尔曼医生忽然出现在床尾。他递给乔治两本平装书，说：“看完后还给护士，好吧，不然我会像狗一样追着你不放。”他微微一笑，走了，走时跟其中一名护士聊了几句，说的既不是英语也不是乔治听得出来的其他语言。

乔治把书翻过来，帕特里克·奥布莱恩的《叛逆之港》和《肉豆蔻的慰藉》。

选书的眼光好得惊人。乔治去年读过《舰长与司令官》，一直想再看看这个系列的其他作品。他怀疑自己是不是无意中透露了什么。

他大概读了八十页《叛逆之港》，吃了一顿软烂的医院晚餐，有炖牛肉、水煮蔬菜、桃子和奶油蛋羹，然后进入无梦的睡乡，只在半夜三点上了一次又久又费事的厕所。

早上，他吃了一碗玉米片，喝了一杯茶，听了几句如何护理伤口的训诫。护士长问他家里的一楼有没有卫生间，有没有妻子可以服侍他在屋子四周转转。他收到一把轮椅，被告知说能独立行走时再还给医院，然后拿到了出院证明。

他打电话告诉简说可以回家了。她反应冷淡，他有点不高兴，直到他想起自己把地毯弄成什么样子。

他要她带点衣服过来。

她说他们会尽快去接他。

他坐回去，又读了七十页《叛逆之港》。

他读到奥布雷舰长在家书中提到伯恩的幸运鼻烟盒时，抬头看见雷走进病房。他的第一个念头是家人出事了,而且雷不像平常那样随和，绷着一张脸。

“乔治。”

“雷。”

“都还好吗？”乔治问。

“你的衣服。”雷把旅行袋往床上一扔。

“我只是看到你有点惊讶，没别的。我是说我以为来的会是简或杰米。我无意冒犯。他们让你来接我，我只是觉得有点不好意思。”他想坐起来，但是很痛。

雷伸手轻轻把乔治拉起来，让他坐到床边。

“都还好，对吧？”乔治说。

雷厌烦地叹了口气。“好？”他说，“我可不会那么说。糟糕极了，这才是实际情况。”

雷喝醉了吗？在上午十点？乔治没有闻到酒味，但是雷一点都不冷静，而这个人还要开车带他回家。

“你知道吗？”雷说，挨着乔治在床边坐下。

“什么？”乔治轻声说，并不想知道答案。

“我觉得你可能是你们家最正常的一个，”雷说，“撇开杰米不说，他脑袋好像打了结，而且他是同性恋。”

“家里出事了？”乔治试探着说。

“吃早饭的时候简和凯蒂互相大吼大叫，我劝她们冷静一点，结果被骂‘滚蛋’。”

“被简骂？”乔治问，不是很相信。

“被凯蒂骂。”雷说。

“为什么事吵架？”乔治问。他开始后悔通过了福尔曼医生的测试。忽然之间，他很想在医院多待几天。

“凯蒂不想结婚，”雷说，“这对你可能是个安慰。”

乔治不知道该如何回答。他漫不经心地想着摔下床去，这样就会有人来施救，但还是决定抛开那念头。

“所以我说来接你。比待在家里轻松多了。”雷深吸一口气，“抱歉，不该对你说这些的。最近压力有点大。”

两人肩并肩坐了一会儿，就像两个坐在公园长凳上的老先生。

“不管怎样，”雷说，“最好还是先把你送回家，不然他们会怀疑我们去哪儿了。”他站起身，“要帮忙穿衣服吗？”

乔治当即以为雷要脱去他身上的病号服，紧张得轻呼一声，但雷只是拉上病床的帘子，出去找护士了。

/ 78 /

凯蒂觉得身心俱疲。

你指望危机能解决问题，能让你全面考虑问题，结果没有。当他们到达彼得博勒时，她打算住几天，或许一个星期，就她和雅各布。她会照看老爸，确保他不再朝别的地方动刀。她会给老妈帮把手。她会做个好女儿，弥补上回逃避造成的愧疚。

但是当老爸被雷带回家，告诉他们都可以回去时，她感觉如释重负。在这个家里再多待一天，他们就要自相残杀。

轮椅让人吓了一跳，但奇怪的是老爸一副轻快模样。甚至老妈好像也更乐意独自照顾他，不想让子女待在家里。

离开的时候，凯蒂硬着头皮道歉。

老妈说："别在意，好吗？"

老爸多此一举地安慰道："谢谢你们赶来，见到你们很开心。"这还是他在她面前头一次完全清醒的时候。

这倒让雅各布想起他还没把巧克力豆拿给外公。于是雷出去从车子的置物匣里取出那个小袋子，老爸夸张地打开袋子吃了两粒，大声说很好吃，尽管车里的热度把巧克力豆化得不成形。

他们驱车离开。雷和雅各布玩了半小时侦探游戏，凯蒂发现自己竟然急于返回前一天还巴不得赶紧逃离的那个家。

到家后，雷和雅各布把火车装置拿到客厅地板上，她开始做晚饭。后来她帮雅各布洗澡，雷把他送上床。

两人都没有精力吵架，接下来几天只是尽职尽责地扮演父母的角色，以免烦扰雅各布。她发现他们慢慢变成他们正在扮演的角色，想要解决的问题慢慢远退为背景；两人尽管没有共同点却组建成一个旨在养育孩子、照管家庭的团队，商量要去乐购超市买什么、周末要干什么，上床关灯后背对背睡觉，极力不去想以后的生活。

/ 79 /

简没去上班。

当乔治出院的时候，她真的不知道该作何预想。结果他出人意料的正常。他为他造成的麻烦道歉，说他比以前感觉好多了。

她问他是否愿意谈谈那些事情，他让她别担心。她说他如果又产生类似的感觉一定要告诉她，他向她保证不会再有那种感觉。不久就可以明显看出，帕里斯医生是小题大做，她那更加偏执的想象则毫无道理。

他显然还很痛，但他下定决心不用轮椅。因此在那个星期的大部分时间里，她扶他起床，扶他进出浴室洗盐浴，扶他下楼，开车载他去诊所换药。

三四天后，他可以自己活动了。到第二个星期，他可以开车了。因此她回去上班，告诉他一旦有事要帮忙就打电话给她。

她打电话给花店、酒席承办人、租车公司取消预订。花店的态度恶劣至极，于是她便对酒席承办人和租车公司扯谎说女儿生了重病，他们都表示深切理解，让她觉得还不如挨一顿骂。

她不知道该如何打电话通知宾客婚礼要取消，因此决定过几天再说。

还好，真的还好。仅仅几天前，她还以为他们的生活会垮塌，而现在一切又慢慢恢复正常。她不能奢求太多。

但有时晚上坐在餐桌旁，她想到洗衣做饭打扫这些事，就觉得被什么黑乎乎、沉甸甸的东西压着，连起身烧壶水都像艰难涉过深水。

她觉得沮丧。她以前的感觉不是这样：她焦虑，她好胜，她生气，但从未一连几小时消沉不振。

虽然有些残忍，但她忍不住巴望乔治多出一些毛病，巴望他更依赖她。但他不久就继续修建工作室，砌砖锯木头。

她觉得自己好像迷失在大海中。乔治待在自己的岛上，戴维待在另一个岛上。还有凯蒂，还有杰米，他们所有人的脚下都有坚实的地面，而她漂流在他们之间，被海潮渐渐冲得越来越远。

接下来那周，她开车去戴维家，停在拐角。她正要踏出车门，忽然意识到她不能这么做。起初他们在一起时，那好像是一种新生活的开始，一种截然不同、兴奋刺激的感觉，一种逃避。但是现在她明白了那是什么，那是外遇，庸俗又可耻，被她自私地用来弥补糟糕的现实生活。

她想象自己坐在圣约翰学校的员工休息室，和莎莉、比伊、科廷汉小姐一起喝茶吃醋栗果酱饼干，头一次觉得自己身上好像有污点，而她们会盯着她看，并能看出她的所作所为。

她很傻，她知道。她们和别人没什么两样。事实上，她知道比伊的儿子有吸毒的问题，但她头一天下午和戴维做爱，第二天上午又跑去教孩子们阅读，觉得理所应当，这似乎也不对。如果她必须选择其一，她会毫不犹豫地选择戴维，但这好像更不对。

她开车离开戴维家，当晚打电话向他道歉。他亲切又宽容，说能理解她的难处。但是她听得出来，他内心并非如此。

/ 80 /

乔治脱掉裤子躺到床上换药。

这位见习护士要是再丰满一点点，就真的相当迷人了。他一向喜欢穿制服的女人。她叫萨曼莎，人也讨喜，不多话。

说实话，等两周后无须再换药时，他还会想念这些过程呢。这就像理发，只不过他总是找一个塞浦路斯老人理发，而且不会痛。

“好了，霍尔先生，咬紧牙关忍着。”护士揭开伤口上的大块膏药。

乔治抓住床沿。

护士捏住绷带的一端。前面一段粉红色的绷带被顺利扯开，然后凝滞不动了。乔治默默倒着拼读“绷带”一词。护士轻轻一拉，余下的绷带脱离伤口，乔治忍不住说了一句平常绝不会在女性面前说的话：“抱歉。”

“没关系。”

护士拿着旧绷带，那看上去就像泡过血与柠檬酱的七叶树果实。她把绷带扔进床边的活盖小垃圾桶。“咱们换上新的。

乔治放松下来，闭上眼睛。

他已经习惯了，因此还很喜欢这种疼痛。他知道它是什么感觉、会持续多久。当痛感渐渐消退，他的脑子会异乎寻常地清醒五或十分钟，仿佛被水管冲洗过。

他听到附近一个房间里有人说：“脊椎侧弯。”

婚礼的事让他松了口气。那对凯蒂来说是个悲哀，不过说不定也是解脱。她在的时候，他们没能多聊。老实说，他们很少聊到那种事。雷在医院的时候的确有点古怪，更加证实了他对这种关系的担忧。

不管怎样，乔治很高兴家里不会受到满帐篷的生人的侵扰。他还是觉得自己有点脆弱，不想站到人前高谈阔论。

简好像也大大松了口气。

可怜的简。他真的害得她心力交瘁，这几天好像变了个人似的。她当然还是担心他，每天看见那块地毯大概也不会有好心情。

但是他走出卧室了，他们会说说话，他能稍微做点家务。等他感觉更好一点,他要带她出去吃饭。他听说昂德尔新开的那家餐厅还不错，似乎做鱼有一套。

“好了，”萨曼莎说，“弄完了。”

“谢谢。”乔治说。

“来吧，扶你坐起来。”

他要在回家的路上给简买束花，他很久没做过这种事了。简应该会高兴。

然后他要打电话给地毯工。

/ 81 /

杰米在王子大道的公寓里等候一位有意出手的买主，也就是他和托尼初次见面的那套公寓。

屋主要移居到吉隆坡，谢天谢地，他们是爱干净的人，又没有孩子。踢脚板上看不到用圆珠笔留下的高深的表现主义涂鸦，餐厅地板上没有散落的玩具（尚娜有一回带一对夫妇去看芬奇利路的一套四居室房子，那位太太就踩到恐龙战队的摩托车扭了脚踝）。屋主在城里工作，从屋况来看几乎没怎么住过这房子。光鲜如新的炊具，宜家的家具，平淡无奇的镶亚光钢框图片，虽然风格浮浅，却属于抢手货。

他走进厨房，指尖轻触漆面，想起看到托尼手拿油漆刷时的情形，那时他们甚至还没说过话，他还只是一个好看的陌生人。

杰米现在明白，清清楚楚地明白自己都做了些什么。

他等待时机，逃避。他建造一个自以为安全的小世界，这个世界远离现实运行，远离所有人，又冷又黑，而他不知道该如何让它转回来朝向太阳。

在彼得博勒有过一个瞬间，就在凯蒂揍他之后，他觉得他需要这些人，凯蒂、老妈、老爸和雅各布。他们有时逼得他快要发疯，但他们总是在他身边，已经成为他的一部分。

现在他失去托尼，觉得无依无着。他希望在陷入困境时有地方可去，希望在半夜三更想打电话时有人倾听。

他搞砸了。餐厅里的可怕场面，老妈说的“你什么都不懂”。她说得对。他们是陌生人，他把他们变成了陌生人，而且是刻意而为。他有什么权利教训他们应该怎样打理生活？他还曾经认定他们没有权利教训他应该如何打理生活呢。

门铃响了。

该死。

他深吸一口气，数到十，恢复那副销售头脑，开门迎进一个明显戴着假发的男人。

/ 82 /

凯蒂刚洗完碗碟。

雅各布上床睡觉了。雷坐在餐桌旁给无绳电话换电池。她转身背靠水槽，在茶巾上擦干双手。

雷咔嗒合上电话后盖说："我们不能这么拖下去了。"

她说："我知道。"终于谈到这个话题，不再是三言两语提托儿所的事或茶包用完了，这感觉真好。

雷说："我不在乎解决问题的方法怎样，"他把椅子往后一倾，将电话插回机座，"只要不牵扯到你的家人。"

她当即考虑该不该生气，但她不能，因为雷说得对，他们的表现一直很糟糕。然后她觉得很好笑，还真的笑起来。"很抱歉，把你扯进那堆烂事当中。"

"真是……受教了。"

她从他的表情看不出他是否被逗乐了，于是止住笑。

"我跟你爸说他是你们家最正常的一个人，"雷把一根旧电池立起来，"有点惊吓到他了。"他把另一根电池挨着前一根立着，"希望他还好。"

"但愿吧。"

"杰米是个不错的小伙子。"雷说。

"是啊。"

"我们好好聊了一下，在花园里。"

"聊什么？"凯蒂问。

"我和你，他和托尼。"

"嗯哼。"追问细节好像有点冒险。

"我以前总是认为，你知道，他是个同性恋，可能会有点怪。"

"在杰米面前最好别这么说。"

"我或许蠢，但还没有那么蠢。"雷抬头看着她。

"抱歉，我不是有意——"

"你过来。"雷说着把椅子往后推。

她走过去坐在他的膝上，他搂住她，就这样，世界来了一个翻转。

这才是她想要的。

她感觉他身上的每一块肌肉都在放松。她抚摸他的脸说："我对你那么坏。"

"你是坏，"雷说，"但我还是爱你。"

"抱我。"

他把她拉向自己，她将脸埋在他的肩头哭起来。

"好啦，"雷说，轻抚她的后背，"好啦。"

她以前怎么会这么糊涂？他看到她的家人最糟糕的一面，还宽容地接受，即使婚礼被取消。

但他丝毫未变，自始至终都是同一个人，是她生活中最亲切、最可靠、最可敬的那个人。

这才是她的家，雷和雅各布。

她觉得自己又蠢又安心又内疚又快乐又伤感，一时百感交集，不禁轻轻颤抖。“我爱你。”

“好啦，”雷说，“你不用强迫自己。”

“不，我是认真的，我真的爱你。”

“咱们现在什么都别说，好吗？我们一吵架，事情就会变得太过复杂。”

“我不吵架。”凯蒂说。

他抬起她的下巴，一根手指放在她的唇上止住她的话，然后吻她。好几个星期以来，这是他们头一次忘情地亲吻。

他牵她上楼，然后做爱，直到雅各布做噩梦梦到一条蓝色的疯狗才匆匆结束。

/ 83 /

杰米下班回家后打电话给托尼，没人接听。他又打托尼的手机，发短信让他回电话。

他收拾厨房，边吃晚饭边看电影，电影讲的是缅因州的湖里的巨型短吻鳄。托尼没有回电话。

第二天一早他打电话到托尼的公寓，还是没人接听。午饭时分，他拨打托尼的手机，又留下一条短信，尽可能直截了当。

下班后他去游泳，以免干等电话。他游了六十个来回，筋疲力尽，足足休息了五分钟。

他回家后又打电话到托尼的公寓，还是没有回应。

他想找上门去，但又觉得托尼在躲他，而他不想再吵一架。

他不伤心，或者说心里不是以前的那种伤心感，就像有人死了，而你还得继续活下去，只希望伤痛会慢慢减弱。

他继续打电话，每天早晚都打，但不再指望有回应。这成了一种仪式，每天必不可少。

他缩到脑子深处的一个小角落，机械地过日子，起床、上班、回家。

他想过看也不看地走到大街上，遭遇车祸，没有痛苦和惊讶，没有任何感觉，只有一种事不关己的好奇，好奇这个不再是自己的人出了什么事。

第二天，他意外地接到伊恩打来的一个电话，两人约好出去喝一杯。他们十年前相识于康沃尔的海滩上，发现彼此在伦敦的住处只相隔四条街。伊恩当时在学习当兽医，可怜的家伙二十五岁才出柜，过了四年单一性伴侣的生活后验出阳性反应，从此心灰意冷，开始了香烟加酒精加可卡因加混乱性生活的昂贵的慢性自杀，直到在一场摩托车车祸中丢掉一条腿，住院一个月，然后去了澳大利亚。

几个月后，杰米收到一张树袋熊明信片，明信片上说他的状况在好转。然后有两年杳无音信。现在他回来了。

伊恩有可能过得比他更糟糕，也有可能顽强地振作起来。不管是哪种情况，跟伊恩共处两小时，肯定会让他觉得自己的烦恼相较而言好解决。

杰米迟到了，发现伊恩还没到便松了口气。他正在买啤酒，一个皮肤晒成棕褐色、身穿紧身黑 T 恤、步态不显瘸跛的瘦削男人喊了声“杰米”，给了他一个大大的拥抱。

两人痛快地聊了十五或二十分钟。杰米很高兴听伊恩讲他的一切如何好转，对他提到的那些古怪的马匹疾病和大蜘蛛也非常感兴趣。然后杰米讲了托尼的事，伊恩则把话题转向耶稣，这在酒吧里可不常见。他并没有为其疯狂，更像是在谈论一种美妙的新饮食，不过这个话题和这个新躯体搭配在一起让人觉得不安。在伊恩去上厕所的时候，杰米望着酒吧另一边的两个男人，一个打扮得像魔鬼（红色丝绒紧身连衣裤、犄角、三叉戟），一个打扮得像天使（翅膀、白背心、羽毛裙），肯定要跟酒吧里的那个牛仔（皮套裤、马刺）一起去参加化装舞会，不过杰米觉得自己好像吃错了药，不然就是别人吃错了药。他觉得此刻应该待在家里，可惜不是。

然后伊恩回到桌前，看出了杰米的不安，便把话题转向他那相当活泼的恋爱生活，听起来好像背离了杰米所理解的基督教教义。杰米像老年人听人讲解网络一样开始觉得稀里糊涂，不禁怀疑自己最近是不是没有跟上教会的步伐。

临回家前，他不太自在地答应会认真考虑参加国王十字街的福音派聚会的事，然后伊恩又给了他一个大大的拥抱。杰米此时才明白这是基督徒的拥抱，而不是真正的拥抱。

几小时后，他做了一个梦。他在梦中追赶托尼，穿过无数彼此相连的房间，有的是他以前学校的房间，有的是他过去几年卖出的房产的房间。他大声呼喊，但托尼听不见，而他又跑不动，因为地板上有小生物，像长着人脸的幼鸟，一旦被踩到便吱吱嘎嘎尖叫。

七点钟他终于醒来，径直走到电话前要打给托尼，但赶紧又停下。

他要解决这件事。他下班后要去托尼的公寓，说出心里话，骂他为什么不回电话，看看他是不是搬家了。无论如何，了结这场等待。

/ 84 /

戴维家要安装新热水器，所以简和他一起坐在“狐狸与猎狗”花园里。起初她惴惴不安，但戴维是对的，这个地方少有人影，而且他们如果要溜走，走几码就能到车上。

她喝着金汤力，但平常在从学校下班回家的路上一般不喝酒。如果乔治问起来，她仍旧可以怪到乌尔苏拉头上。她需要喝点酒给自己打气。她眼下的生活一团糟，她想过得简单一点。

她说："我不知道我们还能这样继续多久。"

"你的意思是你想结束？"戴维问。

"或许吧。对。"话说出来好刺耳，"哦，我不知道，我真的不知道。"

"出了什么变故？"

"乔治，"她说，"乔治病了。"这不是明摆着的事吗？

"就这个？"戴维问。

他不慌不急，她开始气恼他的这种信心。他怎么能如此轻描淡写？"这不是小事，戴维。"

他握住她的手。

她说："现在的感觉不一样了，感觉这样做不对。"

他说："你没变，我也没变。"

男人总是这样自信满满，有时惹得她恼怒不已。他们说起话来就像搭架子盖棚屋，那么坚定，让你觉得可信，让你半夜为之辗转难眠的那些感觉烟消云散。

他说："我不是要吓你。"

"我知道。"但她不是很确定。

"如果你病了，病得很重，我还是爱你。如果我病了，我也希望你仍旧爱我。"他凝视着她，头一次露出伤感的神色，让她觉得安心，"我爱你，简。不只是嘴上说说，我是认真的。必要的话，我可以等，我可以忍耐，因为这就是爱。我知道乔治病了，我也知道你的日子不好过，但这是我们必须容忍和解决的事情。我还不知道要怎么做，但我们会解决的。"

她笑起来。

"什么事这么好笑？"

“我。”她说，“你说得对极了。虽然气人，但你还是对的。”

他捏捏她的手。

他们静静坐了一会儿。戴维从他的柠檬汁啤酒里捞出一个什么东西，一辆农用大汽车从树篱另一边隆隆驶过。

“我好烦。”她说。

“为什么？”他问。

“婚礼。”

他松了口气。

“我被乔治的事情折腾得够呛，都顾不上……凯蒂肯定不好过，打算结婚，然后又取消婚礼。他们两人现在还住在一起。我应该体谅她才对，但我们只是吵架。”

“你自己的烦心事够多了。”

“我知道，可是……”

“至少婚礼被取消了。”戴维说。

“但太让人伤心了。”这么说好像有点冷漠无情。

“不会比嫁给一个你不爱的人更伤心。”戴维说。

/ 85 /

他们要结婚了。

凯蒂从来没有这么兴奋过。她知道这次的决定不会错。他们真的要结婚了，他们要自己来办。她还暗暗高兴这消息会让大家失望。

她烦心要如何向雷开口。他会相信她吗？他愿意再冒一次她会临阵逃脱的险吗？

然后她又想，管他呢，你如果爱一个人，想和他结婚，还能怎样？

若是请柬都寄出去了，那么，尽快求婚才是明智之举。

于是她鼓起勇气开口了，还屈膝跪在地上。如果出现失误，她便可以顺势开玩笑。

“我当然要娶你。”他一脸喜色。

她惊讶不已，以至于想让他改变心意。“你确定？”

“嘿。”他抓住她的双肩。

“什么？”

“我说愿意，我说我要娶你。”

“我知道，可是——”

“你知道吗？”雷问。

“什么？”

“你又回来了。”

“什么意思？”

“以前的那个你。”他说。

“所以你真的愿意娶我？两星期以后？”

“只要你答应不再问我。”

“我答应。”

他们彼此凝望了五秒钟，总算理解了状况，然后像小孩一样跳啊跳的。

她想起上次的争吵，以为老妈会生气，但奇怪的是她淡然接受了事实。老妈好像还没有通知宾客婚礼要取消，或许她觉得到头来必然会出现这种状况。

凯蒂说一切都由他们来安排，她只要那些电话号码就行，老妈什么都不用做。“我和雷负担费用。我们已经折腾过你一遍了，这样做才公平嘛。”

“好吧，如果你们坚持的话。”老妈说，“不过我不知道你爸怎么想。”

“更有钱了。”凯蒂说，但老妈没笑。“对了，爸怎么样？”

“好像还行。”老妈回答时似乎不怎么高兴。

“好。”凯蒂说。或许老妈今天过得不痛快。“真是好消息。”

花店的态度极其恶劣。他们可以继续做这笔生意，但要价更高。凯蒂说她会找更好的花店订花，然后挂断电话。她很久都没有过这种义愤填膺的感觉，心里嘀咕着“讨厌的鲜花”。雷说结婚当天早上去采一束花，两人都觉得这主意很好笑。

酒席承办人倒有体谅之心。事实上，他们以为她刚刚出院，害得她临场编话应对。她含糊其辞地说什么检验结果是阴性，电话那头还真的传来欢呼声：“很荣幸为您提供餐饮服务。”

蛋糕店的人根本不知道婚礼取消的事，以为凯蒂是个神经病。

/ 86 /

乔治把鲜花递给简，简哭了。他没料到会是这种反应。她哭，并不是因为鲜花特别美丽，这显而易见（他不得已在公交车站附近的小超市里买的鲜花，连他都知道这花并不出众）。

也许，她还在为他的浴室事故难过，也可能是为地毯（地毯工要下星期才来），或是她跟凯蒂和杰米的争吵，或是婚礼被取消，或是婚礼又要举行，或是凯蒂和雷要亲自操办婚礼，而她不再掌控一切。可能的情况有多种。根据他的经验，多数男人想都不会想的事，也会让女人难过。

他决定不追问。

他对于婚礼，是厌烦地接受。他会静观事情的发展，临时应变。如果凯蒂和雷把事情搞砸了，至少他可以支付费用。

发表演讲的事没有以前那么烦人了。他现在感觉自己更坚强，难题似乎也不像以前那样难以克服。

要是他知道凯蒂和格雷厄姆的婚姻走不到头，他会把婚礼上的演讲稿保留下来的。

或许他可以讲一点成长简史，介绍三十年前的小捣蛋鬼如何成长为……成长为什么呢？一个能干的女人？一个能干的女人和一个出色的母亲？你们眼前的这个女人？哪种表达都不太合适。

全世界最好的女儿？可能有点夸张。

我最喜爱的女儿。就这样，略带幽默，赞美却没有溢美之词。

或许他应该在简面前练习一遍。老实说，语气语调不是他的强项：庄严肃穆也好，冷嘲热讽也罢，他都把握不好。因此，他总是巧妙地避免在欢送会和圣诞聚会上发表讲话，也总是有比他口齿伶俐的人挺身而出。

他要略过凯蒂的第一次婚姻和少女时期有些过分的叛逆之举。谁也不会觉得凯蒂在酒吧火灾中泼洒咖啡，结果引发爆炸烧光壁纸的行为有趣。但说不定会呢？这种事情很难说。

他要告诉大家她的赛车手之梦，说有天上午，她借走他的车钥匙，松开沃克斯豪尔车的手刹，猛地冲进车库门，差点把杰米撞成两截。

他要等到婚礼前两天再写演讲稿。他不想冒险，他的女儿完全有可能再次取消婚礼。

这是另一件他应该避而不提的事。

他打电话到昂德尔的餐厅订位。简仍然情绪欠佳，肯定需要胜过鲜花的强效药。传闻不假，鱼的确好吃。乔治点的是海鲷配菠菜松仁和法式新酱料，简点的是鳕鱼。

吃主菜的时候，她还是郁郁不乐。因此甜点端上来的时候，他顾不得那么多，问她有什么事。

她过了很久才回答，乔治倒能理解。他最近好几次情绪起伏不定，的确难以形容这种感觉。

终于，简开口说："在医院。"

"怎么了？"

"我对凯蒂说了一些话。"

"什么话？"乔治稍微松了口气。原来是母女之间的问题，这种问题来得凶去得也快。

"我真蠢。"

"你才不蠢。"

"我告诉她我放心了，"简说，"婚礼要取消。"

"这样。"

"我说我们从一开始就对雷心存疑虑。"

"那是当然。"

"她告诉雷了。肯定是的，我看他的眼神就知道。"

乔治思索了一两分钟。男人遇到问题，总希望有人给他答案，而女人遇到问题，总希望你说你能理解。这话是戴维在"牧羊人"公司对他说的，就在帕姆的儿子加入教派的那个夏天。

他说："你担心雷恨你。"

"事实上是恨我们。"简的心情明显好转。

"嗯，我觉得他早就知道我们和他不对眼。"

"说出来是另一回事。"

"你说得对，现在想来，我觉得他来医院接我的时候有点古怪。"

"怎么古怪？"

"呃……"乔治赶紧回忆那次见面的情形，看有没有什么地方可能让简不安，"他说家里乱成一团。"

"嗯，他当时在家。"

“他说我是这个家里最正常的人，我觉得他在开玩笑。”乔治没想到这个玩笑那么有趣，因为简轻笑起来。“我得说，这话对你有点刻薄，”他握住简的手，“看到你笑真好，很久都没看到你笑了。”

她又哭起来。

“这样吧，”他放开她的手，“我给雷打个电话，看能不能说清楚。”

“这样做好吗？”

“相信我。”他说。

他不知道这样做好不好，或者说他不知道他是否可信。老实说，他也不太清楚自己为什么会出这么一个鲁莽的主意，但说出去的话收不回来。而且，如果还有什么小事他能做到，能让简高兴，至少这算一件。

/ 87 /

杰米下班回家后发现答录机上有简的留言，说婚礼还会举行。她喜不自禁，他也受她的快乐感染，一时乐观起来。或许每个人的运气都在转好。

他忍不住想马上给她回电话，但他有别的事要处理。

他把车停在托尼家附近的街角，集中心神，因为这次不想把事情搞砸。

星期一晚上七点整。如果托尼什么时候在家，肯定是这个时间。

他要怎么说？他的感觉无比清晰，但说出来却显得笨拙、牵强、做作。要是脑袋有个盖子可以掀开就好了，他可以直接说：“你看。”

毫无意义的妄想。

他敲门，以为托尼真的搬家了，因为应门的是个他从未见过的年轻女人。她一头长黑发，穿着男式睡裤和没系鞋带的马丁博士靴，一手夹着点燃的香烟，一手拿着破旧的平装书。

“我找托尼。”

“啊呀，你肯定是那个恶名昭彰的杰米。”

“我可不知道什么恶名昭彰。”

“我还在想你什么时候才会找上门来。”

“我们认识吗？”杰米尽量把话说得平和冲淡，不显冷漠无礼。他此时觉得有点像跟伊恩的见面，不明就里。

那女人把书往拿香烟的手上一抛，伸出另一只手来握手：“贝基，托尼的妹妹。”

“嗨。”杰米说，握握她的手。现在他仔细一想，认出了曾在照片上见过她这张脸，懊悔当初没有多看几眼。

“你一直躲避的人。”贝基说。

“是吗？”杰米问，不过那与其说是躲避，不如说是没有费心去结识，“嗯，我还以为你住在……”该死，他不该挑起这个话头的。她不搭腔，任由他说下去。“很远的什么地方。”

“格拉斯哥，后来去了谢菲尔德。进来吧，还是就站在这里说话？”

“托尼在家吗？”

“他在家的话你才进来？”

杰米有种强烈的感觉，托尼不在家，而贝基会审问他，不过现在似乎不是对托尼家人无礼的时候。“我进去。”

“好。”贝基说着在他身后关上门。

“嗯，他在家吗？”

他们上楼走进公寓。

“他去了克里特岛，”贝基说，“我帮他看家。我在巴特西艺术中心上班。”

“啧啧。”杰米说。

“什么意思？”贝基问。

“意思是，我一直打电话给他，还以为他在躲我。”

“他是在躲你。”

“哦。”

杰米在餐桌旁坐下，然后想到这是贝基的公寓，至少暂时是，而他和托尼不再交往，他不应该如此随便。他又站起来，贝基抛来一个怪异的眼神，于是他重新坐下。

“来杯葡萄酒？”贝基拿着一瓶酒朝他晃晃。

“好。”杰米说，不想失礼。

她斟上一杯酒说：“我不接电话，可以活得更简单。”

“对。”杰米满脑子都是要跟托尼说的事情，但此时没有一件适合拿来当话题，“巴特西艺术中心，是不是像画作、展览……”

贝基不屑地看他一眼，给自己斟上一杯酒。“那是个剧院。我在剧院上班。”“剧院”一词她说得很慢，好像说给小孩听，“我是剧院经理。”

“对。”杰米说。他只上过剧院一次，被迫去看《西贡小姐》，不是很喜欢。这事还是别跟贝基说了。

“你并没有认真听托尼谈他的家人，对吧？”

杰米想不起来托尼什么时候提过他妹妹的职业，也有可能托尼从来没有告诉过他。这事最好也别提。“那么……托尼什么时候回来？”

“不太清楚，可能再过两周吧。临时起意去的。”

杰米迅速在心里算了一下。两周。“该死。”

“什么该死？”

杰米不知道贝基本来就是一个难缠的人，还是只对他如此。他小心翼翼地说：“我想请他参加一个活动，事实上是一个婚礼，我姐姐的婚礼。她快结婚了。”

“结婚不就那样。”

杰米开始明白为什么托尼没有多费心思介绍他的妹妹，这女人可以和凯蒂一争高下。“我们吵了一架。”

“我知道。”

“是我的错。”

“我猜也是。”贝基说。

“总之，我在想能不能让他来参加婚礼……”

“我想他就是要躲开婚礼，才跑去克里特岛。”

“啊。”

贝基在桌子中央的小玻璃烟灰缸里摁熄香烟。杰米定定看着烟雾幽幽上飘，化作细细的一缕缕，想摆脱令人不安的沉默。

“他爱你，”贝基说，“你知道，对吧？”

“爱我？”这话真蠢，但是他太惊讶，顾不上说出来的话是否合适。托尼爱他。为什么托尼从来没说过？杰米一直觉得托尼和自己一样，不想再向前跨越作出承诺。

托尼爱他，他爱托尼。天哪，他怎么会把事情搞砸到这般田地？

“你没发觉，对吧？”贝基说。

杰米无言以对。

“天哪，”贝基说，“男人有时真傻。”

杰米想说如果托尼告诉过他，那这一切都不会发生。但这不是成熟的反应，而且他清楚托尼为什么没告诉他。他从来都不许托尼告诉他，他不希望托尼告诉他，他害怕托尼告诉他。“我要怎么联系他？”

“天知道。”贝基说，“他和一个朋友待在一起，那朋友在那边有个分时段使用的度假屋。”

“戈登。”

“好像是。他以为在那边可以用手机。”

“打不通，我试过了。”

“这样。”贝基说。

“我想抽根烟。”杰米说。

贝基终于露出微笑。她递来一根烟，帮他点火。“你很紧张，对吧？”

“听着，”杰米说，“如果他打电话……”

“他没打过。”

“可是如果他打——”

“你是认真的，对吧？”贝基说。

杰米把心一横说：“我爱他，我只是没想到……哦，天哪，托尼甩了我，然后我姐姐取消婚礼，然后我老爸精神崩溃住进医院。我们都赶回彼得博勒，彼此恨不得把对方的眼睛抠出来。烦心，真是烦心。然后婚礼又要举行。”

“真是有趣的事，不是吗？”

“然后我发觉托尼是唯一——”

“哦，天哪，别哭，拜托。我受不了男人的眼泪。再喝一杯吧。”她把剩下的葡萄酒倒进他的杯子。

“抱歉。”杰米轻轻擦干潮湿的眼睛，忍住哽咽。

“寄张请柬过来吧，”贝基说，“写点甜蜜的话。我会把请柬放在他的邮件的最上面，或者枕头上，随便什么地方。如果他及时赶回来，我会踢他屁股让他去的。”

“真的？”

“真的。”她又点燃一根香烟，“我见过他以前的男朋友，客气一点说个个都是笨蛋。当然，你我认识没多久，不过相信我，你比他们好多了。”

“赖安好像还不错。”杰米心里想着把贝基介绍给凯蒂的事，不知道她们会成为永远的朋友，还是会斗个你死我活。

“赖安，天哪，十足的浑蛋。他痛恨女人。你知道，你没法跟这种人相处，他们懦弱，不想要小孩。可能甚至不是同性恋，不是真正的同性恋。你知道这种人的，他们受不了跟女人上床，也讨厌小孩。真恶心。我是说，看在老天的分上，你以为大人是从哪儿来的？你需要公交车司机和医生？你得养小孩啊。我真高兴我不是那种可怜的女人，大半辈子被这种男人折磨。他们甚至不喜欢狗，也不喜欢猫。我向来信不过不喜欢动物的男人，这是我的原则。你不喜欢吃乐购的咖喱食品，对吧？”

/ 88 /

简打电话给戴维。热水器装好了，他又独自在家了，于是她从书店下班后去了他家。

她把婚礼的事告诉他，他笑起来，笑得很和善。“呀呀呀，希望那天少些事故。”

“你还来吗？”

“你想要我去吗？”

“是的，”她说，“是的，想要你去。”她那时不能拥抱他，但如果杰米和雷吵翻，或者凯蒂在婚礼中途改变主意，她希望能一眼望见一张理解她苦处的脸。

他抱抱她，给她沏好一杯茶，让她在暖房坐下，跟她讲起那个装热水器的古怪水管工：“好像是波兰人，有经济学学位。他说他徒步来到英国，在德国住过修道院，在法国帮人摘过水果。不过那人有点痞气，我不知道该不该完全相信他的话。”

聊天真好。她发觉自己很想被人带到某个遗留地，可以暂时忘却她是谁、她的余生会怎样。要得那么多，让她有点害怕，但她还是想要。

她握住他的手，凝视着他，等着他领会她不必说出口的心意。

他微微一笑，眉毛一扬，说："咱们上楼。"

/ 89 /

乔治因为去医院错过了第二次心理治疗，因此很惧怕和恩迪科特小姐的下次会面，就像他曾经惧怕会被送到拉夫先生那里，解释为何要把杰弗里·布朗的书包扔到屋顶上一样。

但是她谦和有礼地听他说话，还问了一些特别的问题，比如他希望达成什么目的，他在整个阶段的不同时刻感受如何。乔治有种明确的感觉，那就是如果他说他把妻子连同馅饼一起吞进了肚子，恩迪科特小姐也会问他配的是哪种肉汁。他不知道这是好事还是坏事。

他开始觉得心烦意乱。他说他现在好多了，她问他到底怎么个好法。他描述他对凯蒂婚礼的感觉，她问他"佛教徒的超然"是什么意思。

最后，当恩迪科特小姐说希望下周再见时，乔治含糊地"嗯哼"两声，因为他不确定下周是否会来。他又有点期待恩迪科特小姐揪住他这故意而为的含糊，但四十五分钟的治疗已经结束，他们现在又可以像正常人一样行事了。

/ 90 /

杰米很晚才从托尼的公寓回家，已经不方便打电话给有孩子的人。他决定明天开车去凯蒂和雷的家里拿请柬，当面向他们道贺。

他喜欢贝基。她对微波咖喱食品的态度有所软化，但对房地产经纪人还是毫无好感。大部分的刁蛮女人他都喜欢，当然是因为和凯蒂一起长大的缘故。他真正无法忍受的是歪着脑袋装可爱、轻拂头发、穿粉色马海毛衣服的女人，也永远都无法解开这个谜团：为什么橄榄球选手和脚手架工人都觉得她们魅力难挡？他有一瞬间还怀疑过贝基是否是同性恋，然后想起托尼讲过她和一个男孩在聚会中弄坏了父母的马桶座圈。不过，人当然是会变的。

他谈起凯蒂和雷大起大落的关系，使得贝基认定雷是个适合阉割去势的人选，而后又不得不小心翼翼地说服她转而相信雷是一个可敬的人，不过这解释起来要费劲多了，因为他仔细一想，发现很难确切说出这期间有什么变化。

她谈起在诺威奇的成长经历。她家有五只狗，她妈厌恶家务活，她爸病态地喜爱蒸汽火车。他们在苏格兰遭遇车祸。“我们爬出来，毫发无损地走开，转身一看，发现车子后部被撞断，地上还躺着半只狗。我做了好几个晚上的噩梦，现在还会梦见。”他们收养的那个男孩痴迷刀子。托尼和朋友点燃一架动力模型飞机，从卧室窗口发射，看着它缓缓斜飞向花园尽头，剧烈燃烧，然后一个转弯飞进盖了一半的隔壁房子……

大部分事情杰米以前都听过，这样或那样的版本，但这次他听得很认真。

“听起来很凄惨。”

“其实算不上，”贝基说，“只是托尼讲得凄惨而已。”

“我以为你父母把他赶出去了，就在那次他和……”

“卡尔，卡尔·沃勒。就是这样。不过托尼希望被赶走。”

“真的？”

“同性恋是天赐之物，”贝基点燃一根烟，“意味着他不必注射海洛因或偷盗车辆就能成为有罪之人。”

杰米细细琢磨这句话。虽然相隔上千英里，但他从未觉得和托尼如此亲近。“你和托尼，你们也闹不和，对吧，而现在你只能干着急。”

“几个星期前我搬到伦敦，我们偶然遇到，忽然发现彼此喜欢。”

杰米笑起来，真正放松地笑。原来托尼也会和他犯一样的错误。

“什么事这么好笑？”贝基问。

“没什么，”杰米说，“只是……很好，真的很好。”

每个人的运气似乎都在好转，或许无形中有魔力存在。

第二天晚上，他去找凯蒂，应门的是她和雷两个人，意味自在其中。他说了句“恭喜”，那种真诚是他上次说这话时拿不出来的。

他跟着他们走进厨房。雅各布正在客厅看《小小救生队》的录像，轻得不能再轻地嘟囔两声跟他打招呼。

凯蒂好像有点晕头转向，就像新闻访谈中那种被直升机吊离可怕场地的人。

雷跟以前也不一样，不过说不清楚这是否因为杰米现在已经对他改变了看法。毫无疑问，他和凯蒂越来越亲密。从一开始，他们就不时轻抚对方，这种情形杰米以前可没见过。事实上，当雅各布看完《小小救生队》，晃荡过来找苹果汁喝时，屋里明显有种恋母情结造成的紧张气氛。“别抱妈妈。”“我要抱妈妈。”杰米心想，凯蒂和雷经历种种坎坷后才陷入热恋，而大多数人这样走来，却以分手告终。这也是一种做事的方式。

杰米讨要给托尼的请柬，雷知道他可能会来参加婚礼后，异乎寻常地兴奋。

“很有可能来不了，”杰米说，“他在希腊，联系不上。我只希望他能及时赶回来。”

“我们可以追踪他。”雷说这话的乐观和欢欣让人感觉很不合宜。

“我想我们只好碰运气了。”杰米说。

“你看着办吧。”雷说。

这时凯蒂大叫一声“雅各布”，他们转头一看，只见雅各布故意把苹果汁倒在厨房的地板上。

雷让雅各布道歉，然后把他拖去花园里玩，让他知道继父除了霸占母亲外还有别的用途。

杰米和凯蒂聊了十分钟婚礼的事情，然后凯蒂接到家里打来的电话。一会儿后，她又回来了，好像有点烦。

“是老爸。”

“他怎样了？”

“还好，但他想跟雷谈谈，又不愿意告诉我要谈什么。”

“他可能想拿出男人气概，要承担婚礼的费用。”

“可能是你说的那样。嗯，等雷回电话时就知道了。”

“我认为老爸没有那个机会。”

“好了，”凯蒂说，“你准备给托尼写点什么话？”

/ 91 /

乔治的失误在于光着身子站在镜子前。

他去诊疗室做了最后一次复诊。伤口结痂了，不再需要天天包扎。现在他吃过早饭，拆掉前一天的绷带，泡了十分钟的温水盐浴，然后出来轻轻擦干身子，换上新的绷带。

他乖乖服药，一心盼望婚礼的到来。凯蒂和雷在操办一切，他几乎无事可做。在婚礼上发表简短的演讲只能算帮个小忙。

那面镜子在某种程度上是傻兮兮的虚张声势，是对他摆脱困境、不再受其牵制的赞颂。

倒不是说这个理由现在有多重要。

他走出浴缸，用毛巾擦干身体，在洗手台前挺胸、收腹、立正站好。

起初引起他注意的是上臂的那些红点，就是他在旅馆房间发现并刻意忘到脑后的那些，它们似乎比他印象中的更大也更多了。

他一阵眩晕。

此时显然应该赶紧从镜子前走开，穿好衣服，吃两粒可待因，开一瓶葡萄酒。但他无法克制自己。

他开始细细察看周身，胳膊、胸膛、肚子，再转过身子看后背。

这不是一件好受的事情，有如观察实验室里的细菌培养皿，所见每一英寸都让人心惊胆战。深棕色的痣，皱缩如葡萄干；一个又一个的斑，围聚成巧克力色的群岛；肉色的肿块，有的松弛有的积满了体液。

他的皮肤成为异形生物的聚生体。他如果凑近看，还能看见它们活动、生长。他尽量别凑得太近。

他应该去找巴弗提安医生，或者其他更好的医生。

他一度狂妄，以为散散步、做做填字游戏就能解决问题。但自始至终，疾病都在嘲笑他，在蔓延，在扎根，在衍生其他疾病。

他一直看着镜子，直到视线模糊、膝盖弯折，最终瘫坐在浴室地板上。

此时，裸露的皮肤在心里依然清晰可见，忽然之间，又变成卧室里那个男人的臀部皮肤，那臀部在简的两腿之间一上一下。

他又听见了他们的声音，类似动物的声音，皱瘪肌肤晃来荡去的声音。他没看见那些事情，但能无比清晰地想象。那男人的器官在简的身体里进进出出，在粉色的褶缝里吞没滑出。

在这屋里，在他自己的床上。

他实际上还闻得出来：浴室的气味，未加清洗的私密气味。

他要死了，而且无人知道。

他的妻子在跟另一个男人偷情。

他必须在女儿的婚礼上演讲。

他抓住加热式毛巾架的底部，就像害怕被洪水冲走的人。

感觉和先前一样，但是更严重。身下的地板不见了，浴室、屋子、村子、彼得博勒……全被翻卷、撕碎、吹散，漫无边际的空间里再无他物，只剩他和毛巾架，仿佛他踏出宇宙飞船，却发现地球不见了。

他又疯了，再也看不到希望。他以为可以自我痊愈，但失败了。没有旁人可以依赖，他会这样一直挣扎到死。

可待因，他要吃可待因。他对癌症毫无办法，对简、对婚礼也一样；他唯一能做的就是稍微麻痹自己。

他抓住毛巾架试图站起来，刚挺直身子便觉得裸露的松软腹部又痒又颤，于是他抓起一条毛巾围住腹部，然后伸手撑住浴缸边缘站起来。

他能做到的。很简单，吞下药片，静静等待。这样就可以了。

他打开柜子，拿出那个小包，就着浴缸龙头的温水吞下四粒药，免得照见洗手台上的镜子。吃四粒会不会有问题？他不知道，也不在乎。

他摇摇晃晃走进卧室，扯掉毛巾，抖颤着双手穿好衣服。他爬到床上，一把扯过鸭绒被蒙住脑袋，开始背诵儿歌，直到他想起那事就发生在这里，就在他搁脑袋的地方。他觉得一阵恶心，心想无论如何得找点事做，得让自己忙得顾不上胡思乱想，直到药效发作。

他掀开鸭绒被，站起来连做几个深呼吸定定心神，然后下楼。

他以为简在别处忙活，于是打算拿瓶葡萄酒直接去工作室。如果可待因不起作用，他可以把自己灌醉。他再也不在乎简会怎么想了。

但是简没在别处忙活。他还在下楼梯，就看见她从扶手旁冒出来，挥舞着话筒气呼呼地说："你总算来啦，我一直在喊你。雷想跟你说话。"

乔治浑身僵住，有如动物被猛禽发现，希望一动不动就能隐入周边环境。

“你接还是不接？”简说着朝他晃晃话筒。

他走下最后几级台阶，木然地伸手去接电话。简戴着橡胶手套，拿着茶巾。她递过话筒，摇摇头走进厨房。

乔治把话筒凑到耳边。

古怪的画面在他的脑子里一个接一个地飞速转换，站台上流浪汉的脸，简裸露的大腿，他自己生病的皮肤。

雷说：“乔治，我是雷。凯蒂说你想聊一聊。”

这就像半夜惊醒你的那种电话，你想不起来要做什么。

他不知道他想跟雷聊什么。

这是真的吗，还是他陷入了某种妄想？他还躺在楼上的床上？

“乔治？”雷说，“你在听吗？”

他想说点什么，嘴里出来的却是轻轻的喵呜声。他把听筒从耳边拿开，瞪着它看，雷的声音依旧从小孔里传出来。乔治不想再忍受下去。

他轻轻放回听筒，转身走进厨房。简正往洗衣机里放衣服。他如果拿着葡萄酒出门，肯定会引来争吵，而他没有精力吵架。

“这么快就讲完了。”简说。

“打错电话了。”乔治说。

他穿着短袜就走进花园，走到半路才意识到简可能不会相信这个精彩的托词。

/ 92 /

杰米沏好一杯茶，拿着他最好的钢笔和他在抽屉底下找到的信纸坐下。信纸质地精良，就像他小时候用来写感谢信的那种纸。

他落笔开始写。

亲爱的托尼：

我爱你，我要你来参加婚礼。

我上周去了彼得博勒。老爸精神崩溃，用剪刀割下身上的皮肉，住进医院（我以后再细说）。我在医院撞见老妈的情人（这事也等以后细说）。凯蒂和老妈为了婚礼吵了个天翻地覆。婚礼被取消，不过现在又要举行（我以后再细说）……

他撕掉信纸揉成一团，重新开始写。他花费很大的工夫才逃离家人，现在不是夸大家人缺点的时候。

亲爱的托尼：

我爱你，我要你来参加婚礼。

我上周去了彼得博勒，才明白你是我的家人……

太恶心了。

亲爱的托尼：

我爱你。

婚礼被取消，现在又要举行。

天知道那天会出什么事，我要你跟我一起到场。

天哪，他这像是在推销一项观赏赛事。

怎么就那么难？

他端着茶坐到屋外的长凳上，点燃一根烟。邻近花园里有小孩在玩耍，七八岁的样子，让他想起自己小时候：在戏水池里玩水，用竹竿设置跨栏跑栏架，骑自行车比赛，从树上往下跳。再过两年，他们会抽烟，会四处找汽油。不过现在，一切只是愉快的噪音，就像割草机的嗡嗡声，或打网球的啪啪声。

这事那么难，是因为他没法当着托尼的面说出来。你当着某人的面说话，可以看见他的反应，适当调整话语，好比推销房产：“这是都会区。”“我们看到了。”“抱歉，这是房地产代理人的惯用语。职业天性。”

不在眼前的托尼，经贝基一说，给人的感觉有所不同。他现在想起托尼，呈现出的却是一个更少条理、更多脆弱的人，一个更像他的人。

他自己也有所改变。

天哪，简直像下棋。

不，是他太蠢了。

他想要托尼回来，托尼赶上婚礼自然是好事，但错过了又怎样？反正他迟早会从希腊回来。

想到这里，如果婚礼变成一场灾难，托尼不来还算是上天眷顾呢。

事情解决了。

他踩灭香烟，回到屋里。

亲爱的托尼：

来参加婚礼吧。跟贝基聊聊，她知道一切。

我爱你。

杰米

XXX

他把信纸装进信封，附上一份影印路线图，然后封好，写上地址由贝基转交，贴好邮票，趁自己没有改变心意之前投进邮箱。

/ 93 /

若是在其他情况下，乔治可能会自杀。他接连两个晚上梦见自己在彼得博勒溺水。梦里的那条河，像巨大的羽毛床一样召唤他。他甚至在梦里都觉得可怕，因为他多么想放弃自己，沉入冰冷和黑暗，一了百了。但是六天后，婚礼就要举行，他如果对自己的女儿做出这种事，就太不像话了。

因此，他眼下只能想个法子挨过一天又一天，直到时机合适，激烈的行为不会破坏喜庆的气氛，不会让人难以接受。这肯定是凯蒂和雷度蜜月回来之后的事。

他在镜子里察看身体之后，以为会患上某种器官衰竭的毛病。人体持续承受惊恐造成的压力，同时内脏不会破裂或丧失功能，似乎是不可思议的事情。起初这成为新添的又一种恐惧，和其他恐惧，诸如对癌症的恐惧、对无法治愈的精神失常的恐惧、对婚礼上当众崩溃的恐惧，混合在一起。但二十四小时过去之后，他倒希望这事发生。中风、心脏病突发，怎样都行。他一点都不在乎是死是活，只要能失去知觉、卸下责任。

他还失眠。他一躺下就能感觉到皮肤在衣服底下变异。他一动不动地躺着，等到简熟睡后再下床吃可待因、灌威士忌。他观看深夜播出的奇怪的电视节目，如广播电视大学的冰川纪录片、四十年代的黑白电影、农业新闻。他哭泣，绕着客厅地毯转圈。

第二天他跑去工作室，找些毫无意义的活计把自己折腾得筋疲力尽，无暇胡思乱想（屋里有两个工人在换新地毯）。磨光窗框。清扫水泥地。一块一块地搬走多余砖块，将它们移到工作室的另一头。砌筑各种各样的小架构，像摆巨石阵一样。

他食欲很差，吃两口就想吐，感觉很像在恶劣的天气里坐船。为了让简放心，他勉强吃点黄油吐司，然后又不得不上楼吐在马桶里。

第二天中午，他的精神开始失控。吃完午饭，他连甜点都没碰就起身离开餐桌，说他得去个地方。他其实并不清楚自己要去哪里。他只记得从前门出来，之后很长一段时间的事情都忘了。他满脑子都是噪音，和电视没调好频道时的噪音差不多，但是更吵更密集。这让人很不舒服，不过好过趴在马桶上呕吐吐司，或躺在床上感受病斑的繁殖和联结。

他可能搭了巴士，尽管没有坐巴士的明确印象。

等他缓过神来，他已经站在诊所的接待台前。一个坐在电脑前的女人说："有什么事吗？"从她的语气听来，她已经问了好几次。

她凑过来又问一遍，问得更慢更温和，就像你发现你的讲话对象不是在浪费你的时间，而是当真有精神损伤时会采取的态度一样。

"我要见巴弗提安医生。"乔治说。

对，他既然都来这儿了，这似乎是个好主意。也许这就是他来的原因。

"你有预约吗？"

"好像没有。"乔治说。

"巴弗提安医生的日程已经排满了。你如果很急，可以看别的医生。"

"我要见巴弗提安医生。"

"抱歉，巴弗提安医生在给别的病人看病。"

"我要见巴弗提安医生。"乔治想不起来礼貌地表达异议时该说什么话。

"真的抱歉，可是……"

来诊所的一路显然耗尽了乔治的精力（他可能是走过来的），他不知道要对巴弗提安医生说什么，但他整个人一心想着要进入那个小房间。他现在进不去，无法想象还能做什么。他感到深深的孤独，而且奇怪地畏冷（他的衣服湿了，外面可能在下雨）。他蹲到地上，贴着接待台的木板缩在地毯上，轻声哭泣。

他抱住双膝。他再也不想挪动，他要永远待在这里。

有人在他身上披了一条毯子，这要么是真的，要么是他的幻觉。

他记得在什么地方读到，人即将死于暴露在外时，会觉得又温暖又舒服，这是死亡来临的征兆。

可惜死亡没有来临，他也不会永远待在这里，因为有人喊道："霍尔先生？霍尔先生？"他睁开眼睛，发现巴弗提安医生蹲在他面前。他神思过于恍惚，过了几秒钟才想起他身在何处，巴弗提安医生为何在这里。

他被扶起来，被领着通过走廊进入巴弗提安医生的诊疗室，被引到椅子上。

他好几分钟都说不出话来，巴弗提安医生好像也没有太担心，只是往后一靠，说："别着急，感觉好点再说。"

乔治振作精神开始说。换作其他任何时候，他会为自己的话不成句而不安，但他现在不在乎这些。他听起来就像卡通片里爬进绿洲的人："得癌症……快死了……真的好害怕……女儿的婚礼……"

巴弗提安医生任由他这样说了一阵，乔治脑中的压力稍微得到释放，恢复了对句法的掌控："我想住院……我想住精神病医院……拜托……我需要照护……在安全的地方……"

巴弗提安医生等着他慢慢说完："我想婚礼是在星期六举行。"

乔治点头。

"好，我们这么办。"巴弗提安医生拿铅笔在牙齿上轻敲两下。

乔治听他这么说感觉好多了。

"你星期一上午再来找我。"

"可是……"乔治感觉又很糟。

巴弗提安医生举起铅笔，乔治住口。

“我会帮你约好一位皮肤科医生。如果你还是觉得焦虑，我们再考虑找重量级的精神科专家帮忙。”

乔治又感觉好些了。

“同时，我给你开点安定，好吗？需要吃多少就吃多少，不过我建议你在婚礼期间别喝香槟，除非你想瘫倒在桌下。”

巴弗提安医生开好处方接着说：“好了，我觉得下次见面时你会感觉好很多。如果没有，我们可以想办法。”

这不是乔治期待的解决方法，但是星期一再次会面的念头和找寻重量级精神科医生帮忙的承诺让他安下心来。

他会想法子躲过皮肤科医生。

“你现在能回家吗？要接待员打电话叫你妻子来接你吗？”

简会接到电话，得知他在诊所精神崩溃，这念头立马让他恢复清醒，比什么事情的效果都快。“不，不用，我还好。”

他谢过巴弗提安医生，起身时才发觉自己还裹着一条轻轻的绿毯子。

“星期一上午十点。”巴弗提安医生说着把处方递给他，“我会让接待员帮你登记好预约。还有，拿这个去药房取了药再回家。”

他走出诊所，穿过马路走进博姿药房，一路看着瓷砖地板的图案，免得瞧见那些宣传册。他绕着停车场走了三圈，然后取药，吞下两粒安定，之后坐出租车回家。

他本来还担心要怎样向简解释这趟意外的出行，但他进屋时看到过道上有个蜘蛛侠小背包，便明白凯蒂带着雅各布来检查最后的筹备工作了。他们三人从花园里进屋，简听他说散了很久的步、忘了时间，似乎毫不在意。

雅各布嚷道：“外公，外公，来追我。”

但是乔治没有心情追小孩，说：“等一下我们玩个安静一点的游戏。”

他是说真的。药物明显在起作用。他上楼倒在床上沉沉睡去，便证明了药效。

/ 94 /

凯蒂预约好做头发的时间。

她把这事办妥之后又摇摆不定起来。其实她的头发用剪刀利索地修一修、抹点合适的护发素就行。显然，她按时间表安排一切时，完全是无意识地在忙活。

谢天谢地，她还没有组织伴娘团。

她告诉雷她想取消预约，他问为什么，她说不喜欢把自己打扮成婚礼图册里那种花里胡哨的样子。雷说："去吧，好好享受一回。"她心想：为什么不去？新生活，新发型。于是她去了，剪掉很多头发，做了一个男孩气的造型，七年来头一次把耳朵露出来。

雷是对的。这不单单是享受，镜子里的人不再只是妻子和母亲，而是一个掌握自己命运的女人。

老妈吓了一大跳。

不单单因为头发，而是因为头发加上取消鲜花预订、加上不坐豪华轿车去结婚登记处这一堆事情。

"我只是担心——"

"担心什么？"凯蒂问。

"我只是担心婚礼不……不体面。"

"因为我的头发太短？"

"你太轻率。"

没错，但是老妈真是……奇怪，居然找不到别的词儿来表达，因为父母这样说的时候可不少。他们把每一种担忧都解释成对处事不体面的担忧，比如吃得不体面、穿得不体面、举止不体面，仿佛有了体面便万事安好。“嗯，反正比上次婚礼体面很多。”

“那你和雷……”

“我们比以前相处更好。”

“那很难说是坚实的支撑。”

“我们都爱对方。”

老妈稍有畏缩，然后转换话题，就像雅各布突然听到喝令时一样：“对了，你爸和雷——”

“我爸和雷怎么了？”

“他们没闹矛盾，对吧？”

“什么时候？”凯蒂问。

“几天前，在电话里。”这种可能性让老妈惴惴不安。

凯蒂想了个遍，也没想出什么名堂。

“雷打电话找你爸聊聊，但过后你爸却说有人拨错了号码。我担心是不是有什么误会。”

一个大胡子男人来门口问拉绳固定在哪里。

凯蒂站起身说：“妈，听着，要是这样能让你感觉好些，打电话给花店吧，看有没有人在短时间内能办妥。

“好。”老妈说。

“不要找布勒那家店了。”

“好。”

“我骂过他们。”凯蒂说。

“好。”

凯蒂和大胡子男人走进花园。中央大支柱已经在花园另一头立起，奶油色的帆布顶篷由五个身穿深绿色运动衫的男人撑在空中。雅各布像发狂的小狗一样在绳圈和椅子堆之间跑进跑出，沉浸在某种复杂的超级英雄幻想中。凯蒂想起过去看着一个平常的场所像这样改头换面，也觉得多么神奇。沙发上下翻转，房间内飘满气球。

然后雅各布脚下一滑，打翻了搁板桌，被铰链式桌腿夹到手指，哇哇大哭。凯蒂把他抱起来搂在怀里，回到卧室，找出沙威隆消炎膏和梅西老鼠绷带。雅各布很勇敢，没再哭闹。老妈上楼告诉她已经订好了鲜花。

母女俩肩并肩坐在床上，雅各布把机器人变为恐龙，又把恐龙变回机器人。

“看来，我们终于要见杰米的男朋友了。”老妈说，而且在说“男朋友”之前稍作停顿，不过那小小的停顿几乎难以觉察。

凯蒂低头看着自己的手，说：“是啊。心里为杰米感到难过。

日子快要到了。她开车带雅各布进城取蛋糕，把音乐带送到结婚登记处。她希望起先播放一点《皇家焰火》，完婚之后立即接续《感觉真好》，但是接电话的那个女人相当傲慢，说他们“不搞接续播放”。凯蒂也明白这可能太复杂，说不定哪个姑姥姥中途会晕倒，他们还得伴着如同野狗一样嘶吼的詹姆斯·布朗的音乐，让她躺好慢慢苏醒。因此他们决定选用老爸在圣诞节送给她的合辑 CD 里的巴赫小提琴二重奏。

他们匆匆忙忙跑到桑德森商店取特制大啤酒杯，跑到黏手指商店取送给艾德和莎拉的特大号比利时巧克力，然后开车回家，差点因为一群孩子把足球踢到车前毁了蛋糕。

他们坐下吃晚饭，一共四人，老妈、老爸、雅各布和她。晚饭吃得很好，没有争吵，没有怄气，没有围绕不愉快的话题顾左右而言他。

她把雅各布送上床，帮老妈洗碗。此时大雨倾盆。老妈烦躁不安，做父母的遇到坏天气都这样。凯蒂爬上阁楼，打开朝向花园的窗户，站在窗前。帐篷噼啪作响，狂风像海浪一样在黑漆漆的树林里咆哮。

她喜欢风暴、惊雷、闪电、豪雨，这和小时候想住进城堡的梦想有关。

她想起上次婚礼。格雷厄姆在婚礼前一天用了她的洗发水，莫名其妙地过敏，又是冰敷，又是吃抗组胺。一辆小货车撞脱了布莱恩叔叔的捷豹车的挡泥板。一个心理有问题的奇怪女人跑到接待处唱歌。

她不知道这次会出什么乱子，然后又觉得自己很傻，就像烦心下雨的老妈，瞎担心。

她关上窗户，用袖子擦去窗台上的雨水，然后下楼去看酒瓶里还有没有葡萄酒剩下。

/ 95 /

乔治觉得巴弗提安医生也不是那么无能。

安定很好，真的很好。他下楼，沏了一杯茶，陪雅各布打了两局牌。

凯蒂进城后，他挤到帐篷后面看看工作室，发现花园尽头被堵住，工作室成为小孩喜欢的那种隐秘之境，而且老实说，他也很喜欢那种感觉。他拉出一把折叠椅，舒舒服服地坐了十分钟，直到一个工人溜到帐篷另一边，朝花坛撒尿。乔治觉得咳嗽两声以示有人，相较不声不响看着人家撒尿更为得体，于是他咳嗽起来。那人道歉之后走开，但是乔治觉得自己的隐秘之境已经受到侵犯，便返回屋里。

他进屋做了一个火腿番茄三明治，就着牛奶吃下。

安定的唯一问题，在于不能激励理性的思考。直到晚饭过后，他下午服用的两粒药片的功效开始消退，他才做起这样一道算术题：瓶里只有十粒药，他如果照现在的分量吃下去，那还没到婚礼开始就吃完了。

他现在明白，巴弗提安医生虽然聪明，但不够慷慨。

他必须停止服药，明天也不能服药。

棕色小瓶上的标签警告服药时不能饮酒。去他的，等他在婚礼上讲完话坐下后，就马上要把手边的酒灌进肚子。如果他当即昏死，那也很好。

麻烦的是要挨到星期六。

即使现在，他坐在沙发上，耳边播着雅克·路西耶的立体声音乐，腿上搁着折叠起来的《电讯报》，也能感觉到那日子的来临，就像几年前，人们在圣艾芙看到风暴从海上袭来，看到半英里之外凝重的天光形成的灰墙，以及灰墙下面的暗黑海水，他们只是站着观望，根本不知道它行动之快，然后为时已晚，冰雹如同炮火横扫海滩，他们跑啊叫啊。

他的身体开始加速、震荡，径直冲向危险地带。恐惧感又回来了。他想抓他的臀部，但如果那里有癌症，他最不想做的就是惊扰它。

他真想再吃点安定。

全能的上帝啊，你会说你喜欢理性、逻辑、常识、想象的种种理由，但是在紧要关头，你需要的本领却是“可以做到什么都不想”。

他起身走进过道。晚饭还剩了一些葡萄酒，他要把酒喝光，再吃两粒可待因。

他走进厨房，却发现灯是灭的，通往花园的门是开的，凯蒂站在门口一边望着倾盆大雨，一边对着酒瓶喝剩下的葡萄酒。

“别喝那个。”乔治说，没想到自己会那么大声。

“抱歉，”凯蒂说，“我以为你睡了。总之，我打算喝完，你不用染上我的细菌了。”

乔治如果说“给我酒瓶”，必定像个疯子。

凯蒂喝着葡萄酒说：“天哪，我喜欢下雨。”

乔治站在那里看着她，她继续大口喝酒。片刻之后，她转身发现他站在那里看她。他意识到自己的行为有点怪异，但他需要有人陪。

“拼字游戏。”他说。

“什么？”凯蒂问。

“我在想你要不要玩拼字游戏？”怎么会想起这个？

凯蒂慢慢晃脑袋，琢磨着这主意。“玩吧。”

“太好了，”乔治说，“你去把碗柜里的那个盒子拿出来，我要先去吃点可待因，对付头痛。”

乔治在上楼梯的途中想起他们上次玩拼字游戏的情形，那次他完全合乎规则地拼出一个词“犏牛”，即普通牛和牦牛的杂交种，却引发激烈的争辩，导致游戏停顿。

唉，好吧，这样一来就没法胡思乱想了。

/ 96 /

这真是有点累人。

杰米清醒的时候，有三分之一的时间克制自己不去想托尼；另外三分之一的时间在幻想托尼及时归来，两人在各种各样戏剧般的场景重聚；最后三分之一的时间完全被感伤的想法占据，即他孤身一人去彼得博勒，要么收获太多同情，要么得不到丁点同情，同时还得为了凯蒂强作欢颜。

他打算星期五下午提早出发，避开交通高峰。星期四晚上，他一边吃从乐购超市买来的烘烤面食和水果沙拉，一边看《女巫布莱尔》的录像。影片比他预想的更恐怖，他中途不得不停止播放，把楼下所有的窗帘都拉上，把前门锁上。

他以为会做噩梦，因此当梦到和托尼做爱时十分惊讶。他心里没有怨艾，这只是禁欲太久之后的饥渴表现。不过让他稍感不安的是，整个梦境发生在一场鸡尾酒会上、发生在他父母的客厅里。托尼将他脸朝下推倒在沙发上，把三根手指伸进他的嘴里，粗暴地和他做爱，事先没有任何温存之举。以梦境来说，所有细节过于清晰，托尼生殖器的弯曲、托尼手指上的油漆污渍、紧贴着脸的靠垫、靠垫上盘结的藤蔓图案。一切如此清晰，他在第二天早上好几次想起梦境，瞬间都会惊出一身冷汗，然后才反应过来这不是真的。

/ 97 /

简穿着睡袍下楼，在细雨中慢慢走过草坪，这才发现情况有多糟糕。

帐篷里有积水，而明天会有七十人坐在这里进餐。

她忍不住想，要是由她来操办婚礼，还会不会出这种事，虽然她肯定跟凯蒂和雷一样拿天气没辙。

她觉得自己……老了，她的感觉就是这样。

不仅仅是下雨，还有乔治。这几个星期他好像还好，然后，昨天晚饭过后，一切好迹象都不见了。他不愿说话，不想帮忙，她对此完全摸不着头脑。

她真的担心，而不是生气，她分得清楚。但是你连问题出在哪里都不知道，还怎么担心？

她慢慢走回厨房，给自己烤了吐司，煮了咖啡。

半小时后，凯蒂和雅各布下来了。她把帐篷的事告诉凯蒂，发现凯蒂一点都不慌张的时候，她几乎要发脾气。

凯蒂不理解是因为举办婚礼的又不是她的花园。宾客发现自己在泥泞里走来走去，只会埋怨简。这么想很自私，但事实如此。

她尽力抛开这想法。“啊，小家伙……”她揉揉雅各布的头发，“你早上想吃点什么呢？”

“我要吃鸡蛋。”雅各布说。

“我要吃鸡蛋，然后呢？”凯蒂埋在报纸里，头也不抬地说。

“我要吃鸡蛋，谢谢。”雅各布说。

“炒蛋、煎蛋还是煮蛋？”简问。

“什么是煎蛋？”雅各布问。

“他吃炒蛋。”凯蒂心不在焉地说。

“那就吃炒蛋。”简亲亲雅各布的脑袋。至少她还可以为别人做点事情。

/ 98 /

老妈是对的。婚礼总会出点状况，不然肯定会打破世上某种不成文的规定，好比圣诞节下雪，或者无痛分娩。

凯蒂打电话给帐篷租赁公司，还算好，他们当天稍后会带拖把和加热器过来。

然后，艾琳姨妈和罗尼姨父带着他们的拉布拉多狗来了，因为他们的狗保姆在住院。不幸的是雅各布讨厌狗，因此狗被关在外面，免得他不高兴。不过那家伙开始狂吠，又抓又挠试图从后门进来。

然后，酒席承办人打来电话说断电导致冷库整夜没制冷，需要更改菜单。莎蒂打来电话说她刚从新西兰回来，发现邮件中有请柬，问是否还能赶上。布莱恩和盖尔打来电话说旅馆把他们的预订记录弄丢了，肯定得有人帮他们解决这个问题，比如新娘，或者新娘的父母。

凯蒂懒得回电话，跑到楼上，却发现老爸把自己锁在浴室，可能是在躲艾琳和罗尼。于是她跑到顶楼上厕所，冲水时发现化粪泵在不停地碾磨，水位激增至离马桶边缘不到一厘米的地方。这个时候她真恨不得去死。她没有拨打标签上的电话，心想索性再试一次，于是又冲一次水，结果也在预料当中。

凯蒂马上跪到地板上，一边用奶白色的毛巾阻住一摊尿水，一边骂着："去他的，妈的，该死。"雅各布正好在这个时候来到她身后，说她骂脏话。

"雅各布，去找外婆，叫她拿垃圾袋来。"

"真臭。"

"雅各布，拜托去找外婆，不然就拿不到零花钱，永远都拿不到。"

但是拉布拉多狗在屋后，雅各布根本不愿挨近一楼，她只好自己下楼，却发现老妈和老爸在过道里为老爸的不尽责激烈争吵，不过吵得很小声，可能是怕艾琳和罗尼听见。凯蒂说卫生间溢水，老妈要老爸解决，老爸不肯。于是老妈对老爸说了句有违淑女风范的话，凯蒂没听清楚，因为雷走到过道另一头说："希望你们不介意，你姨妈让我进来的。"

老妈吓得一愣，然后反应过来，连声道歉说不该又一次当着雷的面吵架，并问他要不要喝茶。凯蒂提醒她卫生间在溢水，同时为雷昨天一整夜在伦敦的秘密活动感到相当恼火。老爸趁着众人转移注意力的时候溜开，雷跑上楼，老妈说要去烧水。凯蒂去厨房拿垃圾袋，好把浸透尿水的毛巾装来放进洗衣机，半路却发现餐厅的地毯上有泥爪印，便扔给罗尼一块一次性抹布，要他跟在他那可恶的狗后面擦干净，而身为基督徒的罗尼也不得不擦。

马桶修理工说一小时后会过来。艾琳和罗尼带着拉布拉多狗罗孚出去散步，尽管天下着雨。一切都在转好，直到凯蒂从行李箱里取出礼服熨烫，发现半品脱的椰子沐浴露渗进了礼服的褶边。凯蒂大声咒骂，可能连远在外面的艾琳和罗尼都听得见。雷举起双手说："揍我吧。"凯蒂当真揍了，还连连下手，直到雷嚷道："好啦，开始疼了。"

雷建议她进城另买一件礼服。她正要教训他一顿，骂他以为女人的问题都可以通过购物解决，他却不慌不忙地说："去买件新礼服，找家咖啡馆看看书、喝喝咖啡，两小时之后再回来，我会把这里的一切都安排好。于是她给他一个亲吻，抓起皮包跑了。

/ 99 /

乔治天真地以为，凯蒂和雷说他们会操办一切就意味着他什么都不用干。

简不理解，他如果开车进城去取花，很有可能会一直开到亚伯丁。她不理解，他需要找个地方安安静静地坐着，什么也不干。

然后楼上的卫生间溢水，一切都乱成一团，于是他回卧室躺下。但是简进卧室拿床单和毛巾给罗尼和艾琳时对他很不客气，他便把自己关进浴室。后来简又把他喊出来，因为有人要上厕所。乔治马上明白，混乱的状况在婚礼日只会加倍混乱，他很快就会应付不过来。

他处于狂乱的非现实感中，跟谁都没法闲聊，更别提站在他们面前发表演讲。

他不想让凯蒂难堪。

他肯定不能参加她的婚礼。

/ 100 /

简错看了雷。

在他到来后不到一小时，一切回归正轨。凯蒂被催去城里，工人赶来修马桶，艾琳和罗尼带着他们可恶的狗被派去取花。

还有一件奇怪的事，他好像对天气也能掌控。他刚到的时候，她给他泡茶，当时往窗外一看，发现雨已经停了，太阳出来了。不到半小时，帐篷租赁公司的工人赶来烘干场地，他在花园里指挥他们干这干那，好像他才是老板。

的确，他有时显得鲁莽。不是我们这一类人，如果你硬要说的话。但是她渐渐明白，成为“我们这一类人”未必是好事。毕竟，他们一家子在筹办婚礼这件事情上相当失败，或许他们正需要一点点鲁莽。

她开始明白，凯蒂或许比她或乔治所了解的更明智。

下午过去一半的时候，她的哥哥和嫂子到了，说要请她和乔治出去吃晚饭。

她解释说乔治有点不舒服。

“嗯，如果乔治不介意，你一个人去吧。”道格拉斯说。

她正要客套地推辞，雷说:“你去吧，我们保证看好这里。”

她头一次为凯蒂要嫁给这个男人感到高兴。

/ 101 /

杰米开车驶进村子，心里有点沉重，像以往回家时一样。反正是家事，他好像又回到了十四岁。他把车停在家门口的路边，熄灭引擎，打起精神。

要记住的一个秘诀是，你现在是成年人，大家都是成年人，不会再有你十四岁时的那种争斗。

天哪，他真希望托尼在身边。

他朝对面的房子看去，看见道格拉斯舅舅和他的妻子从侧门出来。是玛丽还是莫莉？他进屋前最好先找人问清楚。

他在车座上往下一滑，免得被发现，一直躲到他们上了自己的车。

天哪，他讨厌舅妈姨妈姑妈婶婶这些人，她们抹着口红，喷着薰衣草香水，讲着你唱圣歌时尿裤子的滑稽往事。

他们开车走了。

他要怎么解释托尼的事？

这是个问题，对吧。你离家在外，但你从来没有长大，没有真正长大。你只是以更复杂的方式在胡搞。

就在这时，凯蒂开车过来停在他旁边。他们同时下车。

“嘿，你来了。”凯蒂说。两人拥抱。“托尼没来？”

“托尼没来。”

“真是遗憾。”她摸摸他的胳膊。

“听着，我正要问你，我是说你跟妈怎么说的？”

“我什么都没说。”

“好。”

“跟他们实话实说吧。”凯蒂说。

“是啊。”

凯蒂定定看着他说：“他们没事的，他们必须没事。这个周末我是女王，谁都不许胡来，好吗？”

“好。”杰米说，“对了，很棒的发型。”

“谢谢。”

他们走进屋里。

/ 102 /

凯蒂和杰米一起走进厨房，发现艾琳像神佑的圣人一样坐在桌旁一小圈花丛中。

“我们把你的花取回来了。”艾琳说着站起来。

凯蒂一时还以为这是私人礼物。

“嗨，亲爱的。”老妈说着亲亲杰米。

艾琳对杰米说：“我们上次见这小伙子还是……嗯，我不记得有多久了。”

“很久了。”杰米说。

“啊，”老妈有点不自在地说，“托尼呢？”

凯蒂发觉老妈在强作镇定，因为杰米的男朋友在毫无心理准备的福音派信徒妹妹面前露面的时机不当。凯蒂不由为杰米和老妈同时感到难过。显然，成为周末女王，也没有能量解决所有问题。

“他可能不来了。”杰米说。凯蒂看得出他在鼓足勇气。“我们之间出了点问题。长话短说，他去了克里特岛，现在正是那个地方一年中最好的时候。”

凯蒂体贴地拍拍杰米的后背。

“真遗憾。”老妈说，好像她真心如此认为。

然后艾琳说：“托尼是谁？”瞪大眼睛，表情天真，明显给屋里注入一股冷气。

“总之，”老妈根本没理会她妹妹，搓搓双手说，“我们要做的事情还很多。”

“托尼是我的男朋友。”杰米说。

凯蒂觉得，如果一切都搞砸了，如果结婚登记处被烧毁了，如果她在去结婚登记处的半路上扭坏脚踝了，倒值得配上艾琳此刻的表情。

她好像在等着上帝指示她如何反应。

老妈作何感想，很难看出来。

“我们是同性恋。”杰米说。

“过来，你。”凯蒂觉得这有点过分了，把他拉向过道。

门口有个男人说：“我来修马桶。”

/ 103 /

杰米和凯蒂走进卧室往床上一倒，笑个不停，顾不上向雷或雅各布解释原因。真的又像回到了十四岁，不过这次感觉很好。

然后杰米想上厕所，便沿着楼梯平台走去。等他从卫生间出来时，他父亲走过来说：“杰米，我想和你聊聊。”没有问候，没有客套，只是密谋似的低语，一把抓住他的手肘。

他跟着父亲走进父母的卧室，坐到扶手椅上。

“杰米，听着……”

杰米仍在为厨房里的遭遇兴奋，而且父亲的语气平静从容，没什么可担心的。

“癌症，”父亲说，有点窘迫地皱眉挤脸，“可能复发了。”

“癌症复发？”杰米这才意识到事情相当严重，不由稍稍坐直身子。

“我害怕，杰米，非常害怕。怕死，怕癌症，时常有这种感觉。不开心，一点都不开心。睡不好，吃不好。”

“你告诉过妈吗？”

“我一直让她有点紧张，”父亲说，“告诉她也不会有多大作用。我实在需要有个安静的房间待着，我一个人。”

杰米想凑过去轻抚父亲，就像抚摸不安的小狗那样。这是一个罕有的冲动，或许不是明智之举。他说：“我能怎么帮你？”

“嗯，对，你能帮我，”父亲说，明显高兴起来，“你知道，问题在于我没法参加婚礼。”

“什么？”

“我没法参加婚礼。”

“可是你必须参加婚礼。”杰米说。

“是吗？”父亲有气无力地说。

“当然，”杰米说，“你是新娘的父亲啊。”

父亲思量一下这话说：“你说得对极了，当然。”

片刻沉默之后，父亲哭起来。

杰米以前从未见过父亲哭，也从未见过别的老人哭，除了在电视里看到的战争期间的场面。他觉得头昏脑涨，又惊慌又难过，不得不压制想叫父亲别参加婚礼的冲动。如果他那样做了，两人在余生里都别想让凯蒂理他们。

杰米从椅子上起身，蹲在父亲面前。“爸，听着，”他摸摸父亲的手臂，“我们都在你身边，我们到时会握住你的手。你进帐篷后可以喝几杯葡萄酒……没事的，我保证。”

父亲点点头。

“哦，我会和妈谈谈，”杰米说，“告诉她你需要安静。”

他站起来。父亲沉浸在自己的世界里，他碰碰父亲的肩膀问：“你还好吧？”

“谢谢。”父亲抬头看着他。

“有事就喊我。”杰米说。

他走出卧室，轻轻关上门，然后去找母亲。

他下楼梯时瞥了一眼自己以前的房间，注意到床上有行李箱。他心里想着父亲的精神问题，没有考虑那些行李箱意味着什么，直到在过道上遇见拿着一堆干净的法兰绒衣物的母亲。

“妈，听着，我刚跟爸聊过……”

“是么？”

杰米停下来，想了想要说些什么、要怎么说，然而脑子的另一部分却琢磨起那个行李箱来，结果说出口的是："我房间里的那些行李箱……"

"怎么了？"

"谁住那儿？"

"艾琳和罗尼。"母亲说。

"那我住……"

"我们在雅威尔给你订了一个含早餐的好房间。"

就在这时，杰米一反常态地勃然大怒。他也知道现在不是发怒的时候，但他没有别的办法。

/ 104 /

简在找杰米，想弥补厨房里的慌乱一幕，想表达对托尼不来参加婚礼的难过。

她遇见他时他正在下楼梯，显然没有人告诉他艾琳和罗尼要睡在他的房间里。

她打算向他解释，说她相当为难，在城里的图书馆花了一上午时间，想找到一个能让他和托尼觉得舒服自在的独特的旅馆房间。她为自己的此番举动深感骄傲，也期待杰米会领这份情，但是他没有心情搭理这事。

"你就是不想让我和托尼睡在这个家里，对吧？"

"不是那样的，杰米。"

"我是你的儿子，看在老天的分上。"

"拜托，杰米，别这么大声。总之，现在托尼没来——"

“是啊，这样一来你所有的问题都解决了，不是吗？”

近旁有扇门开了，两人都住了嘴。

雷、凯蒂和雅各布出现在楼梯口，幸好他们似乎没听到争吵。

“啊，杰米，”雷说，“我们正在找你这家伙。”

“我给金刚战士涂了色。”雅各布说着举起一本杂志。

“我们需要帮忙。”凯蒂说。

“帮什么忙？”杰米问，非常恼火吵架被打断。

雷说：“我和凯蒂要出去吃饭，简要去见她的弟弟，我们就想你能不能临时照顾一下雅各布？”

“哦，我晚上恐怕不会住在这里。”杰米说着送给简一个讥讽的微笑。

“说不定你爸能照顾雅各布，”简说，试图把大家的注意力从杰米身上移开，“我觉得也该是他捋起袖子帮帮忙的时候了。”

“天哪，不行。”杰米说。

“杰米，”简说，“怎么说话的。”

“不听话哦。”雅各布说。

“我来照顾雅各布，”杰米说，“抱歉。别管我刚才说的不在这儿住的话。我脑子不清醒，抱歉。没问题。来吧，小家伙，咱们看看你的金刚战士。”

“是黄色的金刚战士。”雅各布说。

两人一起往楼上走去。

“怎么回事？”凯蒂问。

“哦，没事。”简说，“好了，你们要去哪里吃晚饭？还是有个大惊喜？”

/ 105 /

晚饭吃到一半的时候，雷开始看手表。

凯蒂说绅士跟他的未婚妻共进烛光晚餐时不应该做出这种举动。他向她道歉，但不是很真诚。他显然觉得这未免可笑，然而这并不可笑，凯蒂当真生气，又不想在婚礼前夜公开吵架。

九点差几分的时候，雷从桌上凑过来，握住她的双手说："我给你买了一样礼物。"

凯蒂"啊哈"一声，不置可否，一方面因为雷看表的举动，另一方面因为雷不是个擅长买礼物的人。

雷没说什么。

"怎么……"凯蒂问。

雷竖起手指，意思是"等一等"或"别出声"。这举动也很古怪。

"好吧。"凯蒂说。

雷看向窗户，于是凯蒂也看向窗户。雷说："五、四、三、二、一。"接下来几秒，什么事都没有，雷轻轻骂了句"该死"，然后餐厅旁边的空地上突然爆出烟花，有嘶嘶作响的白蛇、紫色的海胆、黄色的星爆、璀璨的绿光垂柳。那些声响，听起来就像有人用高尔夫球棒击打纸板箱，马上让她回想起有篝火、锡纸烤土豆和闪光炮烟味的日子。

餐厅里的每个人都在观看，每次爆响都会引来轻轻的"哦""啊"之声。凯蒂说："这就是……"

"是啊。"

"天哪，雷，太美了。"

"别客气。"雷说。他根本没看烟花，而是看着她观看烟花的脸。"要么是这个，要么是香奈儿五号，我觉得你更喜欢这个。"

/ 106 /

简很少见到道格拉斯和莫琳，部分原因是他们住在敦提，还有部分原因是……好吧，坦白说，是因为道格拉斯有点像雷，而且比雷更甚。他起初经营一家搬运公司，属于那种对自己的粗率作风极度自豪的大块头男人。

然而，她对雷这类人的看法，在过去二十四小时来了个大转变，因此她很喜欢今晚道格拉斯的作陪。

莫琳问起乔治有什么问题时，她已经喝了两杯葡萄酒，心想“去他的”，便如实告诉他们他的精神压力太大。

莫琳答道：“道格拉斯两年前也经历过。”

道格拉斯吃完大虾冷盘，点燃一根烟，伸出胳膊搂着莫琳，让她替他解释这事。

“在爱丁堡北部跑运输时忽然昏迷，醒来时正以七十英里的时速擦撞中央隔离带的防护栏。后来扫描脑部，验血。医生说是紧张造成的。”

“因此我们卖掉一辆铰链连接式卡车，滚到葡萄牙玩了三星期，”道格拉斯说，“把公司留给西蒙管理。知道什么时候该放手，这点最重要。”

简想说“我不知道这事”，但他们清楚她不知道，而且清楚为什么。因为她从来不关心。她觉得难过，便说：“真是抱歉，我应该让你们住在家里的。”

“和艾琳一起？”

“调换一下。”简说。

“希望她不会把那只讨厌的狗带到仪式上。”道格拉斯说。他们都哈哈大笑。

简还想过要不要把剪刀的事情告诉他们，然后觉得那扯得有点远了。

/ 107 /

杰米以前从没照顾过小孩，确切说是没有真正照顾过。

雅各布很小的时候，他看护过他两次，也就一两个小时，而且小家伙大部分时间都在睡觉。他甚至还换过尿布，其实不需要换的。他把气味搞错了，拿下尿布才发现里面没有东西。他只是没法忍受再把浸染尿液的尿布包回去。

但是他不会再当临时保姆，至少在雅各布满十二岁之前不会。

这个念头，在雅各布拉完大便把他喊进浴室的瞬间闪过他的脑海。他看着雅各布过早滑下马桶座圈，把最后一截大便拖挂在座圈边缘，那就像湿漉漉的巧克力色钟乳石。

不是婴儿的粪便，而是真正的人类排泄物，有点像狗粪。

杰米用厕纸当手套武装自己，屏住呼吸。

这世上当然还有更糟糕的差使，比如捕鼠人、航天员，但杰米从未意识到养育子女有多繁难。

雅各布极度得意于自己的成果，于是晚上的其余活动，比如吃炒蛋吐司、读《和甘伯伯去游河》、洗泡泡澡，至少被他打断二十次，反复讲述他的马桶冒险。

杰米总是找不到机会和母亲谈谈父亲的精神状态，或许这样更好，少一个人担忧。今晚他离开时，可以交代雷留心关照。

父亲晚上一直待在卧室。

等雅各布终于上床后，杰米跷起双脚开始看《碟中谍》。不知为什么，电视机下面有一堆动作片录像带。

影片放到一半时，杰米暂停播放去上厕所，顺便看看父亲。父亲不在卧室，也不在浴室。哪个房间都找不到他，不管是楼上还是楼下。杰米回去检查橱柜和床下，想到他可能做傻事便吓呆了。

他正要打电话报警时瞥了一眼黑漆漆的花园，却发现父亲站在草地中央。他开门走到屋外，父亲轻轻晃动身子。

“你怎么样？”他走过去站在父亲身旁。

父亲仰望天空说：“很难相信，一切都会终结。”

他喝酒了，杰米闻得出来。葡萄酒？威士忌？很难分辨。

“音乐、书籍、科学。人人都在谈发展，可是……”父亲仍在仰望天空。

杰米握住父亲的胳膊，防止他往后摔倒。

“几百万年之后，所有一切都成为一个毫无意义的大岩块。没有迹象表明我们曾经存在过，甚至不会有人注意到没有这种迹象，也不会有人去寻找这种迹象。只有……空间，以及其他大岩块，不停旋转。”

杰米自从在大学和斯肯尼喝得酩酊大醉之后，还从没听人说过这种话。“我们还是进屋吧。”

“不知道这让人害怕还是欣慰。”父亲说，“你知道，每一个人都会被遗忘，你、我、希特勒、莫扎特、你母亲。”他低下头，搓着双手，“对了，几点了？”

杰米看看手表说：“十点过二十。”

“还是回屋吧。”

杰米轻轻扶着父亲朝光亮的厨房门口走去。

父亲在门口停住，对杰米说：“谢谢。”

“谢什么？”

“谢谢你的倾听，不然我还真挺不住。”

“别客气。”杰米说，然后等父亲走向楼梯时把门锁上。

大家都回来后，杰米把雷拉到一边，告诉他父亲的情绪有点不稳定，问他夜里能不能警醒一点，并要他别跟凯蒂提这事。雷应承说没问题。

然后杰米开车去雅威尔旅馆。旅馆已经锁门，前来应门的是个身穿男式束腰长袍的大个子，看不出男女，对方相当恼火杰米没有事先打电话通知会这么晚到。

/ 108 /

第二天早上，简醒来后洗了个澡，然后晃回卧室。

乔治坐在床沿上，脸上还是这几天的卑怯表情。她尽量不理他。她要是开口跟他说话，可能会大发脾气。

她也许不够敏感，也许过于古板，但她觉得在女儿结婚的日子，没有什么烦心事不能抛到一边。

她正在穿衬裙，他说：“对不起。”她转过身，看出他是真心的。

“真的对不起，简。”

她不知道该说什么。说没关系？但就是有关系，她看得出来。

她坐下，握住他的手。或许你能做的只有这个。

她记起孩子们小的时候打架或打破东西，她会教他们说“对不起”。那只是说给他们听的一个词，一种掩饰裂痕的方式。你现在听到有人真诚地说“对不起”，才发现它的力量有多大。这是一个打开洞穴之门的魔法词。

“我要怎么帮你？”她问。

“我想你帮不上忙。”乔治说。

她坐到他身旁，抱住他。他没动。

她说："我们会帮你熬过这一切。"

过了一会儿，凯蒂敲门问："妈？能帮把手吗？"

"等我一下。"她把衣服穿好，亲吻乔治，说，"没问题的，我保证。"

然后她就去照顾其他家人了。

/ 109 /

杰米起床走进卫生间。

备用卫生卷纸裹着淡蓝色的针织套，墙上挂着一组产自科斯塔布拉瓦海岸的手绘盘。

他夜里醒了好几次，心烦意乱，因为他做了一连串的梦，梦里没能阻止发生在父亲身上的可怕事情。其中有个梦，他从楼上的窗户往下看，看见父亲缩成平常一半大，鲜血淋漓，被一只狼拖到花园里。因此他觉得疲惫不堪，而且一想到楼下可能正等着他的早餐，比如热培根配小段白脆骨、热茶加全脂牛奶……就没法忍受。

他今晚要睡在父母家的沙发上，要不就睡在帐篷里。

他收拾好行李，看看周围无人，便轻手轻脚地下楼。他刚打开门，那个不男不女的大个子忽然从厨房过道走出来，说："要吃早餐吗？"杰米只顾狂奔。

/ 110 /

凯蒂躺在屋顶平台的折叠躺椅上，俯瞰着巴塞罗那。不过那平台是他们在圣吉米尼亚诺的旅馆房间外的平台，而她却能看到在圣吉米尼亚诺看不到的海洋。空气里有种介乎防晒乳和上好香草奶油冻之间的味道。雅各布在睡觉，要不就是和老爸老妈待在英国，再不然就只是没在身边，反正不用她操心。还有，那其实是吊床，不是躺椅。

然后，雷踩到摩比骑士大叫起来；雅各布也大叫，因为雷把摩比骑士踩坏了。于是凯蒂醒了，她今天就要结婚，也许这个时候需要停止忙乱尽情享受。但是享受是不可能的事，她还在刷牙洗脸的时候，酒席承办人已经在楼下询问可以占用厨房多大的地方，她只好把老妈叫来。然后雅各布闹脾气，因为罗尼吃光了麦麸片，却没有道歉或去村里的商店另买，而是对雅各布讲了几句大道理，说他不能总是予取予求，尽管正是罗尼自己予取予求惹的祸。然后艾德来了，一脚踩到那只讨厌的狗拉在小路中间的一堆粪便。显然，这种情况会一直持续到这一天结束。

/ 111 /

杰米开车飞速逃离，轮胎尖叫着驶出巷子。他驶上大马路时还在为刚才的举动羞愧。他放缓车速，提醒自己：旅馆实在糟糕，老板又粗鲁又诡异（肯定是由女变男的变性人，不过不敢断定），而他住在那儿只是因为被屈辱地赶出自己的房间（他忘了结账，对吧；该死，以后再说）。于是他由羞愧转而气愤，这相对而言更健康一些。

然后，他想象着把整件事情讲给凯蒂听，包括卫生卷纸的针织套和轮胎的尖叫，想象着高声质疑老妈在图书馆到底查询的哪本旅游指南，心情又由气愤转而开心，这也更有益健康。

等他在父母家门外停下车子，他的心情已经大大好转。逃跑不是他的作风。整理好旅馆房间，耐着性子看完难看的电影，偶尔在人前假装托尼只是他的好朋友，这对精神健康并没好处。

他以前讨厌托尼在餐厅发牢骚或当众招摇地和他牵手。可是现在，托尼不在身边，他才明白那些事情有多重要。他还想到，做个好人要具备两个因素，其一是为他人着想，其二是认真对待他人的想法，比如把变味的烤饼退回厨房，在黑衣修士桥上舌吻。

一连串的想法越来越强烈，伴着他走进厨房。艾琳和罗尼正好在吃早饭。此时他觉得托尼就在身边，即使没有他的肉体，也有他的灵魂同在。杰米明白，不管艾琳和罗尼怎么想（比如他需要救赎或阉割去势或关进监狱），他们其实对他心怀恐惧。他不由觉得自己有点像蝙蝠侠，看似邪恶，却是个好人。

他打招呼说："嗨，艾琳，嗨，罗尼，"并且粲然一笑，"希望你们睡得还好。"

他拍拍他们的肩膀，然后一个转身，黑色大外套在空中扫过，身穿皮靴和紧身裤的他昂首阔步穿过餐厅，走过过道，迈进楼下的卫生间。

他好像坐了一架短程时间机器，因为他冲完马桶回到过道时，仿佛身处尤斯顿火车站广场：艾琳往一边走，他姐姐往另一边走，雅各布扮演战斗机，那只基督徒猎狗汪汪狂吠，两个他不认识的白制服女人顶着惊人的红发站在厨房门口。

凯蒂说了声"嗨，杰米"就消失了。

雷下楼走过来轻声说："昨晚你爸没什么动静。"

"谢谢。"杰米说，"我会去和他打招呼。"

"旅馆房间怎样？"雷问。

"不好。"杰米说。

"凯蒂告诉我，你的房间被那对开心的话痨占用了，"雷说，"我猜他们可能在里面驱邪。”

杰米走到楼梯平台，才意识到自己有点分心，没有回应雷的玩笑，可能失礼了。不要紧，眼下父亲更重要。

他敲敲卧室门。

“进来。”父亲说，声音轻快，让人放下心来。

杰米走进房间，发现他穿得齐齐整整坐在床边。

“你来了，”父亲说，“好。”他一副准备行动的架势，手往膝头一拍。

“你还好吗？”杰米问。

“改变想法了。”父亲说。

“什么想法？”

“真的没法参加婚礼。”

“坚持一下。”杰米说。

“喏，我可以住旅馆。”父亲说，“不过老实跟你说，我最近受够了旅馆。”

杰米不知道该如何回答。父亲的言行举止好像完全正常，但其实他根本不正常。

“我肯定没法用车，你妈要开车去结婚登记处。如果我从这里走出去，肯定会被认识我的人发现。”父亲从床垫下面抽出一张全国地形测量图，“但是你有车，”他展开地图，指向福克斯沃斯，“如果你能开车把我带到附近的某个地方，我就可以走十到十五英里的小路，不用穿过大马路。”

“对。”杰米说。

“你在后备厢里放上我的大雨衣和一瓶热茶，到时会有用。”父亲折好地图，塞回床垫底下，“如果有的话，带点饼干也很好。”

“饼干。”杰米说。

“简单的、容易消化的那种就好。不要太多巧克力。”

“容易消化的。”

“谢谢，这让我感觉好多了。”父亲抓起杰米的手握住。

“好。”杰米说。

“你最好下楼去准备，”父亲说，“不能走漏风声，对吧。”

“对。”杰米说。

他起身朝门口走去，又回头看一眼，父亲凝望着窗外，不断在两脚之间倒换重心晃动身子。

杰米踏上楼梯平台，关好门，跑下楼，抓起手机冲进卫生间，锁上门，缓了口气便打电话给诊所。电话被接到某个类似周末管控中心的地方。他说他的父亲精神失常，并且讲了有关剪刀、婚礼、逃跑计划和哭泣的事情。对方说四十五分钟后会有医生赶来家里。

/ 112 /

简看见雷在帐篷里监督最后的席位调整。他们有个朋友早上绊了一跤，在脸盆上磕坏了门牙。

“雷？”她问。

“什么事？”

“抱歉打扰你，”简说，“但我不知道还能问谁。”

“说吧。”雷说。

“是乔治，我担心他。他今天早上跟我说了一些话，他真的不太好。”

“我知道。”雷说。

“你知道？”

“杰米说他昨天状态不佳，让我留神照看他。”

“他什么都没跟我说。”

“可能不想让你担心。”雷说，“总之，杰米今天早上跟乔治谈过了，看看他状态如何。”

“你真好。”她觉得浑身一阵轻松。

“你应该谢谢杰米。”

“你说得对，”简说，“我会的。”

几分钟后，她在过道上撞见从卫生间出来的杰米，逮住了机会感谢他。

“别客气。”杰米说。

他一副异常烦躁的样子。

/ 113 /

乔治紧紧抓住马桶边缘，一边呻吟。

杰米已经出去二十分钟，远远超出准备茶水和饼干的时间。

乔治开始明白他的儿子不会帮他。

他像以前带孩子们去动物园看过的北极熊那样前后晃动身体。

他把别人都吓跑了？他今天早上试图跟简聊聊，但是简跑去熨长裤还是给谁擦屁股了。

他用力咬小臂，就是手腕上面的地方。想不到皮肤那么硬，他咬得更用力些，牙齿穿透皮肤，还穿透了别的东西，他不知道那是什么，听着像咬芹菜。

他站起来。

他要自己动手干。

/ 114 /

那两个宛若双胞胎的红发女人把她们都赶出厨房，因此凯蒂和莎拉站到帐篷门口。莎拉转头朝花园吐烟雾，免得污染婚礼上的空气。

一个十几岁的男孩正在清扫已经烘干的地板。花束插在卷形铁架上的花瓶里。一个男人蹲下来检查桌子是否摆整齐，仿佛在为一杆特别艰难的障碍台球击球做准备。

“雷怎么样？”莎拉问。

“他很出色，真的。”凯蒂说。

一个女人从板条箱里取餐具，对着光看看再摆好。

“抱歉。”莎拉说。

“为什么？”

“以为你在犯错。”

“那你真的以为我在犯错？”凯蒂说。

“去你的。我已经够愧疚了。你是我的朋友，我只想弄清楚。现在我弄清楚了。”莎拉停顿一下，“他是个好人。”

“是啊。”

“我觉得可能连艾德也是个好人。”她转头望向草坪，“或许不是那么好，不过还行，比我在你家遇见的那个醉醺醺的笨蛋要好。”

凯蒂也转过头去，只见艾德正拽着雅各布的手转圈，玩着飞机游戏。“看啊，”雅各布大叫，“看啊。”

“艾德，”凯蒂喊道，“小心一点。”

艾德望着她有些慌张，于是手上一松，放开了雅各布的左手，穿着鲁珀特熊婚礼长裤的雅各布摔在湿漉漉的草地上。

“抱歉。”艾德大声说着，一手将雅各布拎起来，像拎着一只中弹的兔子。

雅各布尖叫，艾德让他站好。

“该死。”凯蒂咕哝着走过去，不知道那两个红发女人会不会让他们用洗衣机。

就在这时，她抬眼看见父亲在浴室里做跳跃运动，真是奇怪。

/ 115 /

按照杰米的想法，他最好坐在卧室里陪父亲，但这样就看不到外面的马路，而他不希望医生忽然出现在家里。

如果医生能解决父亲的问题，或许他们不必惊动他人就可以让这事过去。

因此杰米倚靠着客厅窗台，假装在看《电讯杂志》。这时他才开始考虑父亲最终会不会被隔离，他打电话的时候根本没想过这事。

天哪，他在决定独自解决问题之前，应该先跟别人说说这事。

不过，你如果不是企图自杀，或者企图杀害他人，就不会被隔离，对吧。老实说，杰米对这类事情的了解，几乎完全来自电视剧。

很有可能，医生也无计可施。

自然，很多医生都毫无用处。跟医科学生共处三年，这比什么都更能破坏你对这一职业的信心。就拿马尔科维奇那家伙来说吧，脖子被医生打了个石膏，然后就被自己的呕吐物给呛到了。

一个男人从一辆蓝色路虎车上下来，拿着黑色小袋子。要命。

杰米从沙发上跳起来，绕来绕去冲过过道，跑出前门，赶在他大摇大摆进屋前拦住他。

“你是医生？”杰米觉得自己就像一部蹩脚电影里的某个角色。

去拿热毛巾！

“安德森医生。”那人伸出手来。他是那种瘦高结实、散发肥皂味的男人。

“是我父亲。”杰米说。

“好。”安德森医生说。

“他精神失常。”

“我们去跟他谈谈。”

安德森医生转身要过马路，杰米拦住他说：“进去之前我得先解释一下，我姐姐今天结婚。”

安德森医生用手指轻敲鼻子，说：“我会保密。”

杰米还是不放心。

他们上楼走进卧室。不巧的是，父亲不在卧室，杰米让医生坐在床上等一下。

杰米去客厅找父亲，这时才想到母亲有可能进卧室，撞见一个陌生人坐在她的床上。他真的应该把安德森医生锁在楼下的卫生间里。

父亲不在屋里。他问了艾琳，问了办酒席的女人，问了那个他忘记姓名的伴郎。他又去帐篷后面找人，出来时发现自己已经把屋里屋外找遍，也就是说父亲逃跑了，真是非常非常糟糕。他冲回草坪，嘴里不停地大声骂“该死、该死、该死、该死、该死”，半路却撞见凯蒂。他不想让她担心，便哈哈大笑地说出脑中浮现的第一句话：“鸽子飞走了。”这是托尼时不时挂在嘴边的一句话，杰米从来没弄懂过它的意思，凯蒂也不懂，但杰米此时已经跑到了楼梯的半当中。他冲进卧室，安德森医生从床上一跃而起，有点像特种兵一样摆出防御的架势。

“他不见了，”杰米说，“我到处都找不到。”然后他不得不往床上一坐，脑袋搁在膝上，因为他有点头晕。

“这样。”安德森医生说。

“他要我开车送他去乡下，”杰米说，“这样他就不用参加婚礼。”

他坐直身子，觉得晕晕乎乎，于是又把脑袋搁到膝上。他往旁边瞥了一眼，看见床垫下露出一小块粉色纸片，便伸手抽出那张全国地形测量图。父亲没带走地图。

“这是什么？”安德森医生问。

“他想去的地方。”杰米说着展开地图，指向福克斯沃斯，“他可能坐了出租车。我要去找他。”

安德森医生从外套里拿出一张名片递给杰米。“以防万一吧，你如果找到他，给我打电话，好吧？”

“谢谢。”杰米把名片插进裤兜，“我要走了。”

他们在下楼梯的时候遇见雷。

安德森医生笑着说：“我是摄影师。”

“好。”雷说，露出些微困惑的神色，可能是因为杰米和摄影师一起待在楼上的缘故。

杰米对安德森医生说：“没关系，他知道。”

“这样啊，我是医生。”安德森医生说。

“老爸不见了，”杰米说，“我要去找他。我稍后再细说。”然后他记起这是雷的结婚日，又说，“真是抱歉。”

“我如果看见他，会给你打电话。”雷说。

/ 116 /

简一边穿衣服一边暗自嘀咕乔治晃荡到哪儿去了，这时，前门的门铃响起。显然没人去应门，于是她从衣柜底下找出一双最好的鞋，下楼去开门。

“艾伦·菲利普斯，”来人说，“雷的父亲。这是我太太，芭芭拉。

你肯定是简。”

“你好。”芭芭拉说。

简把他们领进屋，接过他们的外套。

“这次终于见面了，真好。”艾伦说，“抱歉拖到最后一刻。”

她原本以为对方是一个块头更高大、气势更威严的人。然后她想起凯蒂提过巧克力工厂的事，当时觉得很滑稽，不过现在看来倒相当合适。在你的想象中，他是那种会玩玩具火车或种康乃馨的人。“请坐。”

“房子真漂亮。”芭芭拉说，语气真诚，简听了颇为欣慰。

两人有种端肃的气质，让她松了口气。她心情不好的时候还想过，呃……有些事最好还是忘掉。另一方面，他们似乎不是那种你可以撂在客厅去忙乎别的事情的人。

大家都去哪儿了？乔治、杰米、艾琳、罗尼。他们似乎都凭空消失了。

“我给你们倒点茶吧？”简问，听起来就像在跟维修锅炉的雷杰先生说话，“要不咖啡？”她可以把咖啡壶找出来。

“哦，”芭芭拉说，“不用麻烦。”

“不麻烦。”简说，不过老实说眼下的确有点不方便。

“这样的话，两杯茶就好。”芭芭拉说，“艾伦要半勺糖。”

简又被雷解救了一次，他拿着一个黄色的小玩具人下车走进屋里。

“芭芭拉，爸。”他吻吻芭芭拉的脸颊，握握父亲的手。

“我正要去给你父母泡茶。”简说。

“我来吧。”雷说。

“太好了。”简高兴地说。

雷正要转身去厨房，她轻声说：“你不知道乔治在哪儿，是吧？只是问一下。还有杰米。”

雷迟疑很长时间，让她隐隐觉得不安。雷正要问答时，看见艾德咬着面包卷从厨房走来，便招呼道：“艾德。”

“菲利普斯先生，菲利普斯太太。”艾德嘴里含着面包说。

艾伦和芭芭拉站起来。

“艾德·霍布德，”艾伦说，“天哪，我都认不出来了。”

“变胖了，但更聪明了。”艾德擦去嘴上的面包屑，和他们握手。

“哦不，”芭芭拉说，“你只胖了一点点。”

雷碰碰简的肩膀，轻声说：“来厨房吧。”

/ 117 /

乔治走到村边的时候，感觉平静一些了。

但是，他在横穿铁路沿线田地的半途看到艾琳和罗尼朝他走来。他们牵着狗跨过木梯，他确信他们没有注意到他。他爬到山楂树旁的洼地上，躲开他们的视线。

狗在吠叫。

他折回去的话肯定会被看见，要是穿过铁道则有一排荆棘挡道。他的胸口一紧。

他在手臂上咬过的地方还在流血。

狗吠声更大了。

他躺下来滚进排水浅沟，沟里长满了野草，几乎快要蔓延到围篱外面去了。他身上穿的是绿外套，要是躺着不动，他们可能不会发现他。

沟里温暖舒适，还出奇的安宁。而且如此近距离地察看大自然，也让他觉得有趣，这种事情还是小时候才做过。他身边肯定有四十或五十种植物，它们的名字他都不知道，除了荨麻——假设它们是荨麻的话；还有欧芹——假设它们是欧芹的话。

六年前，凯蒂在圣诞节送给他一张购书券（一份偷懒的礼物，但比那些用绳子缀起来挂在脖子上的可笑瑞典葡萄酒杯要强）。他用购书券买了一本《读者文摘之英国动植物全书》，打算至少认认树木。关于书里的内容，他现在唯一记得的是有一群野生的小袋鼠生活在科茨沃尔德。

他发现他没必要走到别处去躲避婚礼，其实走在外面更容易引起注意。最好就躺在这里，或者灌木丛里的深处，等晚上再出来。

然后艾琳喊道："乔治。"他想如果他一动不动，她可能就走了。

但是她没走。她又喊一次他的名字，然后见他没反应便尖叫起来："罗尼，过来这边。"

乔治翻了个身，表明自己还活着。

艾琳问乔治出了什么事，乔治解释说他出来散步时扭了脚踝。

罗尼扶他起来，他假装一瘸一拐，觉得这样假装几分钟还能忍受，因为尽管躺在沟里舒服，但独自再躺十个小时可不是个好主意。而且老实说，有人陪伴也让他大大松了口气。

但是艾琳和罗尼要带他回家，这可不好。他们跟得越来越紧，他觉得好像有人要把黑色垃圾袋往他的头上套。

他们走到大马路的时候，他几乎要逃走。他不在乎那只狗是否受过攻击他人的训练，他也不在乎像猎狗追野兔一样和罗尼跑过村子的难堪（他应该会赢，因为那么多的肾上腺素在他体内狂奔，他都能跑过斑马）。那是唯一的选择。

可惜不是。

还有一个选择，那么明显，他居然忘了。他可以服用安定。他一回到家，就要把所有的安定都吞下去。

但万一有人把药瓶扔了呢？万一有人把药片冲到马桶里呢？或者

把药片藏起来以防小孩意外吞食呢?

他拔腿就跑。

“乔治,”罗尼大喊,“你的脚踝。”

他根本不知道那人在说什么。

/ 118 /

简走进厨房,雷转身对她说:“出了点问题。”

“什么问题?”简问。

“乔治。”雷说。

“哦,天哪。”她赶紧坐下。这回乔治又把自己怎么了?

“他可能失踪了。”雷说。

她要晕过去了,就在酒席承办人面前,在雷面前。她深吸一口气,乔治的脑袋这时像超自然的幽灵一般从窗前闪过。她以为她可能疯了。

厨房门砰地打开,乔治冲进来。她大喊一声,但他根本没理会,径自冲进过道奔上楼梯。

简和雷面面相觑。

她听见艾德说:“我想那是凯蒂的父亲。”

雷说:“我去看看他在做什么。”

她又坐了一两分钟镇定心神。然后门再一次砰地打开,进来的是艾琳和罗尼,还有他们那只可恶的拉布拉多狗。她起初以为乔治可能死了,然后又被他的露面吓傻了,便顾不得客气,厉声喝道:“快把那只该死的狗弄出厨房。”

/ 119 /

凯蒂在化妆，她让莎拉去哄雅各布。

“恐怕你真的得过来。”

“我想待在这里。”雅各布说。

“你以后也要独立的。”莎拉说。

“我想待在这里。”雅各布说。

现在还谈不上发脾气，只是要提醒他注意，不过她们得遏止这股势头。莎拉比凯蒂更有胜算。雅各布面对难以预测的对象，手段更少。

“想回家。”雅各布说。

“有派对，”莎拉说，“有蛋糕，你只要再等两个小时就好了。”

两个小时？莎拉不太了解孩子和他们的时间概念，雅各布根本分不清楚上个星期和恐龙灭绝之间的时间区别。

“我要饼干。”

“雅各布……”莎拉拿起他的手摸一摸。如果凯蒂这么做，他可能会咬她的手。“我知道你没有玩具，没有录像带，没有朋友。我知道现在大家都很忙，不能陪你玩……”

“我讨厌你。”雅各布说。

“不，你不讨厌。”莎拉说。

“讨厌。”雅各布说。

“不，你不讨厌。”莎拉说。

“讨厌。”雅各布说。

“不，你不讨厌。莎拉说，似乎已经没辙了。

幸运的是，雅各布的注意力被雷转移，他进来往床上一坐。“耶稣基督。”

“怎么了？”凯蒂问。

“我觉得你不会想知道。”

“告诉我，”凯蒂说，“我会轻松对待。”

“不能算轻松的事。”雷忧心忡忡地说。

“也许你可以晚点告诉我，”凯蒂说，“等某人不在的时候。”

莎拉站起来说“对了，小伙子，我们躲猫猫吧。如果你在十分钟之内找到我，我给你二十便士。”

雅各布几乎立刻冲到屋外。显然，莎拉比凯蒂所相信的更懂如何管控孩子。

“什么事？”凯蒂问。

“我猜你迟早会发现。”雷说着身子一正。

“发现什么？”

“你爸逃走了。”

“逃走？”凯蒂停下化妆。

“情绪有点不稳定，你知道，就像上次我们在这里的时候一样。我猜他对婚礼有点紧张，杰米打电话叫医生……”

“医生？”凯蒂慌张起来。

“但是医生来的时候，你爸不见了，所以杰米去找他了。”

“那我爸现在在哪儿？”凯蒂这时也有点心神恍惚了。

“哦，他回来了，说他只是出去散步，并且撞见艾琳和罗尼。这可能是真的，不过他回来的时候跑得飞快，我当时正好在厨房。”

“他还好吗？”凯蒂问。

“好像还行。他从医生那里拿了一些安定。”

“他不会服药过量或怎么的……”

“应该不会，”雷说，“他吃了两粒，而且似乎抓着药瓶就很开心。”

“天哪，”凯蒂说着深吸几口气，等着心跳平缓，“为什么没人告诉我？”

“杰米不想让你担心。”

“我应该去跟我爸谈谈。”

“你就待在这儿吧，”雷起身走到她面前跪下，“或许最好假装什么都不知道。”

“天哪，这就是咱们的结婚日。”凯蒂握住雷的手，不知道该笑还是该哭。

然后雷说了一句颇有见地的话，让她大吃一惊。“婚礼是家族的事，我们只是蛋糕顶上的那对小人儿：我和你，我们还要共度此生呢。”

凯蒂真的轻声哭起来。

雷说：“哦，该死，杰米，他还在找你爸。你有他的手机号码吗？”

/ 120 /

乔治进到卧室的时候大大松了口气，觉得胸腹也放松一点了。

然后，他忽然想不起来把安定藏在哪儿了，恐惧像潮水一样涌起，又密又冷又急，迫使他拼命喘气。

他知道自己知道那药瓶在哪儿，更确切地说，他知道自己十分钟之前知道那药瓶在哪儿，因为他怎么会忘记这种事情呢？而且他知道它在一个完全合理的地方。很简单，他只要查找脑内储存信息的分类架就行了。但是他的脑子一片混乱，而且震荡得厉害，把其他信息都抖索出来阻碍思维。

他面向窗户站立，微微俯下身子以帮助呼吸。

床底下……不对，五斗柜里……不对，镜子后面……

在浴室里。他根本没有把药瓶藏起来，他为什么要藏？没有那个必要。

他冲进浴室，胸腹再次放松一点了。他打开柜子，它就在最顶层的架子上，在膏药和牙线棒后面。

他扭动瓶盖，扭着扭着又恐慌起来，后来才想起这是防护小孩误食的安全瓶盖，必须先按压一下。他按压瓶盖，扭动，在镜子里看到雷的那一刻差点把药瓶掉到地上。雷就在他身后，只隔着几英尺的距离，事实上已经进了浴室，他说："乔治？你还好吗？我敲门了，但你没听见。"

乔治差点把药瓶里的全部药片一口含入嘴里咽下去，以防雷阻止。

"乔治？"雷说。

"什么？"

"你还好吗？"

"好，很好。"乔治说。

"你冲进厨房的时候好像有点激动。"

"是吗？"乔治很想快点服药。

"杰米很担心你。"

乔治轻轻倒出两粒药片在手里，轻松地咽下去，就像人们在聚会上吃花生一样。

"他说你不舒服。"

"这是安定，"乔治说，"医生开给我的，有助于镇定心神。"

"好。"雷说，"那你不打算再去散步了吧？我是说今天，婚礼之前。"

"不了。"乔治说，勉强轻笑两声。这番对谈很有趣吗？他不知道。"如果我惹了什么麻烦，抱歉。"

"没关系。"雷说。

"我肯定会参加婚礼。"乔治说。他很想上厕所。

"好，"雷说，"那很好。嗯，我要去换礼服了。

"谢谢。"乔治说。

雷走了，乔治把门闩好，脱下裤子坐在马桶上清空肚腹，然后把剩余的六粒药片放进嘴里，用漱口杯里有点难喝的水一口咽下去，根本没顾忌杯底的沉淀物。

/ 121 /

简为她的发怒道歉，艾琳回应说“我原谅你”，那语气让她想再一次动怒。

罗尼说：“我真的希望乔治安好。”

简明白这是她的错。他当时坐在床上，满脸忧惧之色，渴望聊上几句，而凯蒂在门口探头进来找她，她便被卷进筹备事务中，没有再回去问他有什么烦心事。

“我一会儿再下来。”她说，然后往楼上走去，经过客厅门口时朝艾德、艾伦和芭芭拉礼貌地笑一笑。

他们还没有喝到茶，是吧？

哦，行了，她有更重要的事情要做。

她走进卧室，乔治正在穿袜子。她在他身旁坐下：“抱歉，乔治。”

“抱歉什么？”

“今天早上我跑开了。”

“你有事情要忙。”乔治说。

“你现在感觉怎样？”

“好多了。”乔治说。

他看起来确实还好，或许雷夸大其词了。“你的手臂？”

“哦，是的，”乔治抬起手臂，手腕上有个大伤口，“肯定是被铁丝刺网划伤的。”

乍一看，那像咬伤。狗肯定没有攻击他吧？“我先处理一下，免得血沾到你的衣服上。”

她走进浴室，取来那个绿色的小急救箱帮他包扎伤口，他则安安静静地坐在床上。她希望多做点这种事情，能切实帮上忙。

她贴上第二条胶布，固定住那小小的绷带。“好了。”

“谢谢。”乔治把手放到她的手上。

“抱歉，我这么没用。”她握住他的手。

“是吗？”乔治问。

“我知道你不舒服，”简说，“我还知道……有时我不够上心，这是不对的。我只是……我觉得很难。”

“嗯，你再也不用担心我了。”乔治说。

“什么意思？”简问。

“我是说你今天再也不用担心我了，”乔治说，“我现在觉得开心多了。”

“我真高兴。”

这是真的，他看起来很放松，比她这一阵看到的样子都要放松。“但如果有什么事情开始烦你，你要告诉我，好吗？”

“我没事。”

“我是认真的，”简说，“你只要说出来，我就会放下手头的事情，真的。”

“谢谢。”乔治说。

他们坐了一会儿，然后电话响了。

“不是我们的电话，对吧？”乔治问。

的确不是。“等一下。”简起身走进过道。铃声来自窗台上的一部手机。

她拿起手机，按下绿色的小按键，举到耳边：“喂？”

“杰米？”一个男人的声音说，“抱歉，我想我拨错号码了。”

“雷？”简说。

“简？”雷说。

“是我，”简说，“你是雷？”

“你在哪儿？”雷问。

“楼梯平台。”简说。手机总让她微微觉得不安。

“抱歉。”雷说着挂断了电话。

她看一眼手表。再过二十分钟，他们就得出发了。她最好帮乔治准备一下，然后聚集人马。

她把手机放回原处，打开过道上的衣柜找她的围巾，当看到莎拉从外套之间瞪视她时，她差点心脏病发作。

“躲猫猫。”莎拉说。

/ 122 /

凯蒂告诉老妈杰米还在找老爸，老妈慌张起来。凯蒂安慰她说杰米知道结婚登记处在哪儿，他应该能准时赶到，老妈放下心来。

宾客都站在屋外，空气里飘荡着须后水和香水的气味，还有道格拉斯舅舅的烟味和礼服的樟脑味。杰米错过婚礼，这事到底是该难过还是好笑，她真的不知道。

莎拉和雅各布并排坐在矮墙上。雅各布没有找到她躲猫猫的地方，但她还是给了他二十便士。如果他再大点，凯蒂会说那是对他的迷恋。

“狗的大便。”莎拉说。

“马的大便。”雅各布说，笑得像个疯子。

“狗的大便和一大罐老女人的小便。”莎拉说。

凯蒂走到老爸身边。“你还好吗？”她尽量问得漫不经心，这样他就不会察觉她知道多少。

他转身面对她，握住她的手，定定地看着她的眼睛，几乎泪水盈眶。他说："我的好女儿。"这话也让她眼泪汪汪。两人相拥片刻，他们很久没有这样做过了。

然后老妈看看手表，正式宣布不等她的儿子了。紧张的气氛被打破，众人涌向车子。

/ 123 /

杰米现在应该回家了，但回家有什么意义呢？没有老爸，婚礼不会举行，因此也无所谓迟到。

他站在沃兴利的一条泥泞小路上。他像无头小鸡一样已经把福克斯沃斯的每条小路上上下下跑了个遍，裤子沾满泥巴，外套被铁丝刺网划破，心情坏透了。

他是父亲信赖的人，是没能阻止父亲做出他说要做的事情的人，是搞砸姐姐婚礼的人。

他现在明白这样寻找父亲有多蠢，父亲可能朝任何一个方向出走。

他必须向大家解释出了什么事，必须通知警方，必须道歉。他朝车子走去，在驾驶座上铺了一个塑料袋，上车回家。

他一到家就看出不对劲的地方，车子都不见了。他停好车，走向前门。门是锁的，他按门铃。没人应门。他透过窗户往里看，屋里空无一人。

或许雷告诉大家出了什么事，或许他们都出去找他父亲，或许他们已经找到他，或许大家都在医院。

他尽量不去想这些事。

他把手机弄丢了。他得进到屋里,只要找到手机和干净的长裤就好。他试着走侧门，艾琳和罗尼的狗从门的另一边冲过来，又是狂吠，又是挠木头。他转动把手，门也是锁的。

哦，好吧，他的裤子反正不成样子了……

他抓住柱子，踩住石墙上的一个凹槽往上一跃。他多年没有干过这种事了，总共试了三次，最后终于不太舒服地跨上门顶。

他往下看，正琢磨着如何对付这高高的一跳和那只发狂的狗，有个声音说:“需要我帮忙吗？”

他一转头，看见一个有点眼熟的老人。这人穿着毛衫，拿着一把园艺剪。

“我还好，谢谢。”杰米说，不过他在门顶的现身惹得那只狗狂躁不已。

“是杰米？”拿园艺剪的人问。

“对。”杰米说。他的胯部开始生疼。

“抱歉,”那人说,“我没认出你来。很久没有见过你，自从你长大后就没见过。我是德里克·韦斯特，住在马路对面。”

“对。”杰米说。他必须跳下去，尽管要冒着摔坏脚踝的风险，尽管要冒着压扁姨妈的狗或被狗活活吃掉的风险。他微微调整一下重心。

“你不是应该去参加婚礼吗？”那人问。

“是啊。”杰米说。那人显然是个白痴。

“他们大概在五分钟之前出发了。”

“什么？”

“他们大概走了五分钟。”

“他们去了结婚登记处？”杰米过了好几秒才反应过来。

“不然会去哪里？”那人问。

“我父亲也在？”他渐渐明白过来。

“应该在吧。”

“你真的看到他了？”

“我又没有按名单点数，好像在吧。不，等等，我看到他了，因为我记得他在人行道上有些跌跌撞撞。你母亲让他坐在副驾驶座上，她自己开车。我注意到这事，是因为他们一起出门时总是由你父亲开车。我还纳闷他是不是有什么问题。他有什么问题吗？”

“该死。”杰米说。

韦斯特先生听罢住嘴了。

他把重心转回另一边，跳下来，又一次划破了外套。他奔向车子，中途把钥匙掉在地上，他捡起钥匙，然后钻进车子飞速离去。

/ 124 /

简感觉糟透了。

杰米是最后一根稻草。一切都不如意，乔治，艾琳和罗尼，艾伦和芭芭拉。这是凯蒂的结婚日，本该给人特别的感觉，本该顺利，本该浪漫。

然后车里出了点状况。

双行车道上正在施工，车流排列成单线行驶，他们只好停下等待。乔治说：“我可能一直都是个很差的丈夫。”

“别傻了。”简说。

乔治透过挡风玻璃直直看着前面，玻璃上有细细的雨珠。“我是个相当冷漠的人，也是个相当死板的人，一直都是这样。我现在能看明白了。”

她从来没听他说过这种话，他又要发疯了？她心里一片茫然。

她打开雨刷。

“我知道这种冷漠、这种死板是我最近很多问题的根源。”乔治拂去置物匣盖子上的绒毛。

前面的车流开始移动，简挂挡往前开。

乔治把手覆在她的手上，使得她换挡时有点费劲。

“我爱你。”乔治说。

他们很久没有对对方说过这句话了，她的喉间一阵哽咽。

她往旁边瞥一眼，乔治正望着她微笑。

“最近我让你很难受。”

“不需要道歉。”简说。

“但是我要改变了，”乔治说，“我受够了恐慌的感觉，受够了孤独的感觉。”

他把手放到她的腿上，往后一靠，闭上眼睛。

她明白她的冒险要结束了，她和戴维可能再也不能做爱了，但这不要紧。

她和乔治的生活没有激情，难道和戴维的生活最终不会沦为同样的境地？

或许秘诀在于停止寻觅更绿的草地，或许秘诀在于好好把握现有的东西。如果她和乔治多聊聊，如果他们多去度几次假……

雨停了，简关掉雨刷。路的右边，结婚登记处出现在视野里。

她打了一下转向灯，把车开进停车场。

/ 125 /

乔治其实很开心。

他们停好车，走向结婚登记处后面的石拱门，大家正聚在那里拍照。

“过来，爸。”凯蒂握住他的手臂，领他走上小径。

他是凯蒂的父亲，做凯蒂父亲的感觉很好。

他要把女儿送走，这感觉也很好，因为他要把她送给一个好人。把她送走，好奇怪的说法，有点老套。分享，这说法或许要好些，虽然听起来也有点奇怪。

可是杰米在哪儿？

他问凯蒂。

“他在找你。”凯蒂说，脸上的笑容让人很难理解。

杰米为什么要找他？他正要问清楚，摄影师把凯蒂挪到前面，她跟雷说起话来。乔治在心里默记，待会儿再问问她。

摄影师看起来很像雷的伴郎，他叫什么名字来着？说不定他就是雷的伴郎，说不定他们没有请正式的摄影师。

“好啦，各位，”摄影师说，“别板着脸。”

他拿着一台很小的照相机，可能不是真正的摄影师。

艾德，他叫这个名字。

乔治微微一笑。

艾德拍了四张照片，然后要凯蒂和雷站到拱门前面。

众人都往边上挪动。站在乔治旁边的男人向他自我介绍，乔治握握他的手。对方道歉说今天没有早点跟他打招呼，乔治回答说不要紧。对方又把他的妻子介绍给乔治，乔治也跟她握手，他们看起来都是亲和有礼的人。

一个女人从结婚登记处走出来，乔治起初还以为她是空乘人员。

“请大家进来……”

乔治退到一旁让女士先行，然后和男士们一起走进结婚登记处。

那对亲切的夫妻可能是雷的父母，所以他们才会站在一起拍照。等他们在里面坐下后，他要问问简。

/ 126 /

在开车前往结婚登记处的半路上，凯蒂望向窗外，看到一个流浪汉正对着索普路上的公交站牌撒尿。这种现象不常见，似乎是上帝给出的征兆。上帝显然很有幽默感，并且赞同雷这个人选；希望这一天能庄重、有效地过去，也希望有人来捣乱。共度二十年，不时拿这事说笑，当然要好过一年死守着十二个月，刻板地过日子。

可怜的杰米，至少他有了一段能当谈资的经历。

也许他们在巴塞罗那之旅后可以跑去他的公寓，再来一遍婚礼盟誓，撒些彩纸，雅各布肯定喜欢。

毛毛细雨飘洒在挡风玻璃上，没关系，下雪、下冰雹、下大雨都没关系。她现在明白，结婚办婚礼，但并不是为了婚礼。她看着雷，雷满脸笑容，目不转睛地盯着马路。

接下来几分钟，他们仿佛待在一个与周遭湿漉漉的世界完全隔绝的小气泡里。然后，结婚登记处模模糊糊地映入眼帘。他们驶入大门，砖砌房子前的成群宾客看起来就像奇异的鱼儿。

他们把车开进停车场，下车，细雨已经停了，老妈和老爸从旁边的车里下来。老爸专注地仰望天空，凯蒂也往上看，以为会看到一个热气球或一群鸟，但上空什么都没有。

老妈挽着老爸的胳膊，把他领向房子后面的石拱门。

莎拉一边唱着“铃儿响叮当，蝙蝠侠臭烘烘，罗宾出洋相”，一边抓起雅各布跃过水坑，“蝙蝠车丢个轮儿，坏蛋摔断腿儿。”

雷握住她的胳膊，他们跟在老妈和老爸后面。正在下风处抽烟的道格拉斯舅舅看见了他们，大家都大声欢呼。

他们走到拱门下，桑德拉跑过来拥抱她，然后莫娜也拥抱她。道格拉斯舅舅把烟拿到一边，说：“姑娘，你打定主意了？”她打算说几句机敏的话让他难堪（道格拉斯舅舅喜欢开点粗俗的玩笑），但她看得出来他是认真的，便没跟他斗嘴。

之前没有见过雷的莫娜已经将他霸占，上演一场快速审问。人群分向两边，凯蒂看见坐在轮椅上的詹尼，大吃一惊。她弯腰拥抱詹尼，詹尼说：“旧病复发，抱歉。”凯蒂忽然明白她为何需要那第二张请柬，因为她说：“这是克雷格。”凯蒂和站在轮椅后的年轻人握手，祈愿这是一段真正的感情，如此就太让人高兴了，不过现在不是打探的时候。

艾德组织大家照相。凯蒂站在雷的身边，看着每一个人，感觉就像站在炉火前，而炉火的温暖会引导他们前行。不过艾琳和罗尼有点不高兴，可能因为这里不是教堂，因为人人都兴高采烈。

然后，结婚登记员走出来，她穿着一套有点过时的深蓝色套装，系着那种在二战结束时就没人再系的薄绸领巾。他们获准进入登记处，里面有点像凯蒂在伦敦的医生的诊疗室，漆着奶黄色的墙漆，铺着耐用的地毯，摆着有用的宣传单。不过室内有一大瓶花，而且登记员非常活泼，说：“请新娘和新郎跟我来，客人请跟我同事……”

登记员让他们快速浏览了一下仪式的时间表。然后，他们听到巴赫小提琴双重奏响起，觉得像在听电影配乐，联想起四轮马车、大房子和连衫裙。凯蒂心想，去他的接续播放，他们应该选詹姆斯·布朗的音乐贯穿整场仪式，但现在已经来不及了。

他们绕过一个拐角，走向尽头的大屋子，等在外面，这时登记员走进屋内说：“大家都站在门口迎接新娘和新郎吧。”他们进入屋内，仪式就在这里举行。屋内悬着天鹅绒帷幕，一派粉红，整洁雅致。老妈朝凯蒂微笑，凯蒂也回以微笑。老爸好像在研究他在口袋里发现的什么旧门票。

他们走到前面，凯蒂看到桌上放着一个丝绸垫子，垫子四周有流苏缀着的假钻石，可能是用来放戒指的。

“请坐下。”登记员说。

大家都入座。

“女士们，先生们，下午好，”登记员说，“欢迎大家来到彼得博勒结婚登记处参加凯蒂和雷的婚礼。今天是他们共同生活的开始……”

莎拉宣读讲词的时候，凯蒂闭上眼睛，脑中嗡嗡作响，因此倒用不着认真听了（“你的朋友是对你需求的回应。他是你的田地，你用爱播种，以感恩收获……”）。她琢磨着能不能在杰米的厨房里做个小小的婚礼蛋糕，用于第二次的仪式。蛋糕里面放枣椰和胡桃，顶上给雅各布立一个糖果蝙蝠侠。

“在琐事的露珠里，心灵找到晨曦，焕发生机。”

莎拉坐下，登记员站起来说：“我有责任告知大家，按照法律规定，在我们现在相聚的这个地方举办的婚礼是完全有效的。大家在这里见证雷·彼得·乔纳森·菲利普斯和凯蒂·玛格丽特·霍尔的结合，如果在场有人知道这两人不能结为夫妻的合法障碍，请现在说出来。”

凯蒂心中一动，明白这不仅仅是两个人的结合，甚至不仅仅是两个家庭的结合。她感觉似乎与在她之前经历过这一刻的每一个人携起手来，就像她生下雅各布之后，感觉终于有了归属感，感觉是整个集体的一部分，是大拱门上的一块砖，从身后的黑暗中矗立而起，跨越头顶，伸向未来，而她在为拱门的牢固和坚实出力，在为保护拱门之下的每一个人出力。

登记员要她和雷站起来手牵手，她的眼中充盈泪水。登记员说：“你们今天在这里结为夫妻之前，我必须提醒你们，你们即将发出的誓言庄严而具有约束力……”凯蒂没再用心听，她高高站在那儿俯望下方，觉得满屋子的人是那么小，她可以将他们一手握住。

/ 127 /

雷和凯蒂开始宣读誓言的时候，简听到后面传来一阵轻轻的吱呀声。她转头一看，杰米悄悄溜了进来，站在那位坐轮椅的年轻可爱的女士后面。

现在一切都完美了。

“我，凯蒂·玛格丽特·霍尔有何原因——”凯蒂说。

“能不——”登记员说。

“能不——”凯蒂说。

“与雷·彼得·乔纳森·菲利普斯结婚吗？”公证员说。

简又回头看杰米。他到底出了什么事？看起来就像被人倒拖着钻了一次树篱。

“与雷·彼得·乔纳森·菲利普斯结婚吗？”凯蒂说。

简的心微微一沉。

“现在，庄严的时刻到了，”登记员说，“雷和凯蒂要在各位面前，在他们的见证人、家人和朋友面前缔结婚约。”

然后简想起她不该消沉，现在不行。杰米做的是好事，这些人都是好人，他们会理解的。

“那么请大家都站起来，”登记员说，“一起庆祝他们的婚礼。”

大家都站起来。

他们会回家，杰米会换上新衣服，一切又都完美了。

“雷，”登记员说，“你愿意娶凯蒂为妻，与她共同生活吗？无论将来如何，都会爱她、照顾她、安慰她吗？”

“我愿意。”雷说。

“凯蒂，”登记员说，“你愿意嫁给雷，与他共同生活吗？无论将来如何，都会爱他、照顾他、安慰他吗？”

“我愿意。”凯蒂说。

简听到道格拉斯在后面几排说：“加油吧，姑娘。”

/ 128 /

乔治看看四周，说也奇怪，他很喜欢这些人。

这不像他在家庭聚会上惯有的感觉。

他捏捏简的手。他爱他的妻子，这让他心底暖融融的。

从现在起，一切都不同了。

不管怎样，死有什么可怕的？每个人迟早都会死。死是生命的一部分，就像睡眠，只不过不会醒来。

还有杰米，他迟到了，就像小孩通常的表现。

杰米是同性恋，那有什么错？一点错都没有。只要讲究卫生就好。

他的丈夫在他旁边。男友，同伴，随便怎么说都行。他过一会儿要问问杰米。

不对，那是给那个跛脚姑娘推轮椅的男人，是吧？胖胖的，头发乱糟糟，胡子拉碴。肯定不是同性恋，乔治认真一想便这么觉得。

甚至道格拉斯和莫琳也还过得去，真的。他们有点粗俗，有点吵嚷，但人人都有缺点。

还有，瞧，屋内有荧光灯，你如果张开手指以合适的频率不停晃动，晃着晃着就像有了六根手指。很奇怪吧，好比让自行车轮不停地转动，使得它看起来仿佛根本没动。

/ 129 /

杰米问接待台后面的女人婚礼在哪里举行，却发现她竟然在台子上找武器。他低头一看，自己的手上血迹斑斑，便解释说他父亲逃走了，但这并没有让那女人放下心来。于是他用上了对付刁难的客户的口气："我的姐姐，凯蒂·霍尔，现在正在这栋房子里和雷·菲利普斯举行婚礼，如果我没能到场见证婚礼，你就等着我的律师给你发函吧。"

我的律师？妈的那是谁啊？

她要么相信了他的话，要么吓得不敢独自应付他，因为当他大步流星地去找结婚地点时，她待在椅子里没动。

他在走廊尽头的门前停下脚步，打开一条门缝，看见一个有点像莫琳舅妈的女人，以及一道肯定属于布莱恩叔叔的太太的乳沟。于是他溜了进去，登记员说："……构成了你们对彼此相爱的正式而公开的誓言，现在我要轮流问你们……"

他父亲站在他母亲身边，满脸慈爱的笑容。杰米心里有种既兴奋又沮丧的奇怪感觉，他一路上都以为父亲是关注的焦点，现在发现却不是。因此，他只能闭紧嘴巴安安静静地站着，而不是兴奋地跳着把自己可笑的冒险告诉大家。

或许正因为如此，他碰到凯蒂的目光时，才会不假思索地朝她咧嘴笑和挥挥手，惹得她不小心把戒指戴错了手指，不过谢天谢地，大家只是觉得好笑。当雅各布扑过去抱她时，他也忍不住冲过去抱她，登记员似乎有点恼火，但又有几个人跑过来，她也只好忍受。

大家涌入停车场。凯蒂的一个朋友问他怎么把自己弄成这么一副模样，他说：“车子抛锚了，我只好抄近路。”两人都哈哈大笑。杰米心想，他本可以说受到豹子攻击的，大家在这种狂欢的气氛下很容易相信，不过母亲相当担心，希望他尽快打扮齐整。

“爸爸怎样？”他问。

“他的状态很好。”她说。这话让他有点紧张，因为在他的印象中，母亲就算在父亲完全正常的时候也没有说过如此肯定的话。

因此他开始和父亲搭讪，问他感觉如何，他说：“你的发型很怪。”严格说来这话很对，但不是杰米想要的回答。

杰米问他有没有喝酒。

“吃了一点安定，”父亲说，“巴弗提安医生开的，绝对安全。”

“多少？”

“多少什么？”父亲问。

“多少安定？”杰米问。

“八粒，十粒，”父亲说，“足够了，可以这么说吧。”

“哦，天哪。”杰米说。

“我很想见见你的男朋友，”父亲说，“怎样？”

“你要在酒宴上发表演讲吗？”

“演讲？”父亲说。

“你在流血。”杰米说。

父亲抬起手，血从他的袖子里滴下来。“真奇怪。”

/ 130 /

乔治坐在楼上浴室里的马桶座上，杰米给他的手腕换药，帮他穿上干净的白衬衣。

他现在记起来了，简今天早些时候给他敷了第一次药。他被铁丝刺网划伤了，不过具体如何跟铁丝刺网扯上关系的就记不清了。

“这么说，你还没有写好演讲稿。”杰米说。

当然没有，他现在也想起来了，今天是凯蒂的结婚日。

“爸？”

“什么？”

“演讲稿，”杰米问，“你写了演讲稿吗？”

“什么演讲稿？”

杰米摸摸脸说：“好吧，听着，凯蒂今天上午结婚……”

乔治眉毛一扬：“我还不是个十足的傻瓜。”

“他们要在花园里办酒宴，”杰米说，“酒宴过后，新娘的父亲通常会讲几句话。”

“她和雷结婚，对吧。”乔治说。

“对，所以这就是我们要做的。”

“我们要做什么？”

“我去和艾德谈谈。”杰米说。

“艾德是谁？”乔治问。他一点也不熟悉这名字。

“爸，”杰米说，“听我说，好吗？艾德是伴郎。酒宴过后，他会宣布你要讲话，然后你站起来举杯敬酒，然后你再坐下。”

“好。”乔治说，纳闷杰米为何如此大费周章。

“你敬酒没问题吧？”

“那要看敬谁。”乔治说，为自己能说出俏皮话而感到得意。

杰米呼出一大口气，仿佛要举起很重的东西。“你站起来，你说，‘我要向凯蒂和雷敬一杯，我要欢迎……’不行，太复杂了。”

乔治觉得杰米自己也有点混乱。

“你站起来，”杰米说，“你说，‘敬凯蒂和雷。’然后你坐下。”

“我不讲话？”乔治问，开始纳闷他为何要听从一个心神混乱的人的指挥。

杰米又摸摸脸说：“凯蒂和雷希望简单利索了事。”

“好吧。”乔治接受了这个说法。

“你站起来，”杰米说，“你说——”

“敬凯蒂和雷。”乔治说。

“你坐下。”

“我坐下。”乔治说。

“好极了。”杰米说。

杰米离开后，乔治又在马桶上坐了几分钟。他觉得有点委屈，因为发表长篇演讲的机会被夺走了。不过当他设想长篇演讲的具体内容时，脑子又一片模糊，也许最好还是采取最省事的办法。

他从马桶上站起来，等到脑子清醒之后便来到楼下。

有人递给他一杯香槟。

他已经服用安定，再喝香槟是不是冒失？他对这种事情没什么经验，或许客人里面有当医生的，他可以问问人家。

盖尔走到他面前说：“你没和布莱恩一起去康沃尔，他很难过。”

不盯着她的胸部看，还真是一件难事。

“他很期待过过童子军的生活，”盖尔说，“篝火啊，睡袋啊。”她打了个哆嗦，“我下个月过去，等电热水器和地毯都装好以后。”

那人在这里做什么？

屋子那头。

乔治心想自己是不是产生幻觉了。

“你还好吗，乔治？”盖尔问。

他没有产生幻觉，那的确是戴维·西蒙兹，他亲眼目睹在自己的卧室里和简做爱的人。他现在闯到凯蒂的婚礼上来，难道就没有一点羞耻感吗？

整个世界重新清晰聚焦，就像那晚在格拉斯哥，他醉得连话都不会说，然后看到走廊上火苗直蹿，便马上清醒过来。

“你好像有点走神。”盖尔说。

他不会容忍下去。他把盖尔拨到一边，穿过人群。他要叫西蒙兹先生离开。

希望不必动手揍他。

/ 131 /

杰米打扮好后下楼，暗暗祈祷父亲能记住他的话。

他必须跟艾德谈谈。

艾德应该怎么说呢？凯蒂的父亲有点不舒服？也许他什么都不用说。凯蒂的父亲现在要敬酒。少说为妙，言多必失。尽量贴近事实。

他穿过屋子找艾德，心里真的很希望托尼在这里，这样他就可以放声直言，而不必考虑说什么或找谁说。托尼在他脑子里的样子是如此鲜明，以至于他走到屋外，看见托尼从草坪另一头的侧门走进来时，觉得那是世上再自然不过的事。

他停下脚步，托尼也停下脚步。

托尼穿着李维斯牛仔裤和帅气的蓝色花衬衫，一件杰米从未见他穿过的麂皮夹克外套。他瘦了几磅，也晒黑了很多，非常俊朗。

然后杰米完全缓过神来，托尼来了，来参加婚礼了。人群像红海一样从中间分开，杰米和托尼站在长长的宾客长廊中彼此凝望，或者这只是他的感觉。

杰米想跑过去，但托尼不再是他的男朋友了。自从那天深夜在托尼的公寓台阶上见过面后，他们就没再说过话。

不过他来这里，必定意味着……

杰米跑起来，或者说快步走过去，与此同时，又觉得这情景就像恶俗的肥皂剧，但他不在乎，他感觉心脏在胸腔里怦怦直跳。

然后两人抱在一起，托尼的嘴里有薄荷口香糖和烟草的味道。照相机围着他们拍照。他抚触着托尼后背的肌肉，闻着他新用的沐浴露的香味，极度渴望赤裸相拥，这种感觉就像隔了一千年又回到家里。一片静默当中，他听到有个女人轻声说："我没想到是这样。"

/ 132 /

简站在过道上听雷手下的一个年轻人说话，不过大多数时候她都在放眼留意越来越挤的人群，因为老实说，对方是那种希望你闭嘴、不时点点头或哼哈两声以示赞赏的人。

放眼留意一下人群是对的，她觉得自己有责任让大家玩得开心（朱迪在哈哈大笑，肯尼斯还没喝醉），但又没必要紧张到假想各种可能的意外并设法避免的程度。

然后，杰米身穿白衬衣和漂亮的深蓝色西装走向厨房，脸上的伤口让他显得很有男人味。

她看见戴维在跟凯蒂的伴娘说话，并且有几分戒备之色。她觉得自己仿佛正从一个遥远的地方观望他。

"五年前，"雷手下的人说，"电视信号从空中传输，电话信号从地下传输。五年后，电视信号要从地下传输，电话信号要从空中传输。"

她说要告退一下，然后走进花园。

就在这时，她看到一个年轻人拎着深绿色的旅行袋走进侧门。他身穿麂皮夹克和花衬衣，有点眼熟。

她正在猜想他可能是凯蒂和雷的朋友时，他丢下手提袋，有人抱住他，两人搂在一起不停地转圈。大家都看着他们，她才发现那是杰米，那么那个年轻人一定是托尼。他们在大庭广众之下亲吻对方，还张开嘴巴热吻。

她的第一个念头是阻止围观，用什么东西把他们盖住，比如桌布，或者大喊大叫。但是现在大家都看见了（布莱恩的嘴巴张得大大的，毫不夸张），除了机关枪的炮火，什么都无法转移众人的注意力。

时间慢了下来，花园里只有杰米和托尼在动，还有从艾德的香烟上坠下的烟灰。

她得有所行动，而且必须马上有所行动。

她朝杰米和托尼走过去，两人分开，托尼看着她。她觉得摇摇欲坠，仿佛汽车正在悬崖边上。

“你一定是托尼。”她说。

“对。”托尼说，故意一手搂着杰米的腰，“你一定是杰米的母亲。”

“对。”

“很高兴见到你。”他伸出另一只手。

“我也很高兴见到你。”她伸手拥抱他，想让他知道她是真心的，也想让众人知道他应该受到欢迎。托尼终于放开杰米，伸手和她拥抱。

他比远看起来高很多，因此现在这个场景显得很滑稽，不过她感觉到花园里的气氛缓和下来。

她本打算只抱几秒钟，但是她哭起来，不得不把脸久久贴在托尼的衬衣上。这让她自己也大吃一惊。她希望大家知道她欢迎托尼成为家人，但并不想让他们看见她趴在一个认识不过十秒钟的人的怀里无助地哭泣。

然后她听到凯蒂高兴地尖叫：“托尼，妈的，你来啦。”大家的注意力都被转移过去。”

/ 133 /

乔治走到餐厅另一头，在戴维前面停下脚步，两腿叉开，双拳紧握。

可惜戴维正背对着他，不知道他站在身后。乔治不想开口叫他转身，因为任何请求都会让人觉得戴维是占优势的动物，就像狗一样，而眼下乔治却需要比他占优势。

他也不想抓住戴维的肩膀强迫他转身，因为那是酒吧斗殴的模式。他想尽量不动声色地了结这事。

因此他就那么紧绷绷地站着，直到几秒钟之后，和戴维聊天的那个女人喊了声“乔治”，戴维也转身打招呼说“乔治”，并且满脸笑容，把小雪茄换到端饮料的手上，腾出手来跟乔治握手。

乔治发现自己竟然在和戴维握手，还应了句“戴维”，这根本不是计划的一部分。

“你肯定很骄傲。”戴维说。

“这不是重点。”乔治说。

那个女人走开了。

“对，”戴维说，“你说得对。人人都这么讲，但这种想法很自私。凯蒂是否幸福，这才是最重要的。”

天哪，他真狡猾。乔治开始明白他为何能赢得简的感情。

认真想想，他跟这人共事了十五年呢。

戴维眉毛一扬说：“对了，莎拉跟我说凯蒂和雷要自己承担这些开销。”他朝房子手一挥，似乎他才是主人，“这一招真精明，乔治。”

“我想——”他必须行动了。

但是戴维打断了他的话:“退休的日子怎样?”乔治觉得有点头晕。戴维的语气是那么诚挚热心，让乔治不得不压住一股冲动，不然他就会坦陈他发现自己的妻子和另一个男人上床，然后用剪刀割伤自己住进医院的事。

他明白他不会叫戴维离开。他没有那种力量，无论是道德上还是生理上。他如果把戴维赶出去，很有可能引起骚动，为难凯蒂。也许最好什么都别做，尤其是今天，他必须把自己的感受抛开。

“乔治?”戴维问。

“不好意思?”

“我问你一切都好吗?”戴维说。

“好,”乔治说,“都好。”

/ 134 /

凯蒂把鲑鱼推到伸手拿不到的地方。

她不想在婚礼当天吃得太撑，而且她还想留点肚子吃提拉米苏呢。

雷在桌子底下懒懒地摸她的腿。他的左边，老妈和艾伦在聊藜芦和观赏性的芸苔植物;她的右边，芭芭拉在向老爸讲住活动拖车房的乐趣。老爸好像很开心，他大概同时想到了一些别的事情。

他们的座位比别人的大概高出六英寸。一切都像电视里的场景，女服务生穿着白外衣，精美的餐具叮当作响，帆布篷轻声抖动。

凯蒂看到戴维·西蒙兹坐在帐篷的另一头，一边和莫娜说话，一边用餐巾轻拭嘴角，她觉得这简直不可思议。她已经把他指给雷看过，现在打算不理会他，就像不理会艾琳和罗尼那只被转移到邻家花园因而气急败坏地狂吠的狗。

她舔舔手指，抹净小盘子里的面包屑。

托尼和杰米在餐桌上仍然当众手拉手，非常甜蜜，连老妈都这么觉得。雷的父母好像毫不在意，也许他们的视力有问题，也许哈特尔普尔的男人都喜欢手拉手。

老爸碰碰她的胳膊问："感觉怎样？"

"好，"凯蒂说，"很好。"

提拉米苏上桌了，说实话让人有点失望，不过搭配咖啡的巧克力好吃极了。雅各布跑过来趴在她的腿上，发现她已经把自己的那份吃了，不是一般的失望。芭芭拉慷慨地让出她的那一份，以图太平。

然后有人大声敲桌子，众人停止交谈。艾德站起来说："女士们，先生们，婚礼上有个传统，那就是伴郎要站出来讲点让大家不舒服的粗俗故事和低级笑话。"

"好极了。"道格拉斯舅舅大喊。

帐篷里爆发出一阵阵笑声。

"不过这是一场现代婚礼，"艾德说，"所以我要讲点凯蒂和雷的好事，我要读几封电报、说几句感谢。然后莎拉，凯蒂的伴娘，会出来讲点粗俗故事和低级笑话，让大家真正不舒服。"

帐篷里的笑声更亢奋。

雅各布吮着拇指，拨弄着她的婚戒；雷伸手揽着她的肩膀，轻声说："我爱你，老婆。"

/ 135 /

乔治啜着餐后甜酒。

"总之，她把耳垂弄丢了，"莎拉说，"那个警察只好在驾驶座前面搁脚的地方找啊找。我不知道你们有多少人坐过菲亚特熊猫那款车，要知道你可以在那款车的底板上弄丢一只狗，何况苹果核啊，香烟盒啊，饼干屑啊。”

朱迪用餐巾捂着嘴，乔治不知道她是要忍住笑声还是要呕吐。

凯蒂的朋友非常擅长公开发言，不过乔治不是很相信保罗·哈丁[①]式的故事。有可能吗，一个小伙子从凯蒂卧室的窗户爬出来，又从厨房屋顶摔下去，跌坏了脚踝，而乔治没有察觉？也许吧。好多事情好像都瞒着他，不然就是他没有注意。

他又喝了一口餐后甜酒。

杰米和托尼仍然手拉手，他真的不知道对此应该做何反应。如果是几个月前，他会阻止他们，免得碍别人的眼，但是现在他的想法没那么确定了，他也不知道自己还有没有能力去阻止什么事情。

他对这个世界的掌控渐渐松动，它现在属于年轻人，比如凯蒂、雷、杰米、托尼、莎拉、艾德。本该如此。

他不在乎变老，在乎的话就是傻。人人都会老，但那并不会减除你的痛苦。

他唯一的希望是能多得到一点尊重。或许这都是他的错。他想起早上躺在浅沟里的情景，那似乎不是很有尊严的行为。一个人如果行事有失尊严，还怎么要求获得尊重呢？

他探身握住雅各布的手，轻轻揉捏，觉得他们俩何其相似，都在外围轨道运转，远离作出决策、成就未来的闪耀中心几千英里。当然，他们俩是朝着相反的方向运转，雅各布朝向光亮，而他则远离光亮。

雅各布的手没有反应，软软的，乔治知道外孙已经睡着了。

①美国作家，2010年凭借处女作《修表匠》获得普利策奖。

他放开雅各布的手，喝光杯里的酒。

事实很明显，他失败了，几乎一败涂地，婚姻也好，做父亲也好，工作也好。

他一直没有重拾画笔。

然后他听到莎拉说：“……新娘的父亲讲几句话。”他大吃一惊。

幸好大家在鼓掌欢迎，他可以趁此机会集中心神，然后他便想起了午饭前杰米和他的谈话。

他站起身，看看四周的宾客，心潮澎湃，但具体是哪般心绪，他觉得很难说清。应该是各种各样的感觉都有吧，交混在一起。

他举起酒杯说：“我想敬杯酒，敬我的好女儿凯蒂，敬她的好丈夫雷。”

“敬凯蒂和雷。”众人纷纷附和。

他准备坐下，但又顿住。他想到他这等于是在进行告别演出，以后再也不会有六七十人一起仔细听他说的每个字。不抓住这个机会，差不多就是承认失败。

他又挺直身子。

“我们活在这个星球上，大部分时间里都以为我们会永远活下去……”

/ 136 /

简紧紧抓着桌子的边缘。

如果她坐得更近点，就会伸手去拉乔治的袖子，把他拽回座位，但是凯蒂和雷隔在中间，而且大家都在看着他们，她干预的话只会让事情变得更糟。

“你们有些人可能知道，我最近不太好……”

上帝啊，他难道要讲弄伤自己、住进医院、看精神科医生的这些事，当着他们认识的每一个人的面讲？这样一来，杰米和托尼的接吻根本算不了什么。

“我们都巴望着退休，想好好侍弄花草，读读别人在生日或圣诞节送的书，而以前根本没工夫读。”有几个人哈哈大笑，简不明白这有什么好笑的。“我退休之后不久，发现臀部长了一个小肿块。”

温迪·卡朋特正在接受化疗，肯尼斯去年八月才从喉部取出一个肿块，只有老天知道他们此刻有何感想。

“我觉得我快要死了。”

简死死盯着糖碗，假装正待在巴黎那家舒适的旅馆里。

/ 137 /

杰米看着父亲当着七十个人的面哭泣，那种感觉好像得了阑尾炎。

“我，简，艾伦，芭芭拉，凯蒂，雷，我们都会死。”帐篷后面，一只玻璃杯从桌上滚落下来，摔碎了。“但是我们不想承认。”

杰米朝旁边瞄一眼，托尼盯着他父亲，好似遭到电击。

“我们没有意识到这有多重要。这……这个地方，这些树，这些人，都会被夺走，那时我们才明白我们的错，但为时已晚。”

邻家花园里，艾琳的狗在狂吠。

/ 138 /

乔治的脑子有点迷糊。

餐后甜酒并没有让他的思维变得敏锐，他没想到自己会这么激动。

他提到了癌症，这不是一件让人高兴的事。他是不是闹笑话了？

看来他最好尽量快点、体面点结束发言。

他朝凯蒂转身，握住她的手。雅各布正在她的腿上打盹，因此那动作比他预想的要笨拙，但他只能这样了。

“我可爱的女儿，我可爱的、可爱的女儿，”他到底想说什么来着？“你和雷和雅各布，绝对、绝对不要忽视彼此。”

这句话好多了。

他放开凯蒂的手，在坐下前，最后扫视一眼帐篷四周，忽然看到戴维·西蒙兹坐在远远的一角。用餐的过程中，这个男人一直朝着另外一个方向，因此乔治没有看见他。

乔治想到的不仅是他可能闹了笑话，还有他可能当着戴维·西蒙兹的面闹了笑话。

“爸？”凯蒂说，碰碰他的胳膊。

乔治一副半站半坐的僵化模样。

那个男人看起来是那么自得、那么健康、那么潇洒。

那些画面又回来了，那么久以来他极力不去想的画面。那人松弛的臀部在昏暗的卧室里一上一下地动着，还有他腿上的肌肉、那个怯怯的阴囊。

“爸。”凯蒂说。

乔治再也无法忍受。

/ 139 /

简尖叫起来，因为乔治从桌上爬过去，也因为他打翻了一壶咖啡，热乎乎的棕色咖啡液正朝她这边流。她往后一跳，别人也尖叫起来。

乔治跳下桌子，沿着帐篷边缘一路走去。

她对雷说：“看在老天的分上，想想办法。”

雷愣了一下，然后才从椅子上起身去追乔治。

他的动作太慢了。

简看出了乔治要去哪儿。

/ 140 /

乔治在戴维面前停下脚步。帐篷里一片死寂。

乔治瞄准目标，一拳挥向戴维的脑袋，可惜戴维的脑袋及时地躲开了。乔治没有击中目标，只好抓住旁人的肩膀，不然就会摔倒。

幸好戴维起身想逃跑的时候被椅子绊了一下脚，往后一仰，他胡乱挥舞胳膊，想挡住乔治穿过桌布伸过来的手。

这给了乔治第二次挥拳的机会。但是挥拳揍人比电影里演的难多了，而且乔治在这方面几乎没有经验。结果他的第二拳打中了戴维的胸膛，却让他不太满意。

椅子挡在中间，问题在这里。乔治把椅子踢到一边，抓住戴维的西装翻领，弯腰用头撞他。

在这之后，很难分清是谁在揍谁，不过流了很多血，乔治相当确定那是戴维的血，这还不错。

/ 141 /

印在杰米心头的一个画面是，提拉米苏和甜品勺飞到齐头高的空中。他父亲和戴维·西蒙兹已经朝后翻倒在桌上，桌子好似跷跷板，这一头塌下去，那一头翘起来，把好些东西弹到空中。凯蒂的一个朋友抓到一把叉子，甚是得意。

从此刻起，场面更像是交通事故，一切都非常清晰、疏离、缓慢。不再有腹痛的感觉，只有一系列必须采取以防止更大伤害的措施。

雷弯腰将杰米的父亲和戴维·西蒙兹分开，戴维·西蒙兹满脸是血。父亲到了这种年纪，还能造成这般伤害，让杰米相当吃惊。

杰米和托尼对望一眼，当即不约而同地决定去帮忙。他们起身跃过桌子，很像“警界双雄”，只不过杰米的裤腿上沾了奶油卷。

他们一同来到帐篷的另一头。托尼在戴维身旁跪下，因为他学过急救，而且戴维的情况似乎更严重。杰米跑去和父亲说话。

他刚跑到父亲身边就听雷说：“你那样做是为什么啊？”父亲正准备回答，杰米的脑子飞速一转，想起没人知道父亲动手的原因，除了他、凯蒂、母亲和父亲，当然还有戴维。另外还有托尼，因为他在午饭前把所有的闲言碎语都告诉了他。母亲跑出帐篷，是因为她以为大家会得知真相。不过如果杰米动作够快，他们就可以把这事应付过去，当作药物引发的精神失常。反正大家在那一通发言之后都看得很清楚，他父亲不太正常。

因此当他父亲说“因为——”时，杰米挥手捂住他的嘴不让他说话。他可能用力过猛，手啪地大声落下，雷和父亲都吓呆了，但这至少堵住了父亲的嘴。

杰米凑过去轻声说：“什么都别说。”

父亲说：“嗯嗯嗯嗯嗯。”

杰米转身对雷说：“带他进屋，去楼上，回卧室，就……就让他待在那儿，好吧？”

雷应了声“就这么办”，好像杰米要他搬走一袋土豆。他把杰米的父亲扶起来，搀着他走出帐篷。

杰米走到托尼身边。

戴维说："那人是个疯子。"

杰米说："真的很抱歉。"然后转头轻声对托尼说，"带他去客厅，叫救护车。"

托尼说："我觉得不用叫救护车。"

"叫辆出租车什么的，把他从这里弄走就行了。"

"哦，好，我明白你的意思。"托尼说。他扶住戴维的胳膊。"来吧，伙计。"

杰米站起来，转过身，这才想到一切不过是几秒钟之内的事，其余客人都还一动不动地静静坐着，甚至包括爱冒头的道格拉斯舅舅。他们肯定期待有某种解释或宣告，而杰米正是他们期待的解释者或宣告者，但他得先找母亲谈谈，于是说："我马上回来。"他跑出帐篷，发现她站在草坪的另一头，一个他不认识的女人在安慰她。与此同时，雷和托尼把他父亲和戴维带到屋里，两人都紧紧抓着他们的看管对象，防止这三人彼此接触。

他母亲在哭，他不认识的那女人抱着她。

杰米说："我想单独跟我母亲谈谈。"

那位年长的女人说："我叫乌尔苏拉，和你母亲是好朋友。"

"回帐篷去吧。"杰米说。那女人没动。"抱歉，我失礼了，我不是有意的，但是你真的必须赶紧离开。"

那女人退步了，说："好。"语气谨慎，好像想让精神病人平静下来。

杰米握住母亲的胳膊，看着她的脸说："不会有事的。"

"这一切我都可以解释。"母亲说。她仍在哭。

"你不用解释。"杰米说。

"不，"母亲说，"那个人，你爸揍的那个——"

“我知道。”杰米说。

母亲顿了一下，然后说：“哦，天哪。”

她的腿有点发软，杰米只好扶着她站了一会儿。“妈……”

“你是怎么知道的？”她一手抓住他的胳膊撑住。

“我以后再解释，”杰米说，“幸好没有别人知道。”他不记得上次这么有男人气概、这么能干是什么时候。他必须趁着事情穿帮前赶紧行动。“我们得回去，我要说几句话。”

“说几句话？”母亲一脸惊愕。

杰米自己也有点紧张。

“说什么？”母亲问。

“说爸的事。”杰米说，“相信我。”

谢天谢地，母亲似乎无力反对。他揽着她的肩，带她往回穿过草坪，她乖乖地跟随着他。

他们走入帆布门，闲聊声马上平息下来。在颇有意味的沉静中，他们慢慢走回座位，鞋子踩在木板上咔嗒咔嗒响。

凯蒂把雅各布抱在膝上。杰米和母亲回到桌位，雅各布说：“外公打架了。”杰米听到身后有人在强忍着笑。

杰米轻摸雅各布的脑袋，扶母亲坐下，然后转身面对宾客。在刚才这几分钟里，人数好像神奇地增加了一倍。他脑中一片空白，心想自己是不是要像父亲那样出丑了。

然后他的脑子恢复正常。他明白在父亲做出那种事之后，他随便说点什么都能让大家放松下来。

他说：“刚才的事，真是抱歉，计划里没有这一步。”

没有人笑。可以理解，他得更严肃一点。

“我父亲最近不太舒服，你们可能也看出来了。”

他要提癌症吗？对，要提，这事无法回避。

“大家可以放心，他没有得癌症。”

他没想到事情会这么棘手。帐篷里弥漫着悲伤的气氛。他瞟了一眼母亲，她目光下垂，使劲把膝上的餐巾捏成一个小球。

“但是他很抑郁，还很焦虑，尤其是对婚礼，尤其是对在婚礼上讲话。”

他进入状态了。

“他有个很好的医生，那医生给他开了一些安定。今天上午他吃了很多安定，想放松情绪。我想他可能吃多了。”

还是没有人笑，不过这次响起一阵嗡嗡声，有希望了。

“但愿他现在在楼上睡着了。”

说到这里，杰米明白他接下来不仅要解释父亲轻率的发言，还要解释他当众用头撞母亲的情人的举动。这要难多了。他停顿不语，沉默了很长时间，气氛又开始转冷。

“我不知道我父亲为什么要对戴维·西蒙兹动手，老实说，我觉得我父亲在动手的时候不一定知道他打的是戴维·西蒙兹。”

他觉得自己仿佛正以危险的高速度滑雪下山，穿过密密实实的森林。

“几年前他们还是‘牧羊人’公司的同事，我不知道两人自那以后还有没有来往。我想有这么一个道理，你如果在工作中和某人相处不好，那么邀请他来参加女儿的婚礼，同时自己事先还大量服药，这可不是什么好事。”

感谢老天，就在这时，嗡嗡的低语声变成真正的笑声。总之大部分人都在笑（艾琳和罗尼一副冻干的模样），杰米明白总算脱险了。

他转头看着凯蒂，雅各布被她搂在膝头，脑袋埋在她的怀里。可怜的家伙。等这一切结束，他有的解释了。

“今天是凯蒂和雷的特殊日子。”杰米抬高声音，欢快地说。

“说得好，说得好！”道格拉斯舅舅举起酒杯大喊。

从这个惊人的反应可以明显看出，很多人忘了他们正在参加婚礼。

“可惜，新郎此刻正在照顾新娘的父亲……”

雷出现在帐篷门口。

“我撒谎……”

所有的目光都转向雷，雷停住脚步，有点吃惊自己成了关注的焦点。

“好了，为了凯蒂和雷，我想我们应该忘了十分钟前发生的事情，好好庆祝他们的婚礼。凯蒂，雷……”他从面前的桌上拿起一杯半满的酒，“祝愿你们度过幸福的一天，也祝愿你们以后的婚姻生活顺顺利利。”

众人举起酒杯，一阵有点混乱的欢呼声响起。杰米坐下，现场沉默下来。莎拉开始鼓掌，然后大家都开始鼓掌，杰米不知道这掌声是为凯蒂和雷还是为他的表现，也不知道哪种情况让自己更骄傲。

事实上，他已经彻底松了口气，因此他转头看到母亲还在哭时很惊讶。

她看着凯蒂说：“真是抱歉，这都是我的错。她用餐巾拭拭眼睛，站起身，“我得去找你爸谈谈。”凯蒂说：“你确定……”但是她已经走了。

雷走到他们身边，干巴巴地说：“我真的盼着去巴塞罗那。”

雅各布说：“外公打架了。”

雷说：“我知道，我在那儿。”

凯蒂说：“他打的那人——”

“我知道，”雷说，“你爸解释过了，说得有声有色。这也是我盼着去巴塞罗那的原因之一。他在休息，我想他不会急着下来。”

杰米忽然明白有件明晃晃的事情直到现在都被他忽略了，那就是父亲一直就知道，知道他母亲和戴维·西蒙兹的事。”

他一时有点头晕。

他对凯蒂说：“老妈知道老爸清楚她和戴维·西蒙兹……”

“不知道，”凯蒂的语气比雷更干巴，“老爸肯定是故意选在我们的结婚日把这个好消息告诉她的。”

“老天，”杰米说，“他们干吗要邀请那家伙？”

“这——”凯蒂说，“这些问题我打算以后再问他们，如果他们还没有杀掉对方的话。”

“你觉得我们应该……”杰米从椅子上站起来。

“不，不用，”凯蒂辛辣地说，“这事他们自己可以解决。”

雷走过去看他父母经过刚才那番惊吓是否还好，托尼拿着一瓶打开的香槟和两个杯子走来。他在简的椅子上坐下，对凯蒂说：“这是我第一次参加婚礼，我得说我没想过会这么好玩。”

杰米想到凯蒂的心境，觉得托尼说这话太冒险了。但他显然对状况一清二楚，或许是因为他有贝基这样一个妹妹。凯蒂从托尼手上拿过那瓶香槟，猛灌一口，说：“你知道最好的是什么吗？”

“什么？”托尼问。

“你来了。”

“你真是太好了，”托尼说，“不过我可没想过我的出场会这样被抢尽风头。”

“天哪，”凯蒂说，“我好想跳迪斯科。”

“深得我心。”托尼说。

“戴维……”杰米说。

“去找他的车了，”托尼说，“他应该不想再有第二次遭遇。在这种情况下，这可能是明智之举。”

这时有人拿着一个写有“顶尖音效”字样的大扬声器，像个超重的天使一样出现在帐篷门口。

杰米比凯蒂更担心父亲，而且不太希望他们自己解决问题，于是跟托尼打了声招呼便朝屋里走去。他在半路遇到几个亲朋好友，说父亲还好，让他们放心，同时暗自真心期待他还好。

他敲敲父母卧室的房门，里面轻轻的谈话声停下了。他等了等，又敲敲门。

“是谁？”父亲问。

“是我，杰米，我来看看你们好不好。”一阵沉默，他们显然不好。那话真傻。“大家都很担心，自然而然的事。”

“我可能把一切都搞砸了。”父亲说。

杰米隔着房门不知道该如何回答。

“你跟凯蒂和雷说一声吧，我非常抱歉，让他们这么难堪。”父亲说。

“我会的。”杰米说。

又是一阵沉默。

“戴维还好吗？”父亲问。

“还好，”杰米说，“他走了。”

“好。”父亲说。

杰米发现母亲一直没有出声，她不太可能出什么可怕的事，但他此时想确认清楚。“妈？”

没有回应。

“妈？”

“我很好。”母亲说，听着有点生气，却让他觉得安心。

杰米想说如果他们需要什么……然后又想“什么”能是什么呢，葡萄酒？结婚蛋糕？于是决定作罢。“我下楼了。”

没有回应。

他转身下楼，穿过草坪，一路跟人说父亲还好。迪斯科音乐已经开始，他走进帐篷，坐到托尼身边，托尼正跟艾德聊石膏板条天花板。

艾德走开了，杰米从托尼面前的烟盒里拿出一根烟点燃，托尼给他倒了一杯餐后甜酒。两人看着道格拉斯舅舅像受伤的公牛一样跳舞。音乐很好，因为它填补了那些小空隙，人们便不会去想早先发生的事情到底是怎么回事。不过，你如果真正明白了早先发生的事情，就不会仔细去听那些歌词了(《美妙的爱情》《恭喜》《伴你一生》)。

过去两个星期，他极度渴望和托尼说话；现在，坐在他身边就够了，彼此相触，呼吸着同样的空气。上次在一起时，他们似乎是两个彼此独立的人；慢慢地，他们变成了……什么？一对夫妻？他最终还是被爱的那一方，所以这说法好像不对。

也许这样就好，当一个你不知如何命名的角色。

他们跟莫娜谈论和老板上床的风险(她因为大意有过这种经验)。他们和雷的父母聊天，两位老人竟然对这种有失正统的婚宴泰然自若(雷的弟弟在蹲监狱，凯蒂好像忘了告诉他们；芭芭拉的前夫有次被警察逮到睡在翻斗车里)。他们和詹尼的男同性恋看护克雷格闲扯，按规定他在上班期间不应该跟人聊天，管他呢，詹尼已经醉了，而且和雷公司里那个无聊透顶的家伙相处得正好。

大概过了半小时，母亲走进帐篷，有点像女王驾临，顿时大家都停下舞步，噤声不语，慌乱之中不知道该做何反应。只有“顶尖音效”公司的那个人不知道早先发生的事情，因此音响里女歌星凯莉·米洛仍在大声唱《火车头舞》。

杰米正准备从椅子上一跃而起，跑过去将她从这种恼人的关注中解救出来，不料一直在跟凯蒂和雷的一帮朋友大跳劲爆的“火车头舞”的乌尔苏拉上前抱住了她，而杰米不想再一次为难乌尔苏拉。片刻之后，道格拉斯和莫琳也走了过去，她母亲在他们的照顾之下，很快在角落里的一张桌子前坐下。

几分钟后，他父亲进入帐篷时引发的骚动就没那么大了。杰米拿不定主意要不要去照顾他，只见他径直朝凯蒂和雷走去，可能是要为他早先的行为道歉。道歉肯定被友好地接受了，因为他们最后来了一个拥抱。之后，他照样被艾德领到一张桌子前，两人好像建立起了一种稳固的忘年交关系。杰米后来才知道，艾德几年前也经历过抑郁之苦，好几个月都关在屋里。此时父母分坐在不同的桌位，看起来有点怪异。不过要是看到他们站在一起，会觉得更怪异，因为两人在聚会上从来都不会相伴相随。因此杰米决定先抛开对他们的担忧，等到明天再说。

一会儿后，杰米和托尼走出帐篷。天光渐暗，有人点亮了草坪四周的竹竿上的彩灯，一派魔幻的景象。这一天终于如愿地得到弥补。

他们和雅各布玩捉迷藏，发现朱迪在厨房里一脸愁苦，原来肯尼斯醉倒在楼下的卫生间里。他们找来螺丝刀，撬开门锁，把肯尼斯安顿在客厅的沙发上，给他盖上毛毯，在他旁边放了一个小桶，之后便把朱迪拖到外面跳舞。

然后到了雅各布睡觉的时间，杰米给他读《南瓜汤》和《好奇猴乔治坐火车》，而后下楼和托尼跳舞。莱昂纳尔·里奇的《缘定三生》响起，杰米哈哈大笑，托尼问他笑什么，杰米只是把他拉近，在舞池中央抱着他热吻了三分钟。整整三分钟里托尼的下体都顶着他，让他实在受不了，而且他已经醉意很浓，便把托尼拉上楼，要他别出声，不然就杀了他。然后两人进入杰米以前的卧室，托尼在大长颈鹿和盒装《怪医杜立德》的瞪视下跟他亲热。

/ 142 /

事情发生的时候，凯蒂很庆幸雅各布正坐在她的膝上。

雷、杰米和托尼在处理一切，她要做的只是抱着雅各布，希望他不会被眼前的事情吓坏。

结果他竟然一点都不害怕。他从未见过两个成年人在现实生活里打架，外公和那个男人似乎成了金刚战士，不过凯蒂记不起来金刚战士录像带里有血淋淋的场面，而父亲也没有翻筋斗或使出空手道踢腿。

如果雅各布没有坐在她的膝上，她不知道自己会做出什么事来。显然，老爸遭受了极大的痛苦；显然，他们应该对他的出逃和服用安定多加留神。可是另一方面，不管你有多难受，你也应该能等到午宴结束再把别人带到外面的马路上揍一顿，而不是搞砸你女儿的婚礼宴会。

老妈发现老爸知道戴维·西蒙兹的事，肯定吓坏了。但首要的问题是，她干吗要邀请那家伙来参加婚礼？

总之，凯蒂很庆幸她不用一边安慰父亲或母亲，一边揪着自己对这一切的感受不放，不然她也会变成金刚战士。

还是杰米拯救了这一天，雷说得对，他是“最佳球员”。杰米站起来讲话的时候，她想不出来他要说些什么：杰米后来也承认他的脑子里的确一片空白。所以她相当忐忑，但不像老妈那样紧张得撕烂了餐巾布，她确信杰米要向众人解释老爸那番行为的原因。

同事失和，这说法真是绝妙的一招。大家的确甚感兴趣，那天晚上凯蒂还听到好几个不同的版本，说她父亲为何对前同事心怀怨恨。莫娜说戴维散布谣言阻止他当总经理，道格拉斯舅舅则说戴维是个酒鬼。凯蒂决定不作辩解，到入夜时分，他无疑会变成谋杀工厂工人的凶手，还把尸体埋在附近的树林里。

她对雷说了她父母行事的不是。但他只是取笑她，搂着她说：“我们能不能不管你的家人，自己好好玩？”

这是他们的结婚日，她决定摆出友好的姿态，承认他是对的，当然不会说出来，只是以不回嘴的方式承认。

他建议她不如一醉方休，事实证明这是个好主意。当她父亲再度现身，走过来道歉时，她几乎忘了早先的事情，更别提耿耿于怀。她还给了他一个拥抱，这可能是所有结局中最为得体的一种。

十一点的时候，他们在草坪边上坐成一个小圈，她、雷、杰米、托尼、莎拉、莫娜。他们谈到雷正在蹲监狱的弟弟，杰米抱怨之前没人告诉他这个惊人的消息。这不是一个有趣的闲聊话题，于是雷有点像父母那样瞥他一眼，然后告诉大家弟弟吸毒、偷车的事情，还有他父母花费多少金钱和时间，甚至突发心脏病，想让他回归正途。

莎拉说：“真要命啊。”

雷说：“最终你会发现，别人的问题终究是别人的问题。”

凯蒂醉醺醺地搂着雷，说：“你不单是脸蛋漂亮哦。”

“漂亮？”托尼说，“我可不这么想。可能算粗犷吧，绝对像个男人。”

雷到这个时候已经灌下不少啤酒，觉得这话是恭维。

凯蒂相当难过，因为他们不能带杰米和托尼一起去巴塞罗那。

/ 143 /

简在上楼梯的半途停下，抓住栏杆。她头昏眼花，就像有时身处高楼顶层那样。

所有的事情突然之间都一清二楚了。

她和戴维的关系结束了。乔治揍他的时候，她担心的是乔治，担心他发疯，担心他在一众熟人面前出丑。

她甚至不知道戴维是否还在屋里。

要是她昨天，或者上周，或者上个月意识到这些就好了，她会告诉戴维的。这样的话，他就不会来参加婚礼，这一切也不会发生。

乔治知道多久了？他是因为知道这事才精神抑郁，才在浴室里做出那种伤害自己的事？这是她的错！

也许她的婚姻也结束了。

她沿着楼梯平台走去，敲敲卧室门。门内咕哝一声。

“乔治？”

又是一声咕哝声。

她打开房门走进去。他躺在床上快要睡着了。

他说："哦，是你。"然后慢慢坐起来。

她坐到扶手椅上。"乔治，听——"

"抱歉，"乔治说，声音有点含糊，"真是不可原谅。我在帐篷里做的事。对你的……对你的朋友，对戴维。我不该那么做的。"

"不，"简说，"我才是……"她觉得很难启齿。

"我害怕，"乔治似乎没听她说话，"害怕……老实说，我也不是很确定我在害怕什么。害怕变老、死去，得癌症死去，总之是怕死吧。害怕当众讲话。我有点犯迷糊了，忘了大家都在场。"

"你知道多久了？"简问。

"知道什么？"

"就是……"她说不出口。

"哦，我明白，"乔治说，"那不重要。"

"我想知道。"

乔治想了想说："我打算去康沃尔的那天。"他的身子轻轻摇晃。

"怎么知道的？"简茫然地问。

"我回来了，看见你们，在这儿，在这张床上。就像人家说的，我的眼睛都被刺伤了。"

简一阵眩晕。

"我那时应该说的，你知道，痛痛快快说出来。"

"对不起，乔治，真的对不起。"

他双手放在膝上，平定心绪。

她说："现在怎么办？"

"什么意思？"

"我们。"

“我不知道，”乔治说，“我很少碰到这种情况。”

简不知道乔治是不是在开玩笑。

他们就那样静静坐了一会儿。

他看见他们光着身子。

做爱。

性交。

她的脑子里仿佛有块炙热的炭，灼烧、发烫，而她一点办法都没有，因为她跟谁都不能倾诉，不能找凯蒂，不能找乌尔苏拉。她只能忍受。

杰米来敲门，他们和他说了几句话，然后他就走了。

她没有说“谢谢”，有些遗憾。他当众讲了那通话，她现在知道他有多好了。她过会儿要跟他道谢。

她看着乔治，不知道他在想什么，或者有没有在想什么。他还在轻轻摇晃，状况似乎不太好。

“我给你泡杯咖啡吧，”简说，“我们俩都喝一杯。”

“好，很好。”乔治说。

她下楼到空无一人的厨房里泡了两杯咖啡。

乔治一口将咖啡饮尽。

她要谈谈戴维，要解释一切都已结束，要解释一切因何而起，但她相当肯定乔治不想聊这事。

几分钟后，他说：“我觉得鲑鱼的味道不错。”

“是啊。”简说，不过她都不记得那道鲑鱼是什么样子。

“凯蒂的那帮朋友都很好，我觉得有几个我以前见过，不过我总是记不住别人的脸孔。”

“他们确实很好。”简说。

“坐轮椅的那个姑娘，真让人难过，”乔治说，“她很漂亮，太可惜了。”

“是啊。”简说。

“好吧。”乔治说着站起来。

简扶他一把。

“下楼吧，”乔治说，“我们坐在这儿也没用，说不定可以去造点气氛。”

“好。”简说。

“谢谢你的咖啡，”乔治说，“我觉得平静一些了。”他在门口停住，“你先下去吧，我要上趟厕所。”然后他走了。

简下楼走进帐篷。乔治所说造点气氛的话是对的，大家好像都在等她，让她浑身不自在。乌尔苏拉走过来抱住她，道格拉斯和莫琳把她领到一张桌子前，又给她倒了一杯咖啡，还有葡萄酒。几分钟后，乔治下来了，坐到另一张桌子前。简想集中心神听乌尔苏拉、道格拉斯和莫琳聊天，但很困难，因为她觉得好像刚刚从着火的房子里出来。

她望着杰米和托尼，心里想的全是这世界变了多少。她的父亲和隔壁的女人睡了二十年，现在她的儿子在和一个男人跳舞，而她才是那个生活破碎的人。

她觉得自己就像电视上那个鬼片里的男人，那个不知道自己已经死了的人。

她去向凯蒂和雷道歉，去谢谢杰米发表那通讲话。她还向雅各布道歉，雅各布不明白她为何要道歉。她和道格拉斯跳舞。她单独和乌尔苏拉安静地说了一会儿话。

夜色渐浓，借助酒精的作用，痛苦的感觉已然消退。午夜过后，宾客越来越少，她发现乔治不见了。于是她道了几声晚安，回到楼上，乔治已经熟睡。

她想和他说说话，但他睡得不省人事。她不知道自己是否可以睡在同一张床上，但没有别的地方可睡。于是她脱掉衣服，换上睡衣，刷牙，上床在他旁边躺下。

她盯着天花板哭了一会儿，轻轻地哭，怕吵醒乔治。

她不知道到了几点，迪斯科音乐停了，说话声弱了。楼梯上响起上上下下的脚步声，然后一片沉寂。

她看看床头柜上的闹钟，一点半。

她爬起来，穿上拖鞋和睡袍下楼。屋里空空荡荡，飘散着香烟味，还有走味的啤酒和葡萄酒的味道、鱼肉的味道。她打开厨房的门锁，走进花园，想在夜空下清醒一下脑子，但没料到会这么冷。天又开始下雨，不见一点星光。

她回到屋里，上楼躺下，最后睡意总算袭来。

/ 144 /

乔治这一觉睡得深长，连个梦都没做，醒来时又满足又轻松。他又躺了一会儿，望着天花板。灯座周围有一道细细的裂隙，看起来就像一幅小小的意大利地图。他想上厕所，于是下床穿上拖鞋，轻快地走出卧室。

然而，走到楼梯平台的时候，他记起了前一天发生的事情，便觉得一阵头晕，只好抓住栏杆停了一会儿以恢复镇定。

他回到卧室，想和简谈谈，但她还在熟睡当中，脸朝着墙壁，轻轻打着呼噜。他知道，她还得熬过这艰难的一天，最好不要一大早就被叫醒。他回到过道上，小心地关上门。

他闻到了吐司、培根和咖啡的味道，还有别的不太好闻的气味。窗台上有半杯咖啡，杯内漂着几个烟头。他细细一想，觉得有点头昏眼花。这可能是安定和酒精的后劲。

他必须和凯蒂谈谈。

他上了一趟厕所，然后下楼。

但是，他在厨房门口看到的第一个人不是凯蒂，而是托尼。这让他有点吃惊，他都把托尼忘了。

托尼为了逗雅各布高兴，正用吐司片勉强做狗的造型。他和杰米在家里过夜的？现在这事不重要，乔治明白，而且他对谁都没有资格搞道德说教。但是他觉得难堪，那疑问终归卡在心里。

他走进厨房，大家都不做声了，转头看着他。凯蒂、雷、杰米、托尼、雅各布。他本打算不动声色地把凯蒂拉到一边，现在肯定不可能。

“嗨，爸。”杰米说。

“乔治。”雷说。

他们的声音都很生硬。

他鼓起勇气说：“凯蒂，雷，我为我昨天的行为道歉。我觉得很惭愧，不应该那么做的。”没人说话。“如果我能弥补的话……”

大家都看着凯蒂。乔治发现她正拿着一把面包刀。

雷说：“你不是要刺你爸吧？”

没有人笑。

“哦，抱歉，不是。”凯蒂低头看着餐刀。

她放下面包刀。一阵尴尬的沉默。

然后托尼站起来，把椅子往后一拉，要乔治坐下，并把茶巾叠好往手臂上一搭，摆出侍者的姿势，说：“我们供应现煮的咖啡、茶、橘子汁、全麦吐司、炒蛋、煮蛋……”

乔治不知道这是不是某种同性恋玩笑，但大家都没笑，于是他就当是好意领受，坐下，谢过托尼，说如果不麻烦的话想要黑咖啡和炒蛋。

“我有一只吐司做的狗。”雅各布说。

渐渐地，交谈又开始了。托尼讲了他在克里特岛摔下轻便摩托车的事，雷细说了他为凯蒂准备烟花表演的事。雅各布大声嚷嚷他的吐司狗叫吐司蒂，然后一口咬掉狗的脑袋，哈哈大笑。

大概过了二十分钟，男人们都去整理行李了，乔治发现只剩他和女儿在一起。

凯蒂拍拍额头，问他“这里”怎样，他也拍拍额头，说“这里”很好。他解释说，前一天的事情已经把烦忧带走。当然，他仍旧有一些问题需要解决，但恐慌已经消退。他得的是湿疹，他现在明白了。

她迟疑一下，摸摸他的胳膊，忽然一脸严肃。乔治担心她要开口提简和戴维·西蒙兹的事。他不想谈简和戴维·西蒙兹的事。如果余生再也不用谈起这个话题，他不知道有多高兴。

“好了，你该整理行李了。”他握住凯蒂的手捏了一下。

“对，”凯蒂说，“你说得对。”

“你去吧，”乔治说，“我来洗碗。”

半小时后，简终于醒了。她面容浮肿疲累，就像刚刚从手术中苏醒的人。她寡言少语，乔治问她好不好，她说还好。他决定不再探问。

上午过去一半的时候，他们都来到门口道别。凯蒂、雷和雅各布前往希思罗机场，杰米和托尼赶回伦敦。场面有点伤感。他们都走了，家里异常安静。

幸好十分钟后，酒席承办人来撤餐具，随后杰克逊太太和一个嘴唇上挂着耳环的姑娘开始打扫屋子。

客厅里吸过尘后，厨房的清洗开始了，他和简拿着一壶茶和一盘三明治撤到沙发上。乔治再一次为他的行为道歉，简则告诉他：她不会再见戴维了。

乔治说：“谢谢。”仿佛这事是多么仁慈。

简哭起来，乔治不知道该怎么办。他摸摸她的胳膊，好像一点作用都没有，于是把手拿开了。

他说：“我不会离开你的。”

简用纸巾擤鼻子。

“我也不要你离开。”乔治又说，这样她便明白自己的处境了。

无论如何，这都是个可笑的想法。他如果搬出去，要做些什么呢？或者简搬出去的话呢？他太老了，没法开始新生活。他们俩都是。

“好。”简说。

他又递给她一块三明治。

下午帐篷拆掉了，乔治可以在晚饭前去工作室干两个小时的活儿。工作室完工的时候，他知道自己会失望。当然，他那时有地方画画了，但他又要找别的事情打发时间。根据他画橡胶树的情况，画画达到完全充实生活的程度还要过几个月。

他可以一周去当地的游泳池游两次泳，这主意不错，既锻炼身体又有助睡眠。

想到这里,他觉得简或许愿意跟他一起去。这也许能让她开心起来。全家去度假的时候,她总是很喜欢游泳池。当然,那是好几年以前的事,她现在或许在意当众穿泳衣的模样。他知道女人比男人更担心这些事,不过他会跟她提这个主意，看看她的想法。

不然就去布鲁日度长周末，这是另一种可能。他最近在报上看到一些相关的信息。那个地方在比利时，如果他没记错，这意味着他们不必离开地面就可以去到那里。

他打了个哆嗦。天冷了，天色也暗了。他把建筑材料收拾好，回到屋里，换好干净的衣服，下楼来到厨房。

简在做卤汁面条。他给自己煮了一杯咖啡，然后坐到桌前开始浏览电视指南。

“把抽屉里的那个铝锅拿给我好吗？”简说。

乔治往后一靠，拿出铝锅递给她，这时他闻到了简平常用的花香型香水的淡淡香味，也有可能是从塞恩斯伯里超市买的柑橘洗发水的气味，沁人心脾。

她说声“谢谢”，他匆匆浏览电视指南。他的目光停留在头部相连的两位姑娘的照片上。照片看着不舒服，让他感觉不太好。他开始读文章。四频道会播出有关这两位姑娘的纪录片，片子的结尾会有她们接受分离手术的镜头。手术显然有风险，其中一个或两个都可能死亡。文章没有透露手术的结果。

厨房的地板似乎有点倾斜。

“你的卤汁面条配什么？”简问，“豌豆还是花椰菜？”

“什么？”

“豌豆还是花椰菜？”简问。

“花椰菜，”乔治说，“我们再开瓶葡萄酒吧。”

“就这样，花椰菜和葡萄酒。”简说。

乔治低头看着电视指南。

是时候抛掉这荒谬的一切了。

他翻过那一页，起身找开瓶器。

图书在版编目（CIP）数据

老爸乔治的烦恼 /（英）马克·哈登著；熊娉婷译
. -- 天津：百花文艺出版社，2018.8
ISBN 978-7-5306-7242-6

Ⅰ. ①老… Ⅱ. ①马… ②熊… Ⅲ. ①长篇小说－英国－现代 Ⅳ. ①I561.45

中国版本图书馆CIP数据核字(2018)第134957号

著作权合同登记号 图字：02-2016-261

老爸乔治的烦恼
（英）马克·哈登 著
熊娉婷 译

出 版 人 张纪欣
出 版 方 百花文艺出版社
地　　址 天津市和平区西康路35号　　邮编 300051
电话传真 +86-22-23332651（发行部）
　　　　 +86-22-23332656（总编室）
　　　　 +86-22-23332478（邮购部）
主　　页 http://www.baihuawenyi.com
发 行 方 新经典发行有限公司
　　　　 电话(010)68423599　　邮箱 editor@readinglife.com
经　　销 新华书店

责任编辑 魏 青
特邀编辑 聂 斌 汤 胜
装帧设计 韩 笑
内文制作 田晓波

印　　刷 三河市三佳印刷装订有限公司
开　　本 880毫米×1230毫米 1/32
印　　张 10.75
字　　数 268千
版　　次 2018年8月第1版
印　　次 2018年8月第1次印刷
书　　号 ISBN 978-7-5306-7242-6
定　　价 45.00元